KB036186

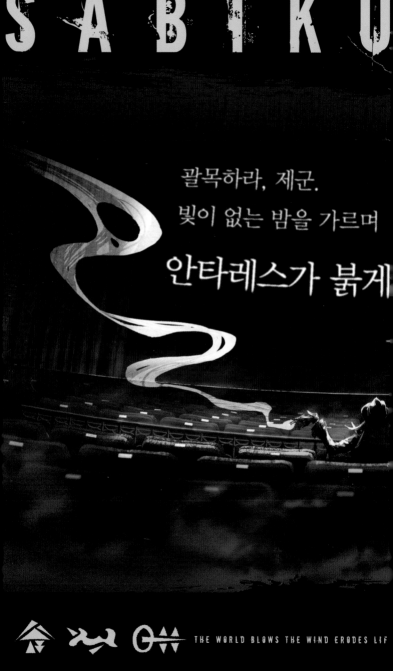

BISCO

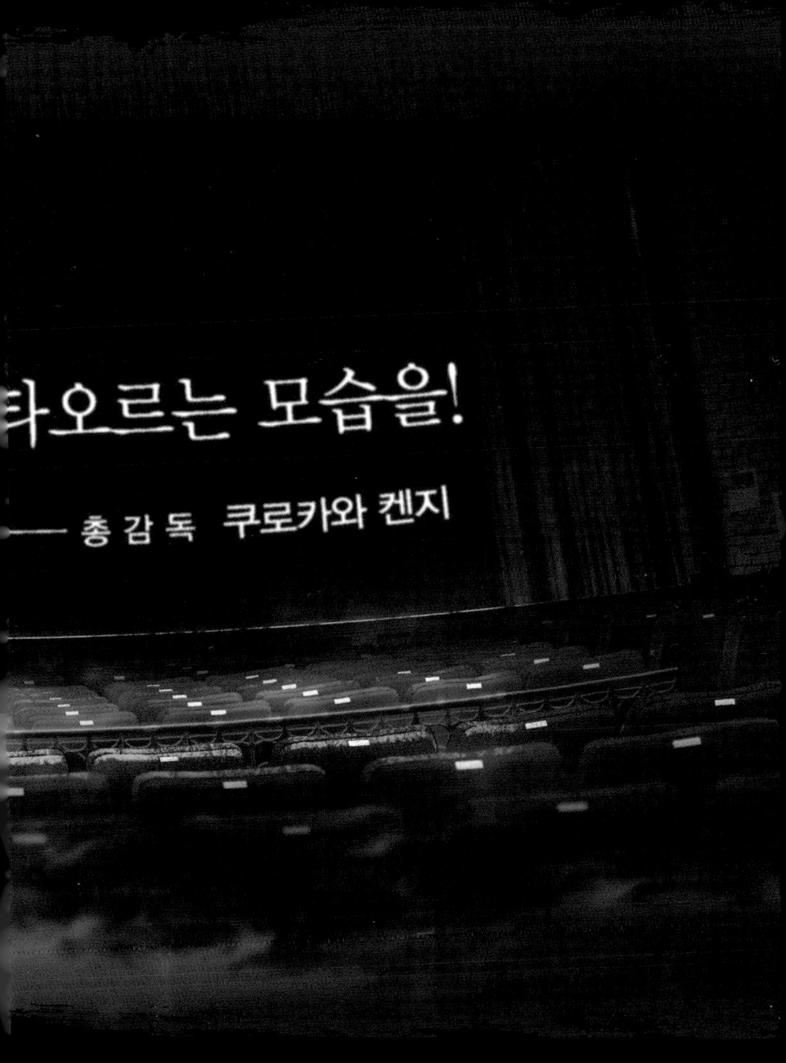

A BOY WITH A BOW RUNNING THROUGH THE WORLD LIKE A WIND.

SABIKUI BISCO

6

DESIGNED BY AFTERGLOW

[일러스트] 아카기시K
[세계관 일러스트] mocha
(@mocha708)

The world blows the wind erodes life.
A boy with a bow running
through the world like a wind.

※만화는 대사 및 페이지를 오른쪽부터 읽어주세요.

한 줄기 찬바람이 불어와 흙먼지로 더러워진 무수한 종잇조각을 휘날렸다.

【공포정치 절대 반대!】
【압정에 종지부를!!】

그 종이는.

모두 기관총 탄환에 맞아서 그을음이 묻었고…… 출처를 알 수 없는 핏줄기의 흔적도 곳곳에 스며들어 있었다.

종이는 그대로 바람에 휩쓸려 지면을 팔랑팔랑 굴렀고, 쿠로카와 정권의 깃발이 여기저기에 나부끼는 거리에서 도망치듯이 남몰래 어딘가로 날아갔다.

일찍이…….

상인, 식당, 수상한 창녀나 파계승, 일을 마치고 돌아오는 인양업자들로 넘쳐나던, 구매자와 판매자의 노성이 오가던 이 카라쿠사 대로에…….

상인 한 명, 없다.

이건 딱히 거리만이 아니라 도시 전체가 완전히 조용해서, 지나가는 행상인의 말을 빌린다면 이랬다.

"마치, 죽은 듯한……."

이미하마 그 자체의 모습이라고 해도 좋으리라.

그 대신…….

탈 인형에 달라붙은 듯한 미소를 지은 이미군들이 뒤숭숭한 기관총을 들고 거리 곳곳에 서 있었다.

아무래도 뭔가를 감시하는 듯한 이 토끼탈들은…….

"어슬렁어슬렁 돌아다니지 마, 짜샤!"

어깨를 움츠리며 걷는 행상인을 총대로 『쿡』 찌르는 등, 다들 고압적이면서도 거만한 태도를 보였다.

"주민 놈들아! 상영회 시간이다. 당장 상영관으로 모여라!"

주변 일대를 관할하는 자로 보이는 검은 이미군이 하늘을 향해 기관총을 『투타타타타!!』 쐈다. 주택에 틀어박혀 있던 주민들은 비명을 지르며 밖으로 나왔고, 부들부들 떨면서 강제로 정렬했다.

"1분 13초. 늦어! 게다가 너희들, 그 얼굴은 뭐냐. 즐겁고도 즐거운 상영회잖나!! 찌푸린 표정은 형벌 대상이라고 했을 텐데!!"

검은 이미의 말을 듣자마자 주민들은 억지로 미소를 지었다. 그 얼굴은 딱딱했고, 실룩실룩 경련을 반복하고 있었지만, 검은 이미는 만족스럽게 끄덕이고는 기관총을 내렸다.

"그래. 항상 웃어야 한다는 걸 명심해라. 우리를 본받으라고."

(마스크잖아.)

(쿠로카와에게 꼬리나 흔들기는.)

"꿍얼대지 마라! 정렬!"

"기, 기다려주세요! 우리 아이는 계속 과제를 해서 이틀이나 자지 못했어요. 이대로 계속하면 과로로 죽어버려요!"

"명예로운 일이잖냐. 죽어. 젊은 나이에 죽는 건 예술가의 특권이니까…… 빨리 걸어! 아니면 지금 당장 죽고 싶으냐!!"

주민은 이미군들에게 저항하지 못한 채 터덜터덜 상영관으로 연행됐다. 거리 전체에는 빈틈없이 배치된 카메라가 눈을 번뜩이고 있어서, 그것들이 주민들에게서 탈주할 마음을 꺾었다.

"으아아. 이제 싫어. 이제 보고 싶지 않아!"

"날뛰지 마라!! 스크린에서 눈을 떼지 마라."

"살려줘어어. 누가 좀!"

"어깨까지 고정해라! 이 녀석은 연장 코스다. 거품을 물 때까지 계속 보게 해!!"

스크린에서 끊임없이 영상이 흐르는, 이미하마 중앙 상영관……

주민들은 엄중한 감시하에서 방영되는 영상을 계속 본다. 그건 개안 기구를 강제로 착용한 데다, 벨트로 객석을 고정한다는 상당히 가혹한 감상이었다.

때때로 조금 전처럼 견디지 못해 날뛰는 사람도 나오지만, 부과되는 페널티도 상당하기에 다른 주민들은 그저 견딜 수밖에 없었다.

「우웩」, 「끄에엑」 등등, 오열인지 비명인지 모를 소리가 들리는, 그 상영관의…….

객석 뒤쪽에서.

"……히끅. 훌쩍……."

감격한 듯이…….
매우 순수하게, 진지하게 감동한 것처럼 눈물을 흘리는 소
리가 있었다.

"……『나, 어떻게 작별 인사를 해야 할지 모르겠어요.』"
"……이, 이런……."
"이런 아름다운 대사가 또 있을까?"
"지금이라면 나도 알겠어. 이 신의 의미를……."

"쿠로카와 지사님. 슬슬 오늘 프로그램은 종료입니다."
"말 걸지 마! 이 멍청한 놈. 사람이 여운에 잠겨있는데."
자신에게 귓속말하는 검은 이미를 『찰싹!』 하고 후려친 쿠
로카와는 앞선 눈물을 그대로 삼키고는 하얀 팔을 뻗어서 「으
~~~응」 하고 기지개를 켰다.
"아~아. 의욕이 완전히 꺾여버렸잖아, 바보야. 하지만 뭐, 확
실히 이렇게 연속해서 보니 피곤하네. 주민들의 낌새는 어때?"
"다들 진지하게 몰입하고 있습니다. 사망자나 실신하는 자
도 늘어나고 있습니다만, 상정한 수치입니다."
"좋아. 전 국민 사상 세정 계획은 순조롭다고 할 수 있겠어."
쿠로카와는 침엽수 같은 롱 헤어를 손으로 빗어 넘기고는
호화롭게 꾸민 전용석에서 일어났다.

반짝반짝한 금실이 들어간 롱 드레스는 등과 가슴팍이 크게 트여있고, 슬릿에서 하얀 다리가 엿보이는 선정적인 디자인이다. 그 위에 걸친 서리 표범 가죽 숄과 화려한 장식이 들어간 모자는 그야말로 「돈, 권력, 오만」을 상기시켜서, 쿠로카와 본인의 다가가기 힘든 분위기를 더욱 두드러지게 만들고 있었다.

"구세대의 낡은 사상을 모든 일본인의 머릿속에서 쫓아낼 때까지, 이 프로그램은 계속할 거다. 주의 깊게, 철저하게 해."

"네!"

"한 잔 더."

"네!"

쿠로카와가 와인 글라스를 들자, 이미군은 곧장 신품 환타 포도 맛을 콸콸 따랐다. 쿠로카와는 한 모금만 마시고는 바닥에 내리친 뒤에 콧노래를 흥얼거리면서 힐을 또각또각 울리며 그 자리에서 떠났다.

"흐~응흐흥흐~~응♪ 흐~응흐흐~~응."

"……."

"흐~응흐흐~~응♪ ……야, 맞춰봐."

"인디아나 존스입니다."

"승진이다. 한층 힘써라."

"옙!"

쿠로카와는 그대로 회관 밖에 정차해둔 코브라에 문도 열지 않고 훌쩍 올라타더니 뒷좌석에서 거만하게 앉아 하얀 허벅지를 드러내며 대담하게 다리를 꼬았다.

"자~, 그럼. 준비는 갖춰졌다. 이제는 배우가 현장에 오기를 기다리기만 하면 돼……."

따악! 하고 손가락을 튕겼다. 운전수 이미군은 재빨리 액셀을 밟았고, 그대로 쿠로카와 정권의 깃발이 나부끼는 가도를 따라 현청을 향해 내달렸다.

* * *

흑철선풍·네코야나기 파우, 갑작스러운 패배ㅡ.

1년 전, 이미하마. 무투파 지사의 긴 흑발이 독살스러운 붉은 힐 아래에 깔렸고, 그 앞에서 다리를 꼰 수수께끼의 여자가 비치는 모습이 방영된 것은 마침 그날이었다.

"여어, 다녀왔다. 근면한 이미하마 현민 제군."

목소리도 모습도, 여자의 것이다. 그러나 선글라스 안에서 엿보이는 칠흑의 눈동자는, 현민 누구나가 본 적이 있었을 게 틀림없다.

"그동안 소식이 늦어서 미안했다. 잠깐 저세상에 실례했거든. 네코야나기의 정책은 대단히 강경하고 위태로웠던 모양이지만, 안심하게나. 그녀는 자경단장으로 돌아가고, 오늘부터

나…… 쿠로카와 켄지가, 다시 지사를 맡을 테니까."

사악한 현지사·쿠로카와의 재림이었다.

그날을 경계로, 거리에는 쿠로카와가 디자인한 마스코트 「이미군」을 뒤집어쓴 검은 옷들이 활보했고, 이전의 쿠로카와 정권과는 다른 광적이면서도 불가사의한 공포정치가 이루어졌다.

『사상 세정 계획』이라는 제목을 내세우고는 있지만, 그게 무엇이냐면…….

쿠로카와 정부가 선별한 영상, 인쇄물 등을 시민에게 강제로 지급하고, 시청을 강제한다는 것이었다. 시민은 지급물을 보고 매번 5만 자 이상의 리포트를 제출하는 게 의무화되었고, 정부가 정한 규정 점수를 밑돌면 엄벌을 받았다.

하루하루 살아가는 게 고작인 현대인에게는 터무니없는 탄압이었고, 쿠데타를 벌이려는 움직임도 있었지만, 그것도 바로 자경단에게 진압당했다. 자경단장·파우의 사람이 달라진 듯한 아수라 같은 행동 때문에 시민의 전의도 꺾여버린 모양이었다.

도를 넘어선 독재, 악정(惡政)의 극치—.

그러나 한편으로, 신생 쿠로카와 정부는 군략에서는 대단한 날카로움을 보였다.

일본의 군사력을 지탱하는 핵심으로 불리는 마토바 중공 그룹을 포섭하고, 효고에서 대량의 생물병기를 들여와 전격적으로 교토 정부를 제압하더니, 그길로 긴키, 도호쿠, 호쿠리쿠를 차례차례 제압. 일본 지도는 순식간에 이미하마의 색으로 물들었고, 여전히 그 기세는 멈출 줄을 몰랐다.

지금은 일본 전체가 이미군의 해맑은 웃음을 두려워하면서, 대체 무엇을 위해서인지 모를 리포트를 계속 쓰고 있는—그런 일그러진 상황이었다.

* * *

상영관 앞, 분수 광장.

"겨우 상영이 끝났네. 이제 눈이 말라비틀어질 것 같아."

"그래도 돌아가면 또 리포트를 써야……."

"이제 하얀 원고지를 보기만 해도 토할 것 같아."

쿠로카와의 퇴장으로부터 두 시간.

겨우 풀려난 주민들이 터덜터덜 귀로를 밟았다. 이후에는 또 면밀한 리포트 체크를 거쳐서 사상이 순조롭게 정화되고 있는지 관측한다.

슬쩍 봐도, 그야말로 피로에 절어버린 모습…….

그 모습을 곁눈질하면서.

"……후아~~아암. 겨우 끝났나아."

말라버린 분수 위에 앉은 핑크색 해파리 머리가 거하게 하품하면서 정장을 입은 작은 몸으로 힘껏 기지개를 켰다.

"매번 너무 한가해서 녹아버릴 것 같아. 뭐, 시청 면제를 받은 것만으로도 다행인가……."

"티롤 님! 주민 점호 완료했습니다. 상영회 결석이 두 명, 도중 탈주 한 명, 기절 및 전화기 끄는 걸 잊어버린 사람이……."

"아~ 시끄러워 시끄러워! 바보 같아~, 너희끼리 마음대로 처리해."

엉성한 대답을 돌려주자, 보좌 이미군은 정중하게 경례하고는 작업으로 돌아갔다. 티롤은 그 모습을 지루한 듯 배웅하고는 해파리 머리를 휘날리며 돌바닥 위에 착지했다.

그리고 머리를 쓸어 올리는 바람을 거스르면서 눈을 가늘게 뜨고 거리를 내다봤다…….

현청을 포함해서, 할리우드를 모티브로 삼아 개장한 거리가 눈에 한가득 들어왔고, 여기저기에 『네오 쿠로카와 정권』의 깃발이 나부끼고 있다. 이미 이 광경도 완전히 익숙해지고 말았다.

'벌써 1년, 인가.'

다행스럽게도, 라고 말해도 될까.

상인인 티롤에게 정치적인 신조는 없다. 한때 반목했던 쿠로카와도 오히려 그녀의 자존심 없는 태도와 교활함을 높이 샀기에, 이미하마에서 요직을 맡는 것도 그리 고생하지 않았다.

이력서에 적은 『이미군 경력 반년』, 『마토바 중공 치프 엔지니어 경력 2년』 덕분에, 지금은 『이미군 감독관』이라는, 모두가 부러워하는 포지션까지 손쉽게 올라섰다.

'그래도 매일매일 이래서는 말이지. 못 해 먹겠다고! 양복이

라도 사러 갈까.'

주변에 아무도 없는 걸 확인하고, 일을 땡땡이치고 돌아가려던 그 뒷모습을 향해…….

"티롤 님!"

'으긱!'

"예정보다 이릅니다만, 서문에서 물자가 도착했습니다. 하마차 24대 분량, 이제 광장으로 들여도 될까요?"

"……아~, 그래그래. 납품 체크네…… 보면 되잖아. 보면."

"현장 준비 완료. 이쪽으로 돌려라."

보좌 이미가 무전기에 대고 말하자, 『알겠음』이라는 대답과 함께 짐수레를 덜컹덜컹 끄는 하마들이 광장에 우르르 들어왔다. 티롤이 그 짐수레 안을 보자, 대량의 카메라나 삼각대, 조명기구 같은 촬영 기재가 산더미처럼 있었다.

"자, 1번차 오케이~. 가."

"티롤 님. 도장을."

"여기."

"도장 완료. 좋~아. 현청으로 돌려라! 기재는 섬세하니까 흠집 내지 마라!"

목덜미에 해파리 도장이 찍힌 모래 하마차가 광장을 떠났다. 티롤은 기재 내역을 제대로 확인도 하지 않은 채 짐수레를 들여다보고는 해파리 도장을 쾅쾅 찍으며 돌아다녔다.

'무기나 약이라면 모를까, 왜 촬영 기재뿐이지? ……뭐, 됐어. 빨리 돌아가기만 하면 돼. 좋아. 이걸로 끝…….'

마지막 한 대, 그 짐수레의 천막을 들춰서 아무 생각 없이 들여다봤을 때……

티롤의 졸린 눈이, 문득―.

'……이, 냄새.'

어떤 냄새를 맡고 금빛으로 반짝였다.

'……버섯……?'

장사꾼인 티롤이 아니었다면 맡을 수 없었을, 미약한 냄새. 그러나 그건 확실히, 쇳녹이나 촬영 기재와는 다른, 생명의 포자가 발하는 냄새였다.

『번뜩!!』

'……으겍!!'

뭔가 비취색의 불빛 두 개가 강렬하게 빛나면서 티롤의 눈동자를 꿰뚫었다. 티롤은 마치 강렬한 딱밤이라도 맞은 듯 크게 몸을 젖혔고, 광각 렌즈의 산을 무너뜨리면서 데구르르 뒤로 굴렀다.

"우와악―?!"

""앗?!""

기재와 함께 짐수레에서 굴러떨어진 티롤의 모습을 본 보좌 이미 두 명이 다가왔다.

"티, 티롤 님! 괜찮으십니까?!"

"설마, 안에 위험물이?"

보좌 이미 두 명은 티롤의 안색을 보고 범상치 않은 사태를 짐작했다.

"저희에게 맡겨주시길! 이봐, 너는 오른쪽부터다."

그대로 호흡을 맞춰서 짐수레에 얼굴을 처박았다.

'우, 우와아아…… 크, 큰일 났다.'

"이 녀석들, 바로 그놈들이잖아! 기, 긴급! 긴급 연락을!"

"으랴아압—!!"

기합 일섬. 공중으로 도약한 티롤이 허리춤에서 쇠지레를 슬쩍 뽑았다.

무전기에 대고 외치려던 보좌 이미가 돌아보려고 하자마자, 탈 인형 정수리가 퍽!! 하고 짓눌릴 정도의 일격이 작렬했다.

"끄하악!!"

바로 공중에서 몸을 돌려서, 어안이 벙벙해진 다른 한 명에게 일격.

"커헉!!"

불쌍한 보좌 이미군 두 명은 그대로 빙글빙글 돌며 졸도했고, 티롤은 바닥에 떨어진 무전기를 향해 곧장 외쳤다.

"어~, 으음. 7번, 8번 이미가 과로로 쓰러졌다! ……응? 언제나 그렇다고? 확실히, 긴급이라고 할 정도는 아니었네. 아하하…… 못 들은 걸로 해줘. 오버!"

거기까지 단숨에 떠들어댄 뒤에 통신을 끊고 대자로 뻗은 티롤의 시선 너머에서—.

『『빼꼼.』』

천막에서 고개를 드러낸 두 소년이 의아한 듯 티롤을 들여다보고 있었다.

지면에서 보이는, 저 두 개의 동안은······.

보일 때마다 그때까지의 평온에 종말을 고하고, 언제나 폭풍 같은 모험에 말려들게 했던, 티롤에게는 저주를 내리는 광경이었다.

"이 녀석, 뭐 하는 거야? 눈만 마주쳤을 뿐인데 혼자 발광했어."

"딱하게도. 비스코를 봐서 그래. 거절 반응으로 발작을 일으킨 거야."

"용케도 그런 실례되는 말을 하는구만. 내가 무슨 악령이냐. 짜샤!"

티롤은 완전히 익숙해져 버린 농담을 들으면서 어찌어찌 일어났다. 거대한 위기에 직면한 머릿속이 빙글빙글 돌면서 현기증까지 일으키고 있었다.

비장한 각오를 다지고 두 사람을 마주 본 티롤을 향해······.

""안녕.""

"안녕, 이 아니라고! 이 멍텅구리들아!!"

티롤은 고양이처럼 뛰어올라 소년들의 머리를 「찰싹찰싹!!」 연이어 두들기고는, 두 사람을 다시 짐수레 안으로 집어넣었다.

"으갸아악! 아프잖아, 티롤!"

"1년 만에 하는 인사가 따귀라니. 이 녀석한테는 인간의 정이라는 게 빠져 있어."

"내 인생을 휘저어놓고 뻔뻔하게 지껄이지 마. 이 멍청한 버섯!!"

티롤의 노성은 볼륨은 작아도 박력이 있었고, 그 핏발 선 눈을 보자 소년들도 기가 죽어서 얼굴을 마주 봤다.

"왜 이제 와서, 하필이면 본거지에서 튀어나오는 거야! 쿠로카와가 얼마나 혈안이 되어서 너희를 찾고 있는지 모르는 거야? 정말 바보잖아. 무리, 무모, 손익 판단도 못 하고 있어!"

"저기, 티롤."

미로가 뭔가 말하려던 비스코를 막으면서 티롤에게 조용히 말을 걸었다.

"우리도 슬쩍 돌아봤는데, 티롤의 말대로 이미하마의 경계 태세는 굉장해. 온 거리를 카메라가 찍고 있고, 주민들도 다들 고문을 받고 있어. 도저히 우리만으로 돌아다닐 수 있는 상황이 아니야…… 그래서, 너를 먼저 만나러 온 거야."

"……나를? 왜?"

"저기, 그게."

미로가 우물거렸다.

"너라면, 어, 어떻게든 해줄 것 같아서……."

"웃기……!!"

미로의 엉성하기 그지없는 말에 고함을 치려던 티롤의 입을 비스코가 바로 틀어막았다. 티롤은 분노로 새빨갛게 상기된 얼굴로 깊게 숨을 내뱉으면서 자신의 마음을 간발의 차이로 억눌렀다.

"휴욱. 진정하자. 휴욱. 상인은 화를 내면 끝장……."

"이상한 호흡이네. 너, 뭔가 낳냐?"

"미, 미안해. 티롤! 우리도 도저히 부탁할 사람이 없어서……."

"정좌!!"

""네.""

조용히 앉은 두 사람을 내려다본 티롤은 「끄으응」하고 입술을 깨물었다. 표정은 짜증이 난 것처럼 보이지만, 눈동자는 이미 기지로 반짝이는 황금빛을 되찾았다.

"뭐가 됐든 서둘러야…… 곧 본부에서 감사 이미군이 파견돼. 꾸물대다가는 너희는 물론이고 나까지 목이 날아갈 거야."

"특무대가 온다면, 쓰러뜨리면 되는 거 아냐?"

"너는 입 다물고 있어!!"

티롤은 비스코에게 단호하게 내뱉고는 딱 4초 동안 고민에 잠겼고, 천천히 짐수레 천막에서 고개를 내밀었다.

"……. 고전적이지만, 뭐, 이것밖에 없겠네……."

티롤의 아래쪽에는, 조금 전 쇠지레의 일격을 맞고 졸도한 두 명의 이미군이 쓰러져 있었다. 탈 인형의 커다란 갈색 눈동자는 어딘가 공허하게 가을 하늘을 올려다보고 있었다.

1

"오오챠가마 티롤 님. 인증을 완료했습니다."

티롤이 디스플레이 붙은 인증기에 직원증을 넣자, 화면에 나타난 쿠로카와 마스코트(3등신)가 「Have a good Friday!」라는 말을 보내왔다. 직원 기숙사의 미인 접수원은 그걸 확인하고는 티롤에게 정중히 고개를 숙였다.

"이번 주도 근무 수고하셨습니다. 방 청소는 끝내났습니다."

"응. 너도 수고했어."

"그런데, 저기……."

미인 접수원은 곤혹스러운 기색으로 티롤 뒤에 선 사람들을 엿봤다.

두 명의 이미군이다.

그 탈 인형은 빨간색과 파란색, 두 색으로 나뉘어 있었다. 파랑 이미군 쪽은 정장 차림도 말끔하고 청결, 넥타이도 매고 있어서 꽤 그럴싸한 이미 모습이라 할 수 있다.

반면 빨강 이미는……

아무리 봐도 비뚤어진 머리에, 귀 한쪽이 부러져서 솜까지 튀어나와 있다. 정장은 주름투성이, 넥타이는 사냥꾼의 로프 워크처럼 복잡하게 묶여있어서, 마치 장신구가 아니라 목을 지키는 물건으로 인식하고 있는 듯한 모습이었다.

얼추 『야생 이미군』이라고 부르는 게 어울리는 차림새였다.

"뭔데? 자사주라면 안 살 거야."

"아뇨. 일행이신, 두 분 말인데요……."

미인 접수원은 빨강 이미의 이질적인 모습을 보고 재빨리 정신을 차려서 티롤에게 말을 이었다.

"이 직원 기숙사는 C클래스 이하…… 다시 말해, 이미군 이하인 직원은 업무 이외에는 출입을 금지하고 있습니다. 그러니……."

"그럼 문제없잖아. 『업무』로 불렀으니까."

"업무, 라고 말씀하시는 건……?"

"저기~. 당신, 거기까지 물어보는 거야?"

티롤은 노골적으로 심기가 상했다는 표정을 보이며 접수원을 움츠러들게 했다.

"한창때 나이인 나한테 이런 딱딱한 업무는 따분해서 견딜수가 없고, 스트레스도 쌓여있다고. 주말에 남자 두 명 정도 사는 게 뭐가 잘못이야?"

"아, 아뇨. 결코 그런……!"

티롤의 노골적인 말을 듣자 미인 접수원은 얼굴을 붉혔다. 아무래도 이 이상의 추궁은 그만두려는 모양이었다.

"불러 세워서, 죄송합니다. 좋은 주말을……."

"주말에는 청소하러 오지 마. 정신 산만해지니까. 노크도 하지 말고!"

티롤은 엘리베이터를 향해 걸어가면서 접수원에게 그렇게 말하고는 이미 군 두 명을 데리고 문을 닫았다. 닫히는 문 너머에서 접수원은 고개를 깊이 숙였다.

위로 올라가는 엘리베이터 안에서 티롤은 힘을 쭉 뺐다.

"……후우. 이거야 원."

그리고는 정장 넥타이를 난폭하게 풀면서 문에 기댔다.

"일단 이러면 되겠지. ……등잔 밑이 어둡다고, 직원 기숙사에 니희가 있다고는 생각하지 못할 거야."

"고마워, 티롤! 역시 부탁해서 다행이야!"

"너무 수치를 모르는 방식이잖아."

화색을 띠면서 티롤의 손을 잡은 파랑 이미와는 대조적으로, 빨강 이미는 벌레 씹은 듯 말했다.

"내가 네 부모님이었다면 울었을걸. 백 보 양보해서 너 자신은 그렇다 치더라도, 내가 너한테 몸을 팔 리가 없잖아."

"쫑알쫑알 시끄러워~~!! 조금은 감사해. 이 빨강 성게 머리야!!"

"빠, 빨강 성게……?!"

"새롭네! 티롤, 그거 받아 가도 돼?"

"도착했어. 자, 이쪽. 서둘러!!"

빨강 이미가 익숙하지 않은 욕설에 이의를 제기하기 전에 스파이 같은 움직임으로 엘리베이터에서 나간 티롤이 두 사람을 자기 방에 밀어 넣고는 주의 깊게 문을 닫았다.

* * *

【 소문 자자하던 극악 쇠꽃게 마침내 체포당하다. 】
미모의 여수라 파우 이 번 에 도 크나큰 공적

전날 새벽, 이미하마령 도치기현 남부에서 자유분방하게 파괴 행각을 벌이며 오랫동안 민심을 어지럽혀온 거대 게가 이미하마 자경단 1번대의 활약에 힘입어 마침내 체포되었다.

잠복 테러리스트의 증언에 따라, 거대 게는 「아쿠타가와」라 불리는 개체라는 게 판명. 신수(神獸)로 숭배받고 있기도 해서,

이 체포로 인해 테러리스트의 사기가 크게 꺾이게 될 것으로 보인다. 이 크나큰 사냥에 관해서 일본 최고 두뇌·쿠로카와 지사는 「킹콩 대 빅 크랩이라…… 별로 끌리지 않네」라고 코멘트. 파우 자경단장은 코멘트에 응하지 않았다. (이미하마 신문부)

　『〈사설〉 위험인자 버섯지기 최후의 경종 3면←』

　『4컷 만화 「아카보시 군」은 작가 급병으로 인해 휴재합니다.』

　"다시 말해서어. 이걸 읽고, 현청까지 어슬렁어슬렁 나타났다는 건가……."

　책상다리로 앉아서 두 사람에게 받은 이미하마 신문, 그 과도하게 장식된 지면을 훑어본 티롤은 체념과 함께 고개를 내저었다.

　"저기 말이야. 이런 건 너희를 끌어들이기 위한 함정인 게 뻔하잖아! 사람이 너무 좋아. 왜 그대로 걸려버리는 건데!"

　"함정인 건 각오한 바야."

　"아쿠타가와가 납치됐다고. 내버려 둘 수 있겠냐."

　그렇게 대답한 소년들은 이미군의 머리를 벗고 정장만 입은 채 티롤이 분발해서 장만한 고급 소파에 몸을 내던졌다.

　"와아~. 이거 엄청 폭신폭신~. 늘어지겠어~."

　"눌러앉지 마! 그거 비싸단 말이야! 버섯 냄새가 묻잖아!"

　티롤은 겨우 냉정을 조금 되찾고는 두 사람 사이에 털썩 앉아서 신문 기사에 실린 아쿠타가와 사진을 가리켰다.

　"확실히! 확실히 말이지. 이틀 전에 꽤 커다란 수송차가 현

북부 병기공장에 들어갔다는 건 알아. 짐작 가는 건 그것밖에 없어. 구하려면 빨리 가야 해."

"장소는 알 수 있는 거냐?"

"조바심 내지 마. 심야가 되면 뇌물을 주고 통과할 수 있는 수위로 교대되니까, 그때까지 기다려. 절대로 거창한 짓은 하지 마…… 지금의 파우가 나오면, 너희 둘이 한꺼번에 덤벼도 못 당해."

파우라는 말을 듣자, 비스코와 미로는 약간 진지한 표정으로 돌아와서 얼굴을 마주 봤다.

"지금의 파우에게는 못 당한다."

티롤의 말은, 비스코가 아무리 센 척을 하더라도 사실이다.

사악한 버섯지기, 쿠로카와가 부활과 함께 손에 넣은 「녹꽃」의 기술.

세뇌 버섯 「실잣기버섯」의 효능을 베이스로 삼아 녹과 꽃으로 지배력을 몇 단계나 끌어올린 악마의 꽃은, 몸에 한 번 피어나면 그 지배에서 벗어날 방법이 없다.

지금까지 잠복을 계속해온 1년 동안 미로의 연구에 따라 녹꽃의 해석을 진행하고 있지만, 여전히 백신 생성에는 도달하지 못한 게 현실이었다.

"비스코, 티롤의 말대로 해. 어떻게든 내가 녹꽃 백신을 완성할 때까지는, 파우에게 손을 댈 수조차 없어…… 스테이야. 앉아."

"아무도 싫다고는 안 했잖아. 내가 무슨 강아지냐!"

'개랑 비슷하긴 한데 말이지~.'

맹견과 판다를 교대로 바라보던 티롤이 한숨을 내쉰 타이밍과 동시에, 벽에 설치된 대형 디스플레이의 전원이 강제로 켜졌다.

"어라? TV가……."

세 사람의 시선은 마침 소파 맞은편에서 지직거리는 디스플레이를 향해 저절로 모였다.

그곳에…….

『특보! 쿠로카와 필름 신작 발표 긴급 기자회견!』

거창한 음악과 함께 디스플레이 안에서 컬러풀한 대형 자막이 춤췄다.

뭔가 어안이 벙벙해진 세 사람 앞에서, 나비넥타이를 한 사회자 이미군이 고개를 꾸벅 숙였다.

『선량한 현민 여러분, 안녕하십니까. 오늘은 시모부키 프로레슬링, 가난자 마스크 왕좌 방어전을 방영할 예정이었습니다만, 쿠로카와 필름의 신작 발표회로 변경해서 보내드립니다.』

사회자가 재촉하자 카메라가 단상 옆으로 이동하면서 의자에 앉아 다리를 꼰, 반짝반짝한 드레스에 숄을 두른 쿠로카와를 비췄다. 선글라스를 틀어서 윙크하는 그 머리 위에는―.

〈쿠로카와 필름 신작 영화 라스트 이터 제작 발표회〉

이런 덕지덕지 장식된 보드가 매달려 있었다.

"……뭐야 이게??"

갑자기 시작된 영문 모를 전개 때문에 기합이 묘하게 어긋나 버렸는지, 원적(怨敵) 쿠로카와를 눈앞에 둔 비스코조차 자신이 가져야 할 감정을 정리하지 못하고 있었다.

"쿠로카와 필름이라는 건 저 녀석의 영화 회사야. 자주 이렇게 특방을 한단 말이지. 현청을 통째로 촬영 스타디움으로 만들거나, 『사상 정화 프로그램』이라고 해서 억지로 영화만 보여주거나, 이것저것 제 맘대로 하고 있어."

"여, 영화를 보여준다고?!"

비스코가 놀라서 저도 모르게 티롤에게 캐물었다.

"그럼, 이미하마 주민들이 본다는 세뇌 영상이라는 건……!"

"영화야, 영화. 오늘은 람보, 터미네이터 2, 로마의 휴일…… 아무튼 매일 밤낮으로 저 녀석의 선정작을 강제로 보고 있는 거야."

놀라움이나 어이없음의 시선을 좌우로 받은 티롤은 턱을 괴면서 말을 이었다.

"쿠로카와는 현대인에게 예술적 감성을 길러주겠다고 말하지만. 정말로 뭘 하고 싶은 건지……."

"잠깐만…… 비스코, 저건!!"

티롤의 해설에 끼어든 미로가 외쳤다. 화면을 보니, 그곳에는 쿠로카와 옆에 유유히 대기하고 있는, 철곤을 든 흑발 여자가 비치고 있었다.

그 아름답게 단련한 흑표범 같은 장신은, 쇼걸 같은 아슬아슬한 의상에 감싸여 있었다. 번뜩이는 철곤, 표정을 읽을 수 없게 눈가까지 덮은 자경단 이마 보호대와 어우러져서 무척이나 위험한 요염함을 풍겼다.

""파우?!""

"아~. 그래그래. 저 녀석, AD를 파우에게 맡기고 있어. 어시스턴트라고 해야 할지, 신변 경호원이라고 해야 할지……."

"대, 대체 무슨 옷을 입힌 거야! 쿠로카와…… 용서할 수 없어!!"

"……그런가아? 평소와 그렇게 달라지지 않은 것 같은데……."

"비스코도 비스코대로 좀 더 반응해줘야지!! 실례잖아!!"

시끄럽게 말다툼하는 두 사람 사이에 끼어들듯이ㅡ.

『아ㅡ 이미하마 현민, 아니. 일본 국민 여러분. 대단히 오래 기다리게 했다…… 구상 17년, 준비 기간 4년에 달하는 대작 〈라스트 이터〉의 제작이, 오늘부터 개시된다.』

쿠로카와의 뜸 들이는 듯한 말이 들려오자, 세 사람의 시선이 다시 TV로 되돌아왔다.

『축하드립니다. 쿠로카와 지사님. 현민들도 기대하고…….』

『감독이라 불러. 자리를 가려야지, 바보야.』

『실례했습니다. 쿠로카와 감독님.』

웃다가 단숨에 불쾌해진 쿠로카와를 본 사회자가 움츠러들었다.

『그럼, 이번 작품은 철저하게 「진짜」를 고집한 촬영이 된다고

들었습니다. 진짜란 무엇인가. 그 진의를 여쭤봐도 될까요?』

『후후. 좋은 질문이야. ……으~음? 뭐라고 하더라…… 야, 잠깐만…….』

쿠로카와는 허공을 노려보며 몇 초 굳어지더니, 옆에 있는 파우를 작은 목소리로 불렀다. 파우는 뭔가 대본 같은 종이를 쿠로카와에게 보여주면서 귓가에 뭐라 속삭였다. 쿠로카와는 살짝 끄덕이면서 그걸 듣고는, 하얀 허벅지를 유유하게 다시 꼬면서 헛기침했다.

『고대 일본의 전설적인 영화 감독, 쿠로사와 아키라는…… 어느 영화를 찍을 때 주인공 바로 옆에 화살이 꽂히는 신에서 「진짜」 리액션을 원했기에, 실제로 화살을 쐈다는 에피소드가 있지. ……타협 없이 「진짜」를 추구하는 그 자세야말로, 그를 전설적인 존재로 끌어올린 요인 중 하나였을 게 분명해.』

『흐으음. 그렇군요.』

『하지만, 나는 생각했다…… 한순간의 「진짜」가 명작을 낳았다면, 영화 한 편을 통째로 써서 「진짜」를 찍었을 때, 과연 어떤 걸작이 만들어질까?』

쿠로카와는 거기서 잠시 시간을 두고는『크큭』하고 낮은 목소리로 웃었다. 그 광적인 안광을 본 사회자 이미군도 무심코 기가 죽고 말았다.

『이번 작품 〈라스트 이터〉는, 처음 순간부터 마지막까지 모든 것이 「진짜」인 대 스펙터클 무비다. 무대는 이 일본 전역에 걸칠 가능성이 있기에, 로케이션 지역 확보를 위해 미리 일본 전역을 내가 점령해둘 필요가 있었지. 또한, 국민 전원에게 철저한 예술 교육을 시행해서 언제 카메라를 돌려도 되도록 엑스트라로서의 소양을 길렀다.』

『로케이션 지역으로, 점령……? 국민이 엑스트라?!』

사회자 이미군 및 발표회장에 모인 기자들이 일제히 웅성댔다.

『그, 그럼, 감독님…… 지금까지 1년에 걸친 이미하마의 군략 전체가. 군중들에게 시행한 교육 전체가, 이 영화 제작을 위해서였다고…… 그, 그렇게, 말씀하시는 겁니까?!』

『그렇다만?』

『『에, 에에엑?!』』

"에, 에에엑?!"

"이 녀석 바보잖아."

대혼란에 빠진 발표회장을 TV 너머로 보던 비스코가 나지막하게 중얼거렸다. 한편, 미로와 티롤의 리액션은 TV 너머의 기자들과 완전히 일치했다.

『그래서, 이번 작품의 핵심 요소 말인데, 슬슬…… 야, 기자 놈들이 시끄럽잖아. AD!』

쿠로카와가 짜증을 내면서 말하자, 측근인 파우가 고개를 끄덕이며 전방으로 나오더니.

부우웅!!

발표회장에 철곤을 휘둘렀다.

찌릿찌릿찌릿! 하고 떨리는 공기, 그 풍압에 밀린 발표회장은 단숨에 얌전해졌다.

『그래, 바보들아. 떠들어야 할 곳이 다르잖아…… 아~, 그래. 이번 제작에 나서게 된 건, 주연 배우와의 교섭이 끝났기 때문이다. 다들 신경 쓰이겠지? 이 세기의 대작 영화를 짊어질 슈퍼 액터가 과연 누구인가…… 발표하겠다!』

드럼이 울리더니, 발표회장에 고저스한 천에 덮인 보드 같은 게 나왔다. 쿠로카와가 손가락을 딱 튕긴 동시에, 파우의 철곤이 콰앙, 콰앙! 번뜩이면서 보드를 덮은 천이 십자로 갈라졌다.

천 속에서 나타난 것은…….

타오르는 듯한 붉은 머리를 휘날리면서, 날카로운 안광으로 노려보는 소년의 용맹한 모습.

등신대로 프린트된 사진 옆에는……,

〈주연 아카보시 비스코 역 아카보시 비스코〉

이런 호들갑스러운 붓글씨가 쓰여있었다.

"…………뭐, 라고오오――?!"

그 모습을 보자, 비스코조차도 목소리를 억누르지 못하고 얼빠진 외침을 내질렀다.

『쿠로사와 감독이 명배우 미후네 토시로를 발탁한 요인…… 그건 「좋은 눈을 갖고 있었으니까」라고 하더군. 이 눈알을 봐, 멋진 광채라고 생각하지? 아무튼 이 아카보시는 드디어 나의 열렬한 러브콜에 응해서 이미 현장에 들어왔고…….』

자랑스럽게 떠들던 쿠로카와는 거기서 일단 말을 끊고, 상어 이빨을 드러내며 씨익 웃었다.

『지금, 이미하마현 안에 있다.』

『“앗!!”』

그때까지 놀라워하거나 어이없어하는 등 바빴던 소년들은 그 짧은 말에 전격적으로 반응해 표정을 굳혔다.

『촬영은 이르면 오늘 밤부터 시작된다. 제작 상황은 수시로 알려줄 테니, 현민 여러분도 즐겁게 기대하도록.』

쿠로카와가 그렇게 말하며 일어나자, 폭풍 같은 카메라 러시가 단상을 향해 점멸했다. 기분 좋게 손을 흔들던 쿠로카와가 무표정한 파우를 팔꿈치로 찌르자, 자경단장도 기계적으로 카메라를 향해 손을 흔들었다.

『그럼, 오늘은 이만 마치겠습니다. 감독님, 감사합니—.』

『아아, 그리고. 이건 혼잣말인데.』

행사를 마무리하려는 사회자의 말을 가로막은 쿠로카와가 유쾌한 듯 말했다.

『그 괴물 게를 구하고 싶다면, 심야에 숨어들어서는 늦을지도 모르겠어…… 아까, 병기공장에 지시를 내린 참이거든. 신속한 행동을 추천하지.』

그리고 카메라로 다가오더니, 선글라스 안에서 칠흑의 눈동자를 빛냈다.

『금방, 다시 만나게 될 거다. 즐겨보자고, 히어로.』

쿠로카와의 가느다란 손가락이 카메라 렌즈를 튕기자, 렌즈는 빠직 금이 갔고…… 화면은 그대로 지직거리며 잡음만을 내게 되었다.

2

『이미하마 현청에서 밤 아홉 시를 알려드립니다.』

틱, 틱, 틱, 빠~암.

『빠~암』 타이밍에 찬바람이 휘이잉 불어오자, 녹색의 수위 이미군은 저도 모르게 몸을 부르르 떨었다.

"그 녀석 늦네…… 어디까지 사러 간 거야?!"

탈 인형의 입 부분(개폐식이다)에서 재주 좋게 담배를 피우고, 그걸 밟아서 끈 수위 이미는 완전히 어두워진 밤하늘을 불안한 듯 올려다봤다.

"모처럼 금요일인데, 예고 없는 잔업 명령이라…… 뭐가 우애의 도시라는 거야. 이딴 도시 망해버리라지."

"선배~. 사왔어요오~~!"

"오오오!"

손을 파닥파닥 흔들며 달려온 것은 후배인 노란색 이미였다.

"늦었잖아. 돈이 부족했냐?"

"죄~송합다. 가는 길이 막혀서요. 완전 딴딴하게 막혀있더라고요. 그래도 맡겨주세요. 꿀맛인 걸 가져왔다고요."

'꿀맛……?'

"아~ 배고프네. 선배도 그렇죠? 자, 여기서 먹어요."

수위 이미는 후배의 재촉을 받아 병기공장 반입문에 기대앉아서 후끈후끈한 연기를 내는 종이봉투를 두 사람 사이에 놓았다. 후배의 표현은 둘째치더라도, 확실히 뭔가 맛있어 보이는 냄새가 녹색 코를 녹일 듯이 피어오르고 있다.

"자, 선배. 커피요."

"그래. 밥은 뭘 사온 거냐?"

"이거 보세요. 하마 주먹밥, 하마 회, 하마 꼬리 조림, 하마 튀김……."

"……너 이거 전부 하마 고기잖아! 위가 못 버틴다고!"

"늙은이 같은 소리 하시긴. 일단 먹어 보시라고요. 지금 군마 점령 페어 하고 있어서 상질의 하마 고기가 들어왔다니까요. 일반적인 것하고는 다르게 기름이 좔좔 흐른다고요."

"정말이냐~~?"

수위 이미는 뭔가 유도에 넘어가는 심경으로 하마 주먹밥을 들어서 빤히 응시했다. 합성 쌀에 뒤덮여 있는 하마 고기는 싸구려 하마 특유의 냄새가 없어서 그야말로 맛있어 보였다.

"그럼."

""잘 먹겠습니…….""

쿠쾅!

두 사람이 밥을 먹으려던 타이밍 직후, 기대고 있던 병기공장 문에 어마어마한 진동이 덮쳐왔다. 두 이미군은 그 충격에 휩쓸려서 앞으로 데굴데굴 굴렀고, 손에 든 하마 주먹밥을 놓쳐버렸다.

"아~~! 주먹밥~~!!"

"바보, 빨리 일어나! 으아아아, 반입문이……!!"

콰앙, 콰앙, 콰앙!!

연이어서 울리는 굉음과 함께 두꺼운 강철 문이 안쪽에서 찌그러지며 변형했다.

　그리고 그 굉음이, 헤아려서 여섯 번째가 되자…….

　쿠와아아아아앙!!

　""우, 우, 우와악―?!""

　괴력에 얻어맞은 강철 문이 공중을 날았고, 비명을 지르며 고개를 숙인 두 이미군의 머리 위를 스쳐 지나갔다. 문은 후배 이미의 두 귀를 압력으로 찢어버리면서 맞은편에 있는 연구시설에 부딪혀 어마어마한 연기를 피워올렸다.

　"위, 위험했다~~. 죽는 줄…….."

　"서, 서서서서선배. 앞, 앞!!"

　수위 이미는 후배의 말을 듣자마자 앞을 바라봤고…….

　그곳에는, 비상등의 불빛을 받아 껍질을 오렌지색으로 빛내는 거대한 왕게의 모습이 있었다.

　왕게는 구속되어 있던 분노를 부딪치려는 듯이 왕집게발을 부웅 휘둘렀고.

　빠, 각!!

　【제3병기공장】이라고 큰 글자로 적혀있는 벽을 어마어마한 파괴력으로 부숴버렸다.

　그리고, 그 등에는…….

　"뭘 느긋하게 자빠져 있어! 죽고 싶지 않으면 거기서 비켜!!"

　이런 어둠 속에서도 선명하게 번뜩이는 에메랄드색 안광은…….

"저건…… 시, 식인종, 아카보시!!"

수위 이미의 비명대로, 전국에서 수배된 대악당의 대명사다.

"좋았어. 바깥세상으로 출소다, 아쿠타가와!"

"히이이이엑—!!"

대지를 뒤흔들며 돌진해오는 왕게! 선배 이미는 완전히 다리가 굳어버린 후배 이미의 옆구리를 안고 게이트 옆에 있는 관엽 식물 화단으로 뛰어들었다.

"식사 중 죄송합니다~!!"

식인종 아카보시 옆에 앉아있는 건 그 파트너, 식인 판다 네코야나기 미로.

지나가면서 느긋하게 외친 위로의 말을 들으면서…….

"서, 선배……."

흙투성이가 된 이미군이 멍하니 중얼거렸다.

"뭔데."

"이거, 산재 나올까요?"

"너 진짜 다부진 녀석이구나."

묘하게 얼빠진 대화를 나눈 두 사람은 멀리 밤거리를 내달리는 왕게를 배웅할 수밖에 없었다.

"매복이 있을 줄 알았는데 맥빠지네. 화살 한 발도 쏘지 않고 끝났어."

『위잉—』하고 울리는 긴급 경보에, 대형 감시등이 수없이 비추는 밤의 이미하마 공업지대. 아쿠타가와가 줄지어 선 공장 지붕을 난폭하게 뛰어넘자 굴뚝이나 배수 탱크가 수없이 찌그러지고 쓰러져서 통로로 낙하했다.

"응. 역시 이상해…… 그렇게 노골적으로 유도해놓고, 쿠로카와가 손을 대지 않을 리가 없으니까!"

"알고 있어. 이대로 끝날 리가 없지. 그 녀석이라면 또 영문 모를 꿍꿍이를……."

비스코가 거기까지 말한 직후.

『퍼엉!』 하고 하얀색 하이빔이 아쿠타가와를 비췄다.

『구~~웃, 잡이다. 아카보시이!』

그 백광을 비추는 거대한 비행물체가 낮게 으르렁거리면서 높은 빌딩 뒤에서 나타났다.

『똑똑히 찍었다고. 구도는 완벽해!』

"말하자마자 나오셨나!"

비스코는 그렇게 말하면서 하이빔 때문에 눈을 가늘게 뜨고는 약간 곤혹스러워하며 말했다.

"근데 이건 뭐야?! 하늘을 나는 불가사리 같은……."

"마토바 중공의 다카라비아라는 신형이야. 비스코, 조심해!"

오망성의 형태를 옆으로 회전시키며 나는 거대 공중 촬영기 『다카라비아』.

오니쿠로 불가사리를 거대화 배양, 개조한 이 부유 생물은 외부 기구에 각각 카메라 조명, 음향 장치 등의 촬영 기재를 탑재하고 있으며, 매우 양호한 공중 제어성도 어우러져서 그 어떤 순간이라도 놓치지 않고 찍을 수 있게 튜닝되어 있다.

『정숙을 깨고, 잔해 속에서 뛰쳐나오는 거대한 게. 그리고 그 등에는─.』

불가사리의 복부에 매달린 철 곤돌라 안에서 쿠로카와의 목소리가 확성기를 타고 들려왔다.

『신시대의 히어로, 아카보시 비스코! 휘익! 관객들도 크게 환호하겠지!』

"이 자식. 뭐가 목적이냐, 쿠로카와!"

비스코는 아쿠타가와를 질주시키면서 왼쪽 전방을 나는 다카라비아를 향해 천둥 같은 목소리로 외쳤다.

"매번 그렇지만, 하나하나 빙빙 돌아간다고! 당장 덤비라 이거야!"

『아카보시~. 내 회견, 못 들었던 거냐아? ……야, 겨드랑이 딱 붙이고 찍어.』

옆에서 카메라를 든 카메라 이미군의 머리를 한 대 때린 쿠로카와가 즐거운 듯 말했다.

『나는, 이 지구 최고의 영화를 만들고 싶을 뿐이야…… 너를 주역으로 세워서 말이지.』

"영화, 라고오?!"

『뜬금없어 보이지만, 내 꿈은 최고의 히어로를 찍는 거거든.』

정말로 뜬금없이 튀어나온 쿠로카와의 말을 들은 소년들은 아쿠타가와 위에서 굳어졌다.

『그때, 네 화살이 내 배때기를 뚫고, 저세상으로 날아간 순간에…….』

쿠로카와는 몽롱하게 녹아내리는 목소리로 말을 이었다.

『이 녀석밖에 없다, 나의 히어로는 이 녀석뿐이다, 그렇게 확신한 거다. 그리고 결의했지. 반드시 너를 주역으로 삼아서 최고의 한 편을 찍겠다고. 그로부터 꽤 힘들었지…… 제작 준비를 위해 되살아나고, 감옥에 잠입하고, 꽃을 단 꼬마한테 굽신굽신하고…….』

"비스코! 또 우리를 현혹시킬 셈이야!"

"알고 있어. 저런 헛소리, 일일이 들어줄 수 있겠냐!"

비스코는 골치가 아파지는 쿠로카와의 말을 떨쳐내고, 파트너에게 아쿠타가와의 고삐를 맡기고는 마침내 등에서 단궁을 스르륵 뽑았다.

"한 번 죽었던 주제에 혓바닥은 잘 돌아간다니까. 염라대왕을 대신해서 내가 꿰뚫어주마!"

『오! 아카보시가 강궁을 쏘는 신이다. 놓치지 마!』

"시잇!!"

푸슝. 밤을 가르며 날아간 화살이 섬광처럼 번뜩이며 쿠로카와를 덮쳤다. 그 화살촉이 그대로 쿠로카와의 콧등에 꽂히려는, 그 직전―.

까앙!!

옆에서 휘두른 철곤이 반월 궤도를 그리며 화살을 튕겨내서 쿠로카와를 지켰다.

튕겨난 버섯 화살은 공장 구획 일각에 꽂혀서 『빠옴!』하고 피어났고, 밤의 어둠을 살짝 밝히는 붉은느타리버섯이 자라났다.

『휘익~! 몇 번을 봐도 간담이 서늘해지는 화살이라니까. ……야, 다음에는 좀 더 빨리 구해.』

"네. 감독님."

"비스코! 저건……!"

미로의 시선 너머를 비스코도 마찬가지로 봤다. 그곳에는, 곤돌라 가장자리에 서서 윤기 나는 흑발을 나부끼는, 두 사람에게는 낯익은 모습이 있었다.

"아카보시 비스코! 및 네코야나기 미로!"

파우는 달리는 아쿠타가와를 향해 철곤을 겨누고는 의연하고 아름다운 목소리로 외쳤다.

"감독님에게 활을 당긴 무례하기 그지없는 행동, 자경단장 파우가 간과할 수 없다. 이번 필름의 주역이기에 목숨은 남겨 두지만, 그 화살이 이 다카라비아에 닿는 일은 없다고 생각해라."

"뭣이이이이……!"

"내 남편이라면 알아들어라. 주역 발탁의 영예를 순순히 받아들이고, 촬영에 전력으로 임하는 거다."

"이 자식. 가정과 일, 어느 쪽이 중요한 거야!!"

'비스코가 해도 되는 말이 아니잖아~~.'

미로는 그런 생각을 하면서도 아쿠타가와를 교묘하게 몰아 밤의 공장지구를 질주하면서 니가타로 이어지는 이미하마 북서문으로 다가가고 있었다. 그러나 이번 도주극은 쿠로카와

측이 전혀 공격을 가해오지 않았다는 점에서 소년들에게 꺼림칙함을 남겼다.

『좋아. 신 1. 아카보시 비스코, 이미하마를 탈출하다…… 완벽하게 찍었어. 이제 적당히 해도 되겠지. 다음 준비에 들어간다.』

쿠로카와는 손에 든 대본을 보면서 볼펜을 잘근잘근 씹으며 중얼거리더니 다시 소년들에게 외쳤다.

『다음 촬영은 니가타현에 있는 외딴 섬, 코비와시 섬에서 할 거다. 우리 촬영반은 미리 가서 준비할 게 있으니까, 배우인 너희는 나중에 와줬으면 좋겠군.』

"너 바보냐?! 네놈의 말대로 어슬렁어슬렁 갈 리가 없잖아!"

『그게 온단 말이지. 너란 녀석은. 코비와시 섬에 뭐가 있는지 모르는 거냐?』

쿠로카와의 말을 들은 미로가 고개를 홱 들었다.

"스포아코 사람들이야…… 코비와시 섬에는 북쪽 스포아코들이 함께 붙잡혀 있어! 챠이카도, 카비라칸 족장도 거기에 있을 거야!"

『네코야나기가 있어 줘서 다행이라니까. 아카보시 혼자여서는 너무 바보라서 이야기가 진행되지 않는단 말이지…… 아무튼, 현 시각부터 딱 이틀 후에, 신형 가네샤포로 코비와시 섬을 포격할 거다. 신형 포는 대단하거든. 사람 한 명은 고사하고 풀 한 포기도 남지 않겠지.』

"뭐라고……?!"

『누군가가 구하러 가주지 않으면, 희소 민족 스포아코는 전

멸하게 될 거다…… 참으로 슬픈 이야기군. 어디 없는 거냐?! 그들을 구해낼 히어로는?!』

까득, 하고 어금니를 악물고 비취색 눈동자를 분노로 불태우는 비스코의 안광을 받은 쿠로카와의 선글라스가 반짝 빛났다. 겨우 붙잡았다고 말하려는 듯이, 쿠로카와는 눈을 돌리지 않고 공포와 흥분으로 홍조된 자신의 몸을 끌어안았다.

『……그 눈이야. 그 눈을 원했다고. 아카보시…… 놀이가 아니야. 너의 진심을 끌어내기 위해서라면 뭐든지 해주마…… 내가 어떤 녀석이었는지, 떠올렸나?』

"이놈……!"

『이제 놈이 아니라고. 레이디라고 불러줘…… 그럼, 또 보자.』

쿠로카와가 손가락을 딱 튕기자, 다카라비아는 그 거대한 오망성 몸체를 회전시키며 엄청난 폭풍을 주변에 흩뿌렸다. 두 사람은 외투를 펄럭이면서 팔로 눈을 가렸고, 니가타 방향으로 날아가는 다카라비아를 그저 지켜볼 수밖에 없었다.

"……촬영 준비를 위해, 일본 전토를 점령했다……."

미로의 뇌리에, 회견에서 떠들어대던 쿠로카와의 말이 되살아났다.

'쿠로카와의 저 모습. 『영화를 위해서』라는 건 의외로, 사실인 건가……?'

여자가 된 쿠로카와에게서 예전과는 다르게 뭔가를 떨쳐낸 듯한 느낌을 받은 미로는 아쿠타가와 위에서 잠시 고민에 잠겼다.

"미로. 우물쭈물할 때가 아니야. 서둘러 그 외딴 섬으로 가자."

"스포아코 사람들을 구하러 가는 거지?"

"쿠로카와 녀석. 장난치고 있는 것 같지만…… 어딘가에서는, 진심이야. 내게서 눈을 돌리지 않았어. 틀림없이, 남자였을 때보다 버거워."

미로는 고개를 끄덕이고는 고삐를 잡았고…… 문득 뭔가 떠올린 듯이 파트너를 돌아봤다.

"비스코. 두 패로 갈라져서 도움을 요청하는 건 어때?"

"도움을?"

"우리한테는 그 사람이 있잖아! 분명 이번에도……."

"안 돼. 그 이상 말하지 마. 미로."

비스코는 미로의 말을 끊고 살짝 눈을 가늘게 뜨고는, 파트너를 돌아보지 않은 채 말을 이었다.

"마지막까지 아들내미 뒤치다꺼리나 맡기는 건, 면목이 서지 않잖아. 우리끼리 하는 거야. 그 활이 길러낸, 우리끼리…… 이게 저승길 선물을 보내줄, 마지막 기회야."

미로는 한 마디씩 또박또박 중얼거리는 듯한 파트너의 말을 듣고는 천천히 수긍하면서, 그 상처투성이 손에 자기 손을 얹었다.

"알았어. 갈 수 있지?"

"날 대체 뭘로 보는 거야?"

"좋아. 가자, 아쿠타가와!"

소년들은 평소처럼 날카로운 표정을 되찾고는 이미하마의

칠흑 같은 밤을 가르며 다카라비아를 쫓아서 달렸다.

3

"우효오—. 정말 높구나! 건물이 개미 같아."

"장관이죠? 저희 서비스 중에서도 이 계곡은 가장 인기가 많습니다. ……손님. 너무 고개를 내밀지는 마세요. 어르신의 몸으로는 버티기 힘든 추위입니다."

"쓸데없는 참견이구나. 나를 늙은이 취급하지는 마라."

야마가타현 북부, 츠치카가미 협곡.

미세한 보석이 함유된 특수한 지질로 인해 햇살을 반사해서 반짝반짝 빛나기에, 일본에서도 손꼽히는 아름다운 경치를 즐길 수 있는 자연유산이다.

그러나 육로를 통해 야마가타로 오는 여행은 애초에 너무 위험해서 관광객은 적고, 그렇다고 개간하려고 해도 흙이 작물을 전혀 기르지 못하는지라, 야마가타현 지자체도 손을 쓰지 못한 불우한 토지라고 할 수 있다.

거기에 눈독을 들인 것이, 따분함을 주체하지 못하고 있던 야마가타 공군이다. 공짜 밥이나 먹던 에스카르고를 두들겨 깨워서 스카이다이빙 서비스 사업을 개시한 것이다. 형형색색으로 변하는 계곡을 향해 뛰어내리는 박력 넘치는 다이빙은 굉장한 감동 체험이라며 평가가 높았고, 지금은 야마가타의 재정을 뒷받침할 정도로 성장했다.

"어허어. 이거 아름답구나. 적지 않은 돈을 낸 보람이 있었어."

"그렇게 말씀해주시니 감사하네요! 그래도 손님, 진짜는 지금부터……."

"이제 못 참겠군. 난 뛰어내리마."

"네에?!"

슬그머니 에스카르고의 문에서 뛰어내리려 하는 노인을 스텝이 황급히 말았다.

"잠깐, 손님. 잠깐 기다리세요! 아직 낙하산을 착용하지 않았어요!"

"뭐냐, 생명줄 말이냐? 그런 건 달아봤자 죽을 때는 죽어."

"누, 누가 좀. 이 할아버지를 좀 막아줘!"

"으그오오오~~. 이거 놓지 못할까~~!"

노인은 세 명에게 붙잡혀서 강하용 슈트, 낙하산 팩을 장착하게 되었고, 불만스럽게 「체엣~. 가볍게 뛰어내리고 싶었건만」이라고 중얼거렸다.

"이거야 원! 기운찬 할아버지네. 그럼 3, 2, 1로 뛰겠습니다. 준비는 됐죠?"

"됐다!"

"좋~아요! 그럼 갑니다. 3!"

"이얍!"

노인은 풍성한 흰 수염을 바람에 회약! 나부끼면서 공중을 날았다.

"2…… 뭐?! 무, 무슨 이런 손님이 다 있어!"

순간 어안이 벙벙해져서 출발이 늦어진 스텝이 황급히 쫓아 갔다. 노인은 묶은 머리를 펄럭펄럭 휘날리면서 빙글빙글 공 중을 춤추더니 「이~얏호오오」라며 즐거운 절규를 내질렀다.

"할아버지~~!! 무리는 하지 말아요! 내가 짤린다고요오!"

"시끄럽구먼. 즐기고 있으니 방해하지 말거라!"

"그런 소리를 해도……."

『에스카르고에서 다이브 리더에게. 히라사키 대원, 긴급사 태다.』

"알고 있어요! 저도 필사적으로……."

『영감님 쪽이 아니야! 레이더에 병기 반응 있음. 전방 적란 운 안에 뭔가 거대한…… 우왓. 저게 뭐야!』

에스카르고에서 온 통신이 범상치 않자, 히라사키 대원은 저도 모르게 돌아봤다.

그 눈앞에서…….

콰아앙! 하고 청자색 번개가 구름 속에서 번뜩이면서 에스 카르고의 복부를 꿰뚫었다.

퍼어엉! 하고 엔진이 작렬했고, 폭풍이 에스카르고를 순식 간에 터트리면서 낙하 중인 히라사키 대원도 공중에서 빙글 빙글 돌았다.

"우, 우와아…… 이럴 수가!"

히라가시 대원의 고글에 기체의 파편이 박히면서 빠직 균열 이 갔다.

"에, 에스카르고가 당했다?! 이런 일은 지금까지……."

멍해진 히라가시 대원의 눈앞에서, 부러진 강철 날개가 어마어마한 기세로 다가왔다.

"와…… 우와악—!"

저도 모르게 양팔로 얼굴을 가리고 어쩔 방도 없이 굳어진, 그 뒤편에서……

푸슝, 푸슝!

두 발의 화살이 하늘의 공기를 가르며 날아가서 히라가시 대원의 귓가를 스치고 날개 잔해에 꽂혔다. 직후, 뽀꿈, 뽀꿈! 하고 작렬한 흰 버섯이 잔해를 부숴서 간발의 차이로 히라사키 대원을 구했다.

"……무사해? ……저건, 버섯?!"

"우효호호호! 서프라이즈까지 있다니, 꽤 배려가 좋구먼."

"하, 할아버지! 당신, 버섯지기였어?!"

바로 돌아본 히라사키 대원의 시선이 낙하하면서 활을 든 노인을 포착했다. 노인은 조금 전까지와는 달라진 괴력으로 히라사키 대원을 등에 짊어지고는 푸슝, 푸슝, 푸슝! 하고 눈에 보이지 않는 속도로 계속 활을 쐈다.

뽀꿈, 뽀꿈, 뽀꿈!

마치 두 사람을 노리듯이 쏟아지던 에스카르고 파편이 노인의 화살과 버섯에 맞아 전부 부서졌다. 하늘의 상황이 진정되자, 노인은 아무렇지도 않게 활을 품에 넣었다.

"자, 하늘 여행을 계속 즐겨보기로 할까."

"굉장하잖아, 할아버지! 당신, 이름은?! 분명 유명한 달인이겠지?"

"시끄럽구나! 사생활을 들먹이지 말거라. 그보다도 낙하산 쓰는 법을 모르겠구나. 돈을 내지 않았느냐. 확실하게 손님을 안내하지 못할까."

"아, 알았어!"

구사일생한 히라사키 대원은 노인의 말대로 강하 예정 포인트까지 손님을 안내했다.

바람도 없고, 하늘에 별들만이 반짝이는 계곡의 밤.

고지대에 친 텐트 안에서 냄비를 끓이는 모닥불 연기가 뭉게뭉게 피어올랐다.

노인은 뽀글뽀글 끓는 황토색 국물을 나무 국자로 떠서 입가로 옮겼다.

"꿀꺽. 꿀꺽. 푸햐아."

그렇게 흰 수염을 더럽히면서 맛있는지 맛없는지 잘 모를 목소리를 냈다.

가벼운 행동거지 속에 잠재된 달인의 기색을 느낄 수 있는 자라면······.

이 노인이 바로 버섯지기의 영웅·자비라는 것을 알 수 있으리라.

"스카이다이빙이라는 것, 나쁘지 않았어. 우효호호, 가프네 그 마귀 할망구에게 들려주면 분통해하겠지."

자비는 냄비에 끓이는 정체 모를 국물(본인 말로는, 쥐고기

완자와 잎새버섯 수프)을 나무 국자로 떠서 후룩후룩 마시며 품에서 노트 한 권을 꺼냈다.

"……스카이다이빙……은, 달성. 어라아? 이제 얼마 안 남았구만. 너무 급하게 했나…… 뭔가 추가하는 게 나을까."

자비는 노트에 체크를 넣고는, 그곳에 기록된 어떤 리스트를 노려보며 눈을 가늘게 떴다.

「으으음」 하고 신음하면서 노트에 추가로 뭔가 적으려던 직전……

"음!"

텐트 바깥에서 바스락, 하는 소음을 내며 계곡 바위밭에서 무너진 바위가 굴러떨어졌다. 주변에는 벌레를 막는 송로버섯 향을 피워놨기에, 만약 이것을 아랑곳하지 않고 접근한다면 대형 포식 생물일 가능성이 높다.

"밥 먹는 시간에 뭐냐. 예의도 모르는 것 같으니."

자비는 투덜투덜 불평을 늘어놓으며 활을 꺼내서 텐트 밖으로 나왔다. 그리고 바로 마음을 잔잔한 물처럼 유지하면서 날아오는 살기…… 의지의 파문을 포착할 자세를 보였다.

〈지문법(志紋法)〉이라는, 반료지 등에서는 오의로 치는 이 기술을 자기만의 방식으로 고쳐서 숨 쉬듯이 사용하고 있다. 이 사실 하나만으로도 이 노인이 가진 천부적인 재능을 엿볼 수 있다.

그러나……

'뭐냐. 아무것도 없는데? 놀라게 하기는……'

『사, 살려줘어~~!』

"효호?"

허탕을 치고 텐트로 돌아가려던 자비의 뒤편에서 노이즈 섞인 한심한 목소리가 들려왔다.

『이, 이제 못 버텨어. 떠, 떨어져, 떨어져어!』

"뭐냐뭐냐. 사람 돕기에 연이 있는 날이로구나."

자비가 훌쩍 절벽까지 걸어가서 아래를 들여다보자, 뭔가 화려한 핑크색으로 칠해진 해파리 같은 자동기계가 돌출된 바위에서 흔들리고 있었다.

"이게 뭐지??"

『이, 있다! 할아버지. 나야, 티롤이야!』

"기계 몸으로 갈아치웠느냐? 대단한 결단이로고…… 좋은 여자였거늘 아깝구나."

『그, 그래? 에헤헤…… 그게 아니거든. 이 녀석은 지상형 드론! 당연히 원격 조작이지. 당신을 만나러 왔어. 부탁이야, 끌어 올려줘!』

"이 영감을 만나러? 참 효성 지극하구나. 쓸데없는 참견이다만."

자비는 바위를 잡고 흔들리던 티롤 드론을 확 끄트머리로 잡아서 훌쩍 지상까지 올려놨다. 드론은 바로 팔을 집어넣고 구형이 되어 『우와악~!』 하고 외치며 데굴데굴 텐트 안으로 들어갔고…….

"아. 실수했구나."

뭔가에 부딪혀서 와장창! 소리를 냈다. 자비가 텐트로 들어가자, 냄비를 머리부터 뒤집어써서 노랗게 물든 티롤 드론이 퉁명스럽게 앉아있었다.

"아~아~. 무슨 짓이냐. 내 저녁밥을."

『인과응보야, 이 영감아!』

냄비를 걷어찬 티롤 드론이 외쳤다.

『부전자전이라니까, 정말이지. 기계는 섬세하게 다뤄야지!』

"그래서, 용건은 뭐냐?"

자비는 품에서 파이프를 꺼내 피우기 시작했다.

"……아니, 관두자 관둬. 무슨 말을 하더라도 들어줄 마음은 없느니라."

『당신 아들한테 큰일이 벌어졌다고!!』

티롤 드론은 머리에 달린 구형 디스플레이로 티롤 본인의 얼굴을 비추더니, 노이즈 섞인 목소리로 곱씹듯이 말했다.

『아내가 인질로 잡힌 데다, 스포아코 수용소를 폭파한다는 협박을 받아서…… 아카보시도 미로도, 완전히 포위당해서 쿠로카와의 뜻대로 움직이고 있다고.』

"……"

『그래도 뒤집어보면, 쿠로카와는 아카보시에게만 관심을 쏟고 있어. 시점 바깥쪽에서 그 녀석을 강습할 사람이 있다면, 빈틈을 찌를 수 있어! 하지만, 쿠사비라슈도 베니비시도 각각 다른 곳에 붙잡혀 있고…….』

"그래서 나에게, 쿠로카와를 습격해달라 부탁하러 온 게냐."

『맞아! 당신 말고는 없어. 결점은 찾기 힘들다는 것뿐⋯⋯ 그래도, 이렇게 도달했잖아! 전설의 버섯지기가 자랑하는 활 놀림이라면, 쿠로카와도!』

"싫다."

『⋯⋯뭐엇?!』

"싫 다, 고 말했느니라."

어안이 벙벙해진 티롤이 제정신을 차리고 자비에게 외치려던 직전, 자비는 품에서 조금 전의 노트를 꺼내 티롤 앞에 던졌다.

『뭐, 뭐야 이게⋯⋯?』

드론의 카메라 부분에는, 무척이나 개성적인 글자로,

【헤비카와 아케미 종활(終活)[#1] 노트】

이런 제목이 적혀있었다.

『종활 노트⋯⋯ 헤비카와, 아케미?』

"자비는 가명이다. 본명, 헤비카와 아케미⋯⋯ 여자들은 자주 아케미♡ 라면서 좋아했었지. 그대도 그렇게 불러도 되느니라."

『부르겠냐, 노망난 늙은이야!!』

"앞으로 한 달도 안 돼서, 나는 죽을 테니까 말이다."

너무나도 아무렇지도 않게 말한지라, 티롤은 그 말을 흘려들을 뻔했다.

『당신 말이야! 두 사람이 위험한데 죽는 것 정도로⋯⋯ 어,

#1 종활(終活) 죽기 전에 인생을 마무리하기 위해 준비하는 활동.

주, 죽는다고?!』

"『도쿄』 때 실컷 무리했으니 말이지. 사실 이미 수명은 다 끝났다. 지금은 수제 비사문버섯 앰플로 억지로 수명을 연장하고 있지."

『그, 그런······.』

"하지만, 그것도 슬슬 질려서 끝낼까 생각 중이거든. 이미 비스코도 다 자랐고, 할 일을 다 하고 푹 쉬려고 생각하고 있느니라."

자비가 「봐라」라고 재촉하자, 티롤 드론은 조심조심 노트를 넘겼다.

그곳에는······.

【아케미 동활 리스트】

∨ 계명을 받는다.

∨ 혼자서 통뱀을 사냥한다.

∨ 미망인과 꽁냥꽁냥댄다.

∨ 가프네의 얼굴에 낙서한다.

∨ 카리오게 군 던권 독파

······

『······.』

"뭐냐, 아직 더 있다. 다음 페이지도 보거라."

『아니, 이제 됐어. 알았으니까······.』

티롤 드론은 어딘가 침통한 목소리로 말하면서 노트를 자기에게 돌려주고는, 잠시 망설이다가 할 말을 찾은 듯이 말을 쥐어 짜냈다.

『……지금의 당신한테 말을 걸었다는 걸 알면, 아카보시가 얼마나 화낼지 몰라. 나도 당신처럼 원할 때 죽고 싶기도 하고, 남의 마지막에 참견할 수도 없으니까. 그래도…….』

"……."

말이 막힌 티롤 앞에서, 자비는 어딘가 유쾌한 듯이 다음 말을 기다렸다.

『……그래도. 그럼 적어도 하루만이라도 아카보시를 만나러 가. 그 녀석도 아직 꼬마고…… 게다가 당신은 그 녀석의 히어로잖아. 모르는 사이에 세상을 떠났다는 걸 알면, 분명, 굉장히 후회할 거야…….』

자비는 잠시 침묵하면서 「후우~」 하고 연기를 위로 피워 올리고는, 즐거운 듯 대답했다.

"그대. 정말로 티롤이냐?"

『……응? 이 상황에서 의심하는 거야?!』

"우효호호, 그럼 됐다. 그대와 어울리지 않게 굉장히 정 많은 말을 하는구나 싶어서 말이다."

『……윽. 시, 시끄러워! 다 죽어가는 주제에!』

자비의 해맑은 웃음에서는 이 세상에 대한 미련 같은 것조차 엿볼 수 없었다. 티롤은 어딘가 답답한 심정으로 드론을 일으키고는 마지막으로 자비를 돌아봤다.

『……그럼, 돌아갈게. ……좋은 종활을, 이라고 말하면 될까?』

"신경 쓰지 말거라. 어울리지 않게. 비스코에게는『바보』라고 전해주거라."

『알았어. 그럼…….』

구체형이 되어 데구르르 텐트를 나가는 티롤 드론을 바라보던 자비는 파이프를 깊이 들이쉬고는「후우~」하고 연기를 하늘로 내뿜었다.

그리고…….

"흐으~음. 비스코, 라."

뭔가 떠올린 듯이 어린애처럼 미소를 짓고는.

∨ 스카이다이빙

그 옆에 뭔가 새로운 항목을 덧붙였다.

4

『나마리 요격기구, 동조 90퍼센트 안정.』

『메인 부스트 2기, 서브 부스트 4기, 정상 가동을 확인.』

『진언 리액터 접속 확인. 가능합니다.』

최종 조정을 마친 미로 아인들이 입을 모아서 종료 보고를 전했다.

차고 중앙, 발사 캐터펄트 위에 올라가 있는 건…….

은색으로 빛나는 비행 어태치먼트를 몸에 장착하고 자랑스럽게 집게발을 든 아쿠타가와 및 그 주인인 두 소년이다.

『브라보~! 일반적인 쇠꽃게의, 콜록, 12배에 달하는 에너지량이야!』

"그거, 역시 굉장한 건가요? 나마리 박사님?"

"그만둬, 미로! 또 긴 설명 듣게 될 거야."

뭔가 근대적으로 개조된 안장 위에 안전벨트를 찬 두 명의 좌석 헤드레스트에서 나마리 박사의 흥분한 목소리가 날아들었다.

『잘 들어. 이 비행 어태치먼트는 게의 의지력을 그대로 출력에 반영해…… 즉, 아쿠타가와가 생각하는 대로 비행할 수 있다는 거야. 콜록. 반대로 말하면, 그가 난폭하게 날뛴다면 간단히 떨어지게 되지. 지금부터는 너희들의 신뢰 관계를 믿을 수밖에 없어.』

"캑. 평소에도 그렇다고."

나마리 박사의 말을 듣자 비스코가 어딘가 원망스럽게 대답했다. 그리고 자기 문신을 손가락으로 어루만지면서 뭔가 신불에게 기도라도 바치듯이 중얼거렸다.

니가타현에서 바다를 건너 북부의 코비와시 섬까지 도달해야 하는데, 가네샤포의 폭격까지 이틀이라는 타임 리밋은 너무나도 짧다.

거기서 일행의 브레인인 미로의 두뇌가 떠올린 건, 홋카이도로 향할 때 개발한 『제트 아쿠타가와 기구』였다. 스파이이기에 쿠로카와에게서 떨어질 수 없는 티롤을 대신하여 아쿠타가와를 비행 형태로 교체할 수 있는 건 공동 개발자인 나마리 박사 말고 없다.

그런 경위를 거쳐서…….

두 명과 한 마리는 쿠로카와의 지배에서 가까스로 벗어난 니가타현, 그 변경에 숨어 사는 나마리 박사를 의지하게 되었다.

"우와아~! 두근두근하네. 비스코!"

"하겠냐, 바보! 두 번이나 게를 날게 하다니, 이런 벌 받을 짓을……!"

두 사람 아래에서 몸 곳곳에 어태치먼트를 부착한 로켓 아쿠타가와가 기합은 충분하다는 듯 캐터펄트를 『쿵쿵!』 밟았다.

『이건 드라마야! 지금 너희는 진화의 과정을 로켓으로 뛰어넘으려 하고 있어. 쿨럭, 그리고…… 오오! 나도 그렇지! 진화의 방아쇠를 당기는 순간은 내가 담당하는 거야. 진화! 에볼루션이야!』

"저, 저기…… 바…… 박사님?"

"큰일인데. 머리에 피가 올랐어."

『준비는 됐나? 당연히 되었겠지! 각 인원, 발진 충격에 대비하라!』

관제실에 있는 나마리 박사의 머리는 완전히 빨개져서 증기까지 오르고 있었다. 그 나마리 박사의 달아오른 모습과 반비례하듯이 소년들의 얼굴에서 핏기가 사라졌다.

"바, 박사님! 저기, 일단 나중에 하는 걸로……."

『그럼 간다아—!! 안전장치 해제!!』

미로 아인이 일제히 피난한 동시에, 로켓 아쿠타가와의 메인 부스터가 우렁차게 외치더니 안쪽에서 푸른 불씨가 켜지기 시작했다. 폭발의 예감을 느낀 아쿠타가와가 부르르 몸을 떨고는 노출된 왕집게발을 높이 들었다.

"야, 기다려 기다려. 너무 호들갑스럽잖아!! 딱히 그런 스피드가 필요한 건……."

『코비와시 섬에, 안부 전해다오오!!』

나마리 박사가 캐터펄트 사출 레버를 밀자, 접속되어 있던 아쿠타가와가 전방으로 힘차게 사출되어 활주로 전방에 펼쳐진 해수면을 향해 화려하게 날아갔다.

그러나, 아쿠타가와의 등 부분 부스터는 전혀 기동하지 않았고, 그 거구는 공중을 빙글빙글 돌 뿐이지 전혀 움직이려 하지 않았다.

"우, 우와아아악—?! 뭐, 뭐 하는 거야. 아쿠타가와, 날아!"

"바다에 떨어져, 떨어진다고!!"

아쿠타가와는 마치 커다란 봉제 인형처럼 전방을 빙글빙글 돌다가, 해수면 바로 직전까지 내려오자— 두 눈을 햇살처럼 번뜩 빛냈다.

콰아앙!!

등 부분의 로켓 부스터가 푸른 화염을 내뿜으면서 엄청난 양의 바닷물을 퍼뜨렸다. 아쿠타가와는 그대로 로켓처럼 흰 연기를 뿜으며 날았고, 기세가 지나쳤는지 빙글빙글 돌아서

안장 위의 두 사람을 휘둘렀다.

"으갸아아아악—!! 잠깐, 아, 아쿠타가와—!!"

그 상쾌한 목소리가 흔적조차 사라질 만큼 외친 미로 옆에서, 비스코는 양손을 입에 대고 구토를 필사적으로 참았다. 아쿠타가와는 그런 소년들은 아랑곳하지 않은 채 부스터를 힘차게 뿜어대면서 코비와시 섬을 향해 엄청난 기세로 날아갔다.

＊ ＊ ＊

"비스코, 괜찮아? 멀미약 하나 더 먹을까?"

"……우읍. 이제 됐어…… 아쿠타가와도 많이 진정한 모양이야."

니가타 가쿠다하마 먼바다, 나마리 연구소에서 출발한 지 30분 정도 지난 시각.

처음에는 용솟음치는 새로운 힘에 흥분해서 부스터를 한껏 뿜어대며 아크로바틱한 비행을 반복하던 아쿠타가와도 슬슬 지겨워졌는지 안장 위의 주인 두 사람을 배려하며 날게 되었다.

"이러면 여유롭게 시간에 맞출 수 있겠어! 티롤과 나마리 박사님 덕분이네!"

"서둘러 가는 건 좋아. 근데, 돌아올 때는 어쩌지?"

"나마리 박사님이 조립식 해상 화물선을 만들어주셨어. 조금 비좁겠지만, 스포아코 사람들을 거기에 태워서 아쿠타가와에게 끌게 하자."

"아무래도 마음에 안 들어."

비스코는 공중에서 붉은 머리를 나부끼며 씁쓸한 듯 눈을 가늘게 떴다.

"쿠로카와 녀석이 나마리 실장 같은 기술자를 마크하지 않았다고는 생각할 수 없어. 그럴 마음만 먹었다면 그 연구소도 제압할 수 있지 않았을까?"

"그래. 할 수 있었겠지?"

"너는 느긋한 나라 사람이냐?!"

푸른 하늘에 녹아들 것 같은 하늘색 머리를 쓸어 올린 미로가 상쾌하게 웃었다.

"신경 써봤자 별수 없어. 우리를 의심에 빠지게 만드는 게 쿠로카와의 노림수 중 하나일 거야. 그렇다면……, 앗?! 비스코, 앞!!"

고삐를 잡은 미로의 표정이 갑자기 심각해지며 푸른 눈동자로 전방을 가리켰다. 비스코가 그 시선을 따라가자, 전방에 우뚝 솟은 적란운 앞쪽에서 등에 달린 네 장의 날개를 가늘게 펄럭이는 거대한 비행 전갈 무리가 아쿠타가와를 향해 다가오는 게 보였다.

"『괭이갈매기 포식자』야."

비스코가 그렇게 말하며 활을 뽑았다.

"대단한 상대는 아니지만, 숫자가 많아."

"어쩌지? 비스코. 진언으로 격추할까?"

"호들갑 떨지 마. 마비버섯 포자를 뿌리면 그걸로 끝이야. 미로는 그대로 날고—."

비스코가 활을 당기며 그 말을 끝맺기 전에…….

빠지직!!

푸른 하늘에 자전(紫電)이 번뜩이더니, 뱀처럼 구불구불한 번개가 괭이갈매기 포식자 한 마리를 격추했다. 그 껍질은 쉬이익! 하는 상쾌한 소리를 내며 검게 그을렸고, 네 장의 날개는 너덜너덜하게 타버려서 해수면에 떨어져 첨벙, 하는 물보라를 일으켰다.

"뭐야…… 벼락?!"

"위험해, 아쿠타가와!"

미로는 즉시 고삐를 당겨서 아쿠타가와를 옆으로 치웠다. 그 배를 스치면서 벼락이 빠지직! 내달렸다. 벼락은 그대로 아쿠타가와의 뒤에 있던 괭이갈매기 포식자를 격추했고, 하늘에서 연속해서 빛을 발하며 차례차례 바다 전갈 무리를 격추하여 물고기 밥으로 만들어버렸다.

"전갈을 격추하고 있어…… 이건 평범한 벼락이 아니야. 비스코!"

"저쪽, 앞에 있는 커다란 구름이야!"

이마에 찬 고양이눈 고글을 내린 비스코가 일어나며 외쳤다.

"구름 속에 커다란 열원이 있어. 저건 생물이야!!"

『저어어엉답이다. 아카보시이이~~!』

그 전방의 구름 속에서 메가폰 너머로 사악한 목소리가 울려 퍼졌다. 솜사탕을 찢듯이 구름 안을 뚫고 나온 것은, 불가사리 공중 촬영기 다카라비아였다.

『정보 공개가 좀 빨랐군. 미안미안…… 그래도, 전갈 따위에게 중요한 장면을 방해받을 수야 없지. 먼저 청소했다.』

"쿠로카와야!"

"역시 네 녀석이냐, 짜샤!"

『나는 촬영의 긴장감으로 수면 부족인데, 배우는 기합이 충분하군. 좋아. 신 2의 해설을 해주마.』

다카라비아의 곤돌라 안에서 쿠로카와가 영화 감독풍 머린 캡을 누르면서 침엽수 같은 머리를 빗으로 빗으며 유유히 메가폰을 들었다.

『옛날의 액션 영화에서는 카 액션이 필수였다. 다이 하드도 그렇고, 미션 임파서블도 그렇고, 뭘 보더라도 카 체이스가 나왔지. 뭐가 재미있는지는 모르겠지만, 아무튼 필요한 장면인 거다…… 그러나 여기서 곤란한 점이 있다. 이 현대 일본에는 그런 카 체이스를 펼칠 공공도로가 없고, 멋있는 차도 없어. 그런 데다 너희 두 명은 미성년자에다 무면허지.』

"……무슨 소리를 하고 싶은 거야……?!"

『거기서 나는 생각했다. 카 체이스 대신, 대해에서 도그 파이트를 하자고!』

쿠로카와는 거기서 공중을 나는 오렌지색 유성, 로켓 아쿠타가와를 가리키며 『휘익』하고 유쾌한 듯 휘파람을 불었다.

『하늘을 나는 게를 상대하는 건, 내가 이날을 위해 준비한 적란운 병기, 부운(浮雲) 5호! 수송 중에 야마가타 상공에서 출력을 시험해봤는데, 에스카르고를 일격에 태워버리는 예상 밖의 완성도를 보였다. 과연 두 소년은 이 녀석의 벼락을 뚫고 스포아코들에게 도달할 수 있을 것인가……! 지상에서 자동차들이 추격전을 벌이는 것보다는 훨씬 박력 있겠지! 그렇게 생각하지 않나, 아카보시이!』

"만날 때마다 나불나불, 네 녀석은 너무 시끄럽다고—!!"

비스코가 즉시 푸슝! 하고 날린 버섯 화살은 다카라비아를 꿰뚫기 직전에 까앙! 하고 번뜩이는 음속의 철곤에 튕겨나가고 말았다.

철곤의 주인, 파우가 다카라비아 위에 서서 긴 흑발을 바람에 펄럭였다.

"소용없다고 했을 텐데. 모든 걸 힘으로 해결할 수는 없다. 남편!"

"네가 그런 말을 하는 거냐!"

『레디—!!』

쿠로카와가 목소리를 높이자, 곤돌라에 탄 카메라맨 이미군이 일제히 카메라를 아쿠타가와에게 돌렸다. 아쿠타가와 전방에서 발생한 구름의 산이 『우르르르릉』 하고 신음하면서 뱀이 똬리를 트는 듯한 자전을 몸속에 발생시켰다.

『애애애액션!』

"비스코, 숙여!"

쿠로카와가 메가폰을 휘두른 동시에, 적란운에서 나온 벼락이 아쿠타가와를 덮쳤다. 미로가 즉시 고삐를 틀자 아쿠타가와는 급강하해서 직전에 벼락을 피했지만, 이어지는 2격, 3격의 번개가 공기를 불태우면서 계속 아쿠타가와를 노렸다.

"당하기만 해선 안 돼. 반격해야…… 하지만 어디를 쏴야 하는데?! 구름 생물병기라니, 들어본 적 없어!"

"고글의 생체 반응을 보니, 이 녀석은 삼천발이 괴물인 모양이야."

"삼천발이?! 그, 꾸물꾸물한 촉수가 잔뜩 달린 녀석?"

"응. 무슨 원리로 공중에 떠 있는지는 모르겠지만……."

삼천발이나 말미잘 같은 생물적인 사고가 심플한 수중 생물은 생명력도 강해서, 병기나 공업 제품 소체로 즐겨 쓰이는 경향이 있다.

그렇지만 그게 부력을 가지고 구름을 휘감은 채 전격을 날린다니 들어본 적이 없다. 쿠로카와가 범상치 않은 자산을 투입해서 만든 거겠지만, 이게 정말로 영화만을 위해서라고 한다면 그야말로 광기의 소행이라 할 수 있다.

"하지만, 아무튼 안에 본체가 있다는 뜻이야. 고글 너머에 서라면, 화살을 맞힐 수 있어!"

비스코는 아쿠타가와가 자세를 다잡은 타이밍을 노려서 세 개를 뭉친 화살을 적란운을 향해 푸슈우웅! 쐈다. 다음 공격을 위해 전력을 모으던 부운 5호의 촉수에 일정 간격으로 꽂힌 화살에서 빠끔!! 하고 피어난 붉은느타리버섯이 구름 속에서 고개를 내밀었다.

"해냈다. 히트!"

조준이 빗나간 벼락이 엉뚱한 방향으로 날아가는 걸 본 미로가 기뻐하며 외쳤다.

『브라보오!! 봤냐, 아카보시의 실력을! 야, 찍고 있지?!』

"젠장. 하기 힘들어!"

아쿠타가와 주변을 빙글빙글 맴도는 다카라비아를 신경 쓰면서 깊게 숨을 들이쉰 비스코가 자기 안에 잠든 녹식 인자에 의식을 집중했다. 핏속에 잠든 녹식이 점점 눈을 떴고, 비스코의 체표에서 솟아나 태양처럼 빛을 발했다.

"저 자식을 기뻐하게 할 수 있겠냐. 쓸만한 영상을 줄여주겠어!"

"끝내려는 거구나. 비스코!"

"저 검은 구름이 중심이야. 갈 수 있겠냐?!"

"맡겨둬!"

하얀색 구름 속에서 번갯불을 더욱 빈번하게 번쩍이고 있는 검은색 구름. 고글을 통해 그 안쪽이 부운 5호의 중심부라는 걸 간파한 비스코는 미로에게 고삐를 맡기고 아쿠타가와를 그곳으로 몰았다.

『어라? 위험한데…… 이제 쓰러뜨리는 거 아냐? 곤란한데. 거금을 들여서 준비했는데, 여기서는 조금 고전해주지 않으면 이후의 장면으로 이어지지 않는다고…….』

"감독님. 제가 저지하겠습니다."

『너, 바보 같은 소리 하지 마! AD가 난입하는 영화가 어딨어!』

꿈틀대는 구름 속에서 덮쳐오는 벼락 몇 줄기를 피하고, 몇 줄기는 왕집게발로 튕겨낸 아쿠타가와는 드디어 부운 5호의 배 앞까지 도착했다.

"비스코, 여기라면!"

"좋았어!"

스으읍, 하는 깊은 호흡과 함께, 비스코가 당긴 활이 홍염처럼 붉게 빛났다.

"먹어라아아—!!"

푸슈우우웅!!

허공을 가르는 붉은 섬광이 누구도 감지할 수 없는 속도로 뇌운 중앙을 꿰뚫고, 그 안쪽에 있는 본체의 배에 꽂혔다. 부운 5호가 『고고고고고』하고 몸을 뒤틀었고, 사방팔방에서 번개가 빠직빠직 튀겼다.

"처치했어!"

"……아니, 비스코. 아직이야!"

빠직! 하고 내달린 자전의 창이 비스코를 꿰뚫기 직전.

"장벽 전개!!"

진언 큐브로 즉시 전개한 미로의 방패가 간발의 차이로 막아냈다. 그러나 고삐를 놓은 틈에 덮쳐온 한 줄기 뇌광이 곧바로 아쿠타가와의 복부를 후려쳤다.

"아앗!! 아쿠타가와!!"

컨트롤을 잃은 아쿠타가와는 흑연을 뿜어내며 회전하면서 떨어졌다.

"어떻게 된 거야?! 녹식이, 안 피어나!"

"아쿠타가와, 정신 차려!! ……미안, 조금 뜨거울 거야!"

미로는 떨어지는 아쿠타가와 위에서 앰플집을 뒤져 붉은 약액으로 가득한 앰플 하나를 꺼내고는 아쿠타가와의 관절부를 향해 있는 힘껏 꽂았다.

눈앞에 다가오는 해수면, 그리고 지금 막 아쿠타가와가 추락하기 직전……

푸화악!

직전에 의식을 되찾은 아쿠타가와가 위를 보며 부스터를 풀로 전개해서 콰아아아, 하고 날아올랐다. 두 소년은 필사적으로 고삐를 잡았고, 고도를 되찾은 로켓 아쿠타가와 위에서 안도의 한숨을 내쉬었다.

"셋이 함께 상어 밥이 될 뻔했잖아. 미로, 뭘 한 거야?"

"비사문 앰플을 각성제 대신 쓴 거야. 아쿠타가와와 벼락은 역시 상성이 안 좋아……! 다음에 저걸 맞았다가는 당해버릴 거야!"

"맞았다는 느낌은 있었는데. 내 화살이 빗맞았다는 거야?"

말을 나누는 두 사람의 눈앞, 적란운 안쪽에서 뭔가 고기 조각 같은 것이 떨어지더니 공중에서 빠꿈, 빠꿈 하고 녹식을 피워냈다. 녹식투성이가 된 고기 조각은 그대로 해수면에 떨어져서 첨벙, 하고 커다란 물기둥을 만들었다.

"……그렇구나. 비스코의 화살이 어설폈던 게 아니야. 저 삼천발이는, 포자에 먹히기 전에 벼락으로 자기 조직을 태워버린 거야!"

"뭐, 뭐라고오……?"

"끈기 대결로는 저쪽이 더 위야. 어떻게든 저 벼락을 봉쇄해야……."

"우와아앗. 앞, 미로, 앞!"

턱에 손을 대고 생각하는 사람 모드로 들어간 미로를 대신해서 비스코가 고삐를 잡고 날아오는 벼락을 상하좌우로 피했다. 공중에 익숙하지 않은 비스코가 구역질을 참던 와중, 미로가 번뜩인 듯이 고개를 들었다.

"저 구름을 치워버리면 돼! 구름이 없으면, 벼락을 쏠 수 없어!"

"구름을, 치운다고?! 너는 아마테라스냐! 그런 짓을 우리가 어떻게……!"

"가능해! 학교에서 배웠어!!"

미로는 화살통에서 똑같은 종류의 화살을 비스코에게 몇 발 건네고는 한 손으로 아쿠타가와의 고삐를 잡고, 다른 손은 눈앞에 든 채로 뭔가를 조용히 중얼거렸다.

이윽고, 소용돌이를 그리며 대기 전체에서 모여든 녹이 미로의 손바닥 위에서 회전하며 에메랄드색 진언 큐브가 되어 나타났다.

"이거…… 열파버섯 화살이냐?! 이런 걸로 어쩌려고?!"

"나중에 설명할게! 내가 표적을 꺼낼 테니까, 거기에 팍팍 쏴!"

미로는 아쿠타가와를 몰아서 공격을 이어가는 부운 5호 주변을 돌며 체공하는 큐브 모양의 녹 덩어리를 몇 개 만들었다.
비스코는 미로의 지시대로 백발백중, 천하무쌍의 궁술로 그걸
꿰뚫었고, 공중에 커다란 구형 버섯을 차례차례 피워냈다.

열파버섯이란…….

그 이름대로, 체내에서 핵포자 융합으로 생겨난 열을 주변
에 방사하는 버섯으로, 기본적으로 유랑하는 민족인 버섯지
기가 난방기구로 중하게 쓴다.

그러나 이건 어떻게 피워내느냐에 따라 난방 성능이 크게
달라지는 취급 주의 버섯이다. 약한 힘으로 피워내면 전혀 따
뜻해지지 않지만, 그렇다고 위력이 강한 활로 피워내면 터무
니없는 고열을 발해서 텐트를 불태워버리는, 상당히 까다로운
포자다.

하물며 괴력무쌍, 일본 제일의 궁술을 가진 비스코가 쏜다면.

그 열파버섯은 이 일대 해상, 가을의 찬바람조차도 한여름
으로 바꿔버리는 터무니없는 열량을 가지게 된다.

『아앗, 뜨거워. 뜨거워!! 엄청난 열이잖아. 네코야나기는 뭘
하려는 거야?!』

이 열기가 덮쳐온다면, 쿠로카와 필름 촬영반도 견딜 수 없다.

"가, 감독님! 삼각대가 엄청난 열을 받아서…… 끄아악, 손
이, 손이 탄다!"

『바보 자식! 배우가 스턴트도 없이 목숨 걸고 있는데 카메
라가 먼저 두 손 들면 어쩌자는 거야. 살이 녹든 뼈만 남든 그
립에서 손 떼지 마!』

쿠로카와가 땀으로 범벅이 된 가슴팍을 크게 열어서 파닥 파닥 부채를 부치는 와중.

안에 거대 촉수 생물이 있는 적란운 주변에서는 동그랗고 두꺼운 새빨간 구형 버섯이 두근두근 맥박을 치면서 기뢰처럼 부유하고 있었다.

"좋았어. 그럭저럭 괜찮아. 비스코!"

"이제 그만 뭘 노리는지 알려줘! 열기로 죽일 생각이라고 말하는 건 아니겠지!"

"그럼 비스코 군. 구름은 어째서 생성되는가? 그걸 공부해볼까요."

"뭐어어어?!"

미로는 덮쳐오는 벼락을 피하면서 뜸 들이듯 말했다.

"공기가 상승기류가 되어 위로 올라가면, 주변의 기온은 낮아집니다. 그러면 지금까지 눈에 보이지 않던 공기 중의 수증기가 식으면서 굉장히 작은 물방울로 변하게 되지요. 그게 많이 모여서 구름이 되고……"

"아아아알았어, 알았다고!! 이론 공부는 나중에 할 테니까, 실천해달라고!"

"다시 말해서!"

미로는 다시 한 손에 나타난 큐브에 진언을 중얼거리면서 손가락을 딱! 튕겼다. 그와 동시에, 부유하던 열파버섯 모판에서 일제히 녹색 가시가 튀어오면서 부운 5호 주변을 뒤덮은 그것들을 『퍼엉!』, 『퍼엉!』 하고 일제히 작렬시켰다.

콰아아앙! 어마어마한 열파가 몰아치면서 수면에 파문을 일으켰다. 비스코는 피부를 태우는 듯한 바람을 맞으며 저도 모르게 눈을 감았고, 이윽고 조심조심 뜨자, 그곳에는…….

"……오오?! 구름이!"

"그렇지?"

적란운 병기, 부운 5호. 그것이 전신에 두르고 있던 뇌운이 깔끔하게 사라졌다. 촉수가 당황한 듯 탁탁 번갯불을 만들었지만, 그것들은 한 줄기 벼락이 되지 못한 채 공중에 흩어지고 말았다.

『유 오 오 오 오 오 오.』

옷이 벗겨져서 고통스러운 듯 꿈틀대는 거대한 삼천발이를 본 미로가 땀으로 범벅이 된 얼굴로 활짝 웃었다.

"봤어?! 학교 교육의 승리!"

"방심하지 마, 바보. 아직 죽은 건 아니잖아!"

"나 참! 굉장하다든가, 잘했다는 말은 안 하는 거야?!"

부운 5호는 몇 겹이나 얽힌 복잡한 촉수를 뻗어서 붙잡으려 했지만, 기동력과 완력으로 압도하는 아쿠타가와에게 그건 헛된 저항에 지나지 않았다. 서걱! 서걱! 휘두르는 왕집게발이 촉수 무리를 차례차례 휩쓸어서 바다로 떨어뜨렸다.

"아쿠타가와가 빚을 갚고 싶어 하고 있어. 미로, 그걸 부탁해!"

"알았어~!"

비스코가 미로에게서 고삐를 이어받은 동시에, 미로가 아쿠타가와의 왕집게발에 손을 대면서 주특기인 무기 생성 진언을 읊었다.

"won/shad/viviki/snew!"
온　샤드　비비키　스네우

높이 든 왕집게발을 진언의 녹이 뒤덮으며 응고되어 빛을 발했다. 아쿠타가와의 왼팔은 똑바로 뻗은 에메랄드의 창이 되어 구름 한 점 없이 맑은 푸른 하늘에서 반짝 빛났다.

『오오오—! 봐라, 저게 피니시 무브다! 놓치지 말고 찍어!』

"죄, 죄송합니다. 감독님. 테이프 체인지합니다."

『네놈은 바보냐—?! 몇 년 동안 해왔잖아. 당장 해—!!』

아쿠타가와는 후방에서 소란을 피우는 다카라비아는 아랑곳하지 않은 채 한층 힘을 줘서 메인 부스터를 콰아앙! 뿜어내며 유성처럼 부운 5호를 향해 돌진했다.

""가아라아아아아아아아, 아쿠타가와—!!""

푸욱!! 아쿠타가와의 에메랄드 창이 부운 5호의 중심부를 깊이 꿰뚫었고—.

『유 오 오.』

촤, 악!!

『유 오 오 오 오 오 오 오 오 ~~~.』

그대로 무쌍의 괴력을 발휘해서 위쪽 방향으로 찢어버렸다.

푸샤아아아앗, 하고 분출하는 녹색 혈액에 물든 아쿠타가와는 적에게 등을 돌리면서 피를 허공에 떨쳐내듯이 왕집게발을 휘둘렀다. 장대한 에메랄드 창은 그 역할을 마치고 반짝반짝 빛나면서 녹가루가 되어 공중으로 흩어졌다.

한편 부운 5호는 그 부력을 잠시 유지했지만, 이미 저항할 힘을 잃고 느릿하지만 확실하게 바다 위로 떨어져 갔다.

"끝났다아! 해냈네, 아쿠타가와!"

"저 녀석의 기뻐하는 얼굴만 없었다면, 기분 좋은 승전이었을 텐데 말이지."

쓸쓸하게 말하는 비스코의 시선 너머에서는, 다카라비아의 곤돌라 안에서 신나게 떠드는 쿠로카와 감독의 모습이 있었다. 저 기뻐하는 모습을 보니, 조금 전 아쿠타가와의 마무리 일격 및 마무리 포즈까지의 동작을 무사히 카메라에 담을 수 있었던 모양이다.

『최고다, 아카보시! 이것이야말로 내가 원했던 도그 파이트…… 과연 자동차가 거대 병기를 찔러서 죽일 수 있을까? 마무리 포즈를 잡을 수 있을까? 이걸로 또 이 필름이 고대의 명작 영화들을 웃돌았다는…… 으응?』

메가폰에 입을 대고 활짝 웃으면서 떠들어대던 쿠로카와의 품에, 전화가 왔다.

『뭐야, 시끄럽구만. 촬영 중이라고! ……어? 가네샤포? 아아! 그거라면 문제없어. 발사는 중지해. 찍고 싶은 그림은 찍었으니까. 이제 필요 없―』

부하에게서 온 통신을 듣던 쿠로카와가 이윽고 우뚝 멈췄다.

『뭐라고? ……지금, 쐈다고?』

술렁. 파우를 포함한 쿠로카와의 주변이 술렁거렸다. 쿠로카와는 어깨에 끼워놨던 핸드폰을 손에 다시 들고는, 약간 초조한 말투로 빠르게 말했다.

『이봐, 어떻게 된 거야. 발사 예정은 오늘 열두 시라고 전해 놨을 텐데. ……지금이 그렇다고? ……바보 자식!! 낮이 아니야. 밤 열두 시라고 말한 거라고!』

뭔가 초조한 모습의 쿠로카와를 멀리서 바라보면서…….

"뭐지……? 뭔가, 문제가 생긴 것 같아."

"지금이라면 저 녀석을 쏠 수 있지 않을까? 파우도 허둥대고 있잖아."

소년들이 중얼거리던 와중, 쿠로카와가 황급히 메가폰을 들고 외쳤다.

『이봐~!! 미안하다, 아카보시. 너희가 이걸 쓰러뜨리면 포격은 그만두려고 했는데, 잠깐, 저기, 착오가 생겨서 말이야.』

"……착오라고오?"

『가네샤포, 쏴버렸어. 지금. 헤헤.』

쿠로카와는 고개를 기울이면서 열심히 귀여운 동작을 취했지만, 열화처럼 타오르는 비스코의 안광이 노려보자 황급히 자세를 고쳤다.

『뭐어, 그게~, 쏴버린 건 어쩔 수 없지. 촬영에 이레귤러는 따라다니는 법이야…… 마음을 다시 먹고, 다음 촬영을…….』

"비스코, 저거!"

쿠로카와의 목소리를 가로막은 미로가 비스코에게 외쳤다. 바라보니 육지 방향에서 새까만 포탄 같은 것이 포물선을 그리면서 어마어마한 스피드로 날아오고 있었다.

『아, 가네샤 유탄! 말려들면 안 되지. 피해라 피해.』

"저게 그 포탄이라는데."

비스코가 천부적인 감과 매의 눈으로 재빨리 궤도를 계산했다.

"저 궤도라면, 우리 위치를 넘어서서 섬에 착탄할 거야."

"어쩌지, 비스코?! 진언궁이 제때 맞출 수 있을지……."

"필요 없어. 막는 것뿐이라면, 안성맞춤인 게 있으니까!!"

비스코는 미로에게 송곳니를 번뜩이더니, 품에서 비장의 앵커 화살을 꺼내서 아쿠타가와를 선회시켰다. 그리고 매우 천천히 낙하하던 부운 5호를 조준하며 으드득으득으득! 활을 당겼다.

"비스코, 설마!"

"한번 낚아보자고!! 아쿠타가와는 맡긴다!"

푸슝! 앵커 화살이 하늘을 가르며 부운 5호의 배때기에 꽂혔다. 인간 한 명이 끌기에는 너무나도 거대했지만, 비스코는 소년의 몸에서 샘솟는 어마어마한 완력으로 그것을 마치 솜털처럼 들어 올렸다.

"으으으으으─, 오오오오오─!"

"비, 비스코. 굉장해!"

아쿠타가와도 버니어를 뿜으면서 비스코의 낚시를 서포트했다. 다가오는 가네샤 유탄이 지금 막 비스코 일행의 머리 위를 지나가려는 그 직전…….

"으으으으랴아아아아압─!!"

부우우우우웅!! 하고 휘두른 비스코의 앵커가 반월 궤도를 그리며 거대한 삼천발이를 들어서 휘둘렀다. 부운 5호는 딱 알맞은 위치에서 가네샤 유탄과 부딪혔고, 어마어마한 폭음과 함께 공중에서 폭발했다.

““우우와아악—!!””

『느와악—?!』

섬 하나를 초토화시킬 수 있는 가네샤 유탄의 위력은 굉장해서, 아쿠타가와와 다카라비아는 각각 폭풍에 휘말려 공중에서 회전했다.

폭발한 부운 5호의 잔해가 쏟아지는 해수면 근처에서, 아쿠타가와는 빙빙 돌면서 가까스로 자세를 고치고는 떨어지는 잔해를 좌우로 피하며 해수면 바로 위 아슬아슬한 지점에서 코비와시 섬을 향해 일직선으로 날아갔다.

5

“……쿠울. 쿠울. ……으아…….”

파수대에서 끝없이 흐르는 대해를 바라보며 의자에서 꾸벅꾸벅 졸던 수염 난 스포아코가 가을바람에 휩쓸려 날아온 종이 부스러기를 콧등에 얻어맞고는 얼빠진 소리를 냈다.

“……이런. 자버렸나…… 어라, 벌써 정오가 지났네. 빨리 물고기를 끌어내지 않으면 또 여자들한테 혼나겠어.”

수염 스포아코에게는 혼잣말 버릇이 있는지, 생각한 걸 전부 떠들면서 파수대에서 내려와 모래사장을 지나 바다로 첨

벙첨벙 들어갔다. 그리고 바다를 향해 펼쳐진 그물 끄트머리를 모래 속에서 파냈다.

"뭐, 어차피 시골 정어리가 고작이겠지만. 홋카이도에 살던 시절에는 좋았는데. 참치, 가다랑어, 왕뱀장어. 또 먹고 싶어……."

수염 스포아코는 시시한 듯 중얼거리면서 「영차」 하고 그물을 당겼고…….

"……오오……?!"

예상 밖의 반응이 돌아오자 수염 속에서 놀랍다는 목소리를 냈다. 숙련된 어부인 스포아코는 뭔가 거대한 것이 그물에 걸렸고, 확실히 몸을 비트는 것을 느낀 것이다.

"뭐, 뭐야 이거. 이건 거물이잖아! 터무니없는 거물이 걸렸어!!"

수염 스포아코는 품에서 뼈로 된 뿔피리를 꺼내더니 『뿌오오~!』 하고 섬 전체를 향해 불었다.

이윽고.

"우~야아!"

"뭐야. 뭐야."

"해변에서 온 건데. 뭔가 있었나. 우~야아."

섬을 뒤덮은 숲속에서 저마다 장비를 착용한 스포아코들이 나오더니 우르르 모여들었다. 수염 스포아코는 그들을 향해 그물 끄트머리를 붕붕 흔들었다.

"이봐~. 거물이 걸렸어. 도와달라고오. 이 반응, 오랜만에 진수성찬이 될지도 몰라아."

"우~야아! 뭐라고!"

"이봐~! 거물이란다! 다들 인두크를 도와라."

모여든 스포아코들은 딱 10명이 붙어서 그물을 당겼지만, 그물 안에서 버둥거리는 사냥감의 힘이 엄청나게 세서 좀처럼 해변으로 끌고 올 수가 없었다.

"히야~. 힘이 뭐 이리 세? 이래서는 그물이 찢어지겠어."

"이봐~. 인두크. 뿔피리를 분 거냐."

"그렇다니까. 빨리 도와…… 아, 아얏. 족장님!"

땀으로 범벅이 된 채 돌아본 인두크의 눈에 들어온 것은, 백곰 같은 몸에 통나무 같은 두 다리로 성큼성큼 걸어오는 족장 카비라칸의 모습이었다.

"와하하. 한창 일하는 열 명이 붙어서 뭘 그렇게 고생하는 거냐. 자, 힘내라 힘내. 일하는 자에게 영박신의 가호가 있느니라."

"그, 그게, 터무니없는 게 걸려버린 모양이라…… 정말로, 꿈쩍도 안 합니다. 족장님."

"흐으~음."

카비라칸은 어딘가 유쾌한 듯 턱을 어루만지고는 「어디 보자」 하고 인두크를 대신해서 그물을 잡고는, 가슴이 빵빵하게 부풀어 오를 만큼 어마어마한 폐활량으로 숨을 들이쉬었다.

"우우—!"

족장의 신음에 무심코 돌아본 스포아코들의 눈에는, 두꺼운 코트 속에서 부풀어 오른 근육의 맥동까지 보이고 있었다. 카비라칸은 허리를 깊이 내리고, 단숨에—.

"야아아―!!"

화아악! 터무니없는 괴력으로 단숨에 그물을 수중에서 들어 올렸다. 해일 같은 물보라와 함께 사냥감의 커다란 그림자가 모래사장에 떨어졌다.

"우, 우~야아! 어, 어마어마한 힘!"

"역시 족장님. 홋카이도의 아들이야!"

입을 모아 기뻐하는 스포아코들과는 달리, 카비라칸은 쿵! 하고 모래 위에 떨어진 사냥감을 찬찬히 바라보고는 「……으으음~???」 하고 의아한 듯 신음했다.

"족장님! 굉장해요. 엄청나게 큰 게잖아요! 애들도 기뻐할 겁니다. 오늘은 일족 모두 함께 게 냄비 요리를 즐기자고요."

"기다려라. ……이 게, 어딘가에서……?"

"앗, 족장님. 위험합니다. 그 녀석 아직 살아……."

인두크가 제지하는 소리도 듣지 않은 채 성큼성큼 걸어간 카비라칸은, 그 왕게의 등에 2인승 안장이 올라가 있는 걸 알아챘다.

그리고, 그 안장 위에 녹초가 되어 늘어져 있는 건…….

"이, 이게 무슨 일이냐!!"

"조, 족장님?!"

"아카보시다. 이건 아카보시의 게다…… 본인도 위에 타고 있어!"

카비라칸은 초연하던 모습에서 돌변해서 황급히 인두크에게 외쳤다.

"물을 삼켰을지도 모른다. 마을로 옮겨서 챠이카에게 빨리 보여줘야겠구나!"

"에엑. 아카보시가 그물에 걸린 건가?"

"우~야아! 큰일이다. 옮겨라 옮겨."

북쪽 스포아코들은 황급히 아쿠타가와 위에서 늘어진 두 소년을 들어서 저마다 소란을 피우며 자신들의 급조 마을로 옮겼다.

＊ ＊ ＊

"…………."

"……."

"푸."

"푸와아압!!"

잠든 비스코의 입에서 끈적거리는 전신에 위액을 가득 묻힌 가느다란 물고기가 좌아아악! 하고 주르륵 튀어나왔다.

"비스코! 미로, 비스코가 정신을 차렸어!"

"챠이카. 위험해!"

바닥 위에서 버둥거리던 물고기는 그 피부를 꺼림칙한 청백색으로 빛내면서 저도 모르게 입을 벌린 챠이카의 식도를 향해 날아들었다. 직전에 튀어나온 미로의 오른손이 물고기의 목덜미를 정확하게 붙잡아서 얼굴과는 어울리지 않는 악력으로『꽉』짓눌러 죽였다.

"꺄앗! ……무, 무서워. 이 물고기 뭐야?!"

"삼켜지는 뱀장어야. 사람의 배로 들어가서 내장부터 먹어 치우는 흉악한 녀석이지…… 그래도 비스코의 경우에는, 내장이 너무 튼튼해서 찢지 못했을 거야."

"뭐야 그게. 당신들은 인간이라기보다는 요괴야."

"콜록. 제멋대로 말하지 말라고~!"

비스코는 두세 번 기침해서 식도에 달라붙은 뱀장어 점액을 토해내고는 겨우 한숨 돌린 듯이 주변을 두리번두리번 돌아봤다.

"여기 어디야. ……맞아. 아쿠타가와와 함께 폭풍에 휩쓸려서……! 그 후의 기억이 없어. 어떻게 된 거야? 어서 챠이카네를 구하러 가야……."

"누구를, 구하러 왔다고?"

"으응?"

장난스럽게 치켜들고 엿보는 투명한 눈동자와 시선을 마주친 비스코는 그제야 그것이 챠이카라는 걸 인식한 모양이었다.

"뭐야?! 너, 챠이카잖아. 왜 여기 있어?!"

"왜고 자시고! 너희가 멋대로 들이닥쳤잖아."

"나도 순간 못 알아봤어."

미로가 파트너를 커버해줬다.

"홋카이도에서는 굉장히 두껍게 입고 있었으니까. 지금의 챠이카, 모델 같아."

미로의 솔직한 찬사를 듣자 챠이카는 「당연하지!」라고 말하며 자랑스러운 표정으로 몸매를 과시하려는 듯 가슴을 폈다.

트레이드마크인 모자는 그대로지만, 챠이카의 복장은 어깨나 배를 노출한 가벼운 차림새가 되었다. 스포아코에는 아무래도 일본인과는 다른 혈맥이 섞여 있는지, 비슷한 세대의 소녀와 비교해도 발육이 빠르다. 일본인에게는 드문 흰 피부, 반짝이는 금발과 어우러져서 과연 북쪽 나라의 공주님다운 관록을 보이고 있었다.

"가볍게 입을 수밖에 없지. 더워서 견딜 수가 없는걸. 이게 가을이라니 믿을 수가 없어. 혼슈 사람은 이런 날씨에서 사는 거야? 이러니까 더위에 머리를 당해서 그렇게 야만스러워지는 거야."

"챠이카. 그렇게 말하는 건 좀 아니지! 지금 비스코를 기준 삼은 거잖아?"

"너 이 자식, 그건 대체 뭘 화내는 거야!"

"아무튼! 지금 스포아코 사람들이 아쿠타가와를 돌보고 있어. 반고리관이 심하게 피폐해져서 멀쩡하게 못 걷거든. 믿을 수가 없어. 그런 귀여운 아이를 대체 어떻게 타고 다니는 거야?"

"너 말이야! 우리는 너희를 구하려고 바다를 건너서……!"

"그건 그거고! 필중의 궁술도, 무적의 균술도 애완 게 하나 지키지 못해서는 의미가 없어. 그 아이를 형제라고 생각한다면 좀 더 소중히 대해줘지!"

무녀 챠이카, 불덩어리처럼 맹렬한 정론이었다.

목숨을 건 구출극 끝에 이런 말을 듣는다면 누구도 참을 수 없을 거다. 그러나 챠이카의 말에 두 사람도 미안함을 느끼고 있었는지, 익숙하지 않은 귀족 오라에 짓눌려서 정좌하고 말았다.

"······후훗! 너무 송구스러워할 건 없어. 설교는 이제 끝!"

챠이카는 연상 두 사람의 손을 잡고 그 자리에서 일으켜 세우고는 표정을 웃음으로 바꿨다.

"너희는 언제나 그러니까······ 어차피 또 터무니없는 무리를 해서 챠이카네를 구해준 거지? 무녀 챠이카는 그것에 보답할 의무가 있어. 오늘은 연회야! 홋카이도 정도의 대접은 할 수 없겠지만, 너희의 피로도 고민도 전부 잊게 해줄게!"

"아카보시이~. 우리 챠이카 귀엽지 않느냐. 봐라, 천사가 내려온 것 같구나."

"천사치고는 말투가 너무 뾰족해."

"스포아코의 소원은 하나다. 귀여운 딸은 강한 남편에게······ 아카보시. 우리 딸을 말이다."

"관둬 관둬. 이놈이고 저놈이고!! 나는 기혼자란 말이야!!"

스포아코 몇 명이 입을 모아서 「족장님, 너무 마셨어!」, 「주빈한테 술주정 부리면 안 되지!」라고 말하며 카비라칸을 달래려 했지만, 거나하게 취해버린 카비라칸은 비스코가 무척 마음에 들었는지 한시도 옆에서 떨어지려 하지 않았다.

그 모습을 보면서······.

"또~ 인기 폭발이네."

미로가 구운 생선 꼬치를 먹으면서 끈적한 시선을 보냈다.

그 상쾌하면서도 아름다운 모습을 곁눈질하던 스포아코 여자들이 소곤소곤 즐겁게 대화를 나누면서 미로의 옆자리를 노렸지만…….

그 앞을 가로막듯이…….

"미로! 아버님한테 비스코를 가로채인 모양이네."

무녀의 아름다운 금발이 스르륵 시선을 가로막고는, 슬쩍 시선을 보내 여자들을 견제했다. 여자들은 재미없다는 듯 퉁명스러운 표정을 지었지만, 상대가 무녀이기에 손대지 못하고 마지못해 물러섰다.

챠이카는 슬쩍 미로 옆에 앉아서 하얗고 매끄러운 팔을 미로에게 딱 붙였다. 그러나 미로의 표정은 여전히 비스코를 쫓기만 할 뿐 전혀 변화를 보이지 않아서, 그게 무녀 챠이카의 자존심을 적잖이 자극했다.

"잠깐! 실례잖아. 축제 날 밤에 스포아코의 무녀가 이렇게 접근했는데. 좀 더, 당황한다든가, 얼굴을 붉힌다든가……."

"미안하지만. 지금은 비스코를 감시해야 하거든."

"가, 감시……?!"

미로는 챠이카가 내민 하얀 술잔을 단숨에 들이켰다.

"옛날에는 이럴 필요가 없었어. 식인종 아카보시는 무섭고 날카로워서 아무도 다가오지 않았으니까. 그런데 지금의 비스코는 모든 걸 물어뜯을 듯한 광폭성이 사라졌어."

"어머. 그건 좋은 일 아냐? 뭐가 곤란한데?"

"곤란하지!! 그도 그럴 게, 저거. 귀엽잖아!!"

미로도 이제 술기운이 꽤 돌았는지, 푸른 별 같은 눈동자를 번뜩 빛내면서 『저걸』 가리키고는, 얼굴을 약간 실룩거리는 챠이카와 시선을 마주했다.

"저게 귀엽다는 걸 아는 사람은 나뿐이었는데. 지금은 날벌레를 부르는 불꽃처럼 되어버렸잖아. 스포아코 사람들은 적극적이니까. 감시해야지. 철저하게……."

"그, 그건 좀 호들갑스럽네."

챠이카는 미로의 시선 앞에서 휙휙 손을 흔들었지만, 그 눈꺼풀은 전혀 깜빡이지 않았다.

"비스코는 홋카이도를 구한 히어로잖아. 인기가 많은 것도 당연해…… 게다가 아버님은 파트너를 잃어버리셨으니까, 활기 넘치는 버섯지기와 대화하는 게 즐거우신 거야."

"……흐으~~~응? 카비라칸 씨. 지금은 솔로라고오?"

"잠깐! 미로!!"

"어디 넘어가기만 해봐. 이 빨강 성게~. 독을 풀어서 같이 죽을 거니까~."

'……얼굴 탓에 방심했어. 이 콤비, 파란 쪽이 더 무서워!'

미소년이 품은 암흑 앞에서 챠이카가 조금 공포에 질린 일막이 있었지만……

그래도 두 사람은 이윽고 평온하게 모닥불 앞에서 수다를 떨면서 스포아코가 연주하는 부드러운 민요를 들었다.

훗카이도의 뼈를 깎아서 만든 피리나 근섬유로 만든 현악기 등등 혼슈에서는 보지 못한 개성적인 악기가, 듣는 이들을 엄마 배 속에서 잠들던 기억으로 인도하는 듯한 아름다운 선율을 연주했다.

거칠고 다부진 북쪽 스포아코의 행동거지에서는 상상하기 힘든, 실로 섬세하고 정서가 넘치는 연주였다.

"……그래도 안심했어. 스포아코 사람들이 생각보다 기운차 보여서. 훗카이도에서 쫓겨나서 의기소침해진 게 아닐까…… 조금 걱정했거든."

챠이카의 부지런한 설득에 힘입어 지금은 미로도 취기가 조금 깼고…… 적어도 평범한 대화가 가능할 정도로는 회복해서 파트너를 향한 병적인 집착에서 마음을 떼어났다.

"걱정은 정답이야. 다들 역시, 평소와 같은 기운은 없거든."

"뭐어? 엄청 떠들썩한데, 이러고도?!"

"평소에는 이보다 세 배는 시끄럽거든. 무엇보다 이 선율이, 그 증거야…… 이건 어머니 훗카이도를 회상하는 노래. 모두 입 밖으로는 내지 않지만, 고향이 마음에 걸리는 거야."

"……"

훗카이도의 함락.

전직 육도옥 부옥장 메파오샤의 갑작스러운 반역…….

쿠로카와가 이끄는 네오 이미군의 군세는 각각의 몸에 진화 물질·녹꽃의 힘이 깃들어서 얼빠진 외모와는 달리 상당한 전투력을 보유하고 있었다. 스포아코, 베니비시, 쿠사비라 승려들, 각각 전투에 뛰어난 군세가 팀을 짜서 대항했지만, 쿠로카와가 발명한 녹꽃의 힘은 버섯, 꽃, 녹, 그 모든 공격을 무력화해버렸다.

저항은 헛되이 끝났고, 시시의 화력에서 막 눈을 떴던 홋카이도는 녹꽃에 의해 다시 사로잡혀서 지금은 죽은 듯이 태평양 주역에 머물고만 있다고 전해진다.

"챠이카, 괜찮아. 쿠로카와가 뭘 꾸미고 있는지는 모르겠지만, 녀석의 생각대로 두지는 않을 거야. 나와 비스코가 반드시 녹꽃의 비밀을 풀고, 홋카이도도 되찾겠어!"

"왜 그래? 새삼스럽게. 당연히 그렇게 된다고 생각하고 있어!"

챠이카는 어안이 벙벙해져서 곤란한 표정을 지은 미로의 팔을 안으며 장난스레 웃었다. 그 행동거지에서는 처음 만났던 시절의 겁 많은 모습은 보이지 않았다.

"그래서, 챠이카…… 실은, 작은 부탁이 있는데."

"뭔데? 뭐든 말해줘!"

"녹꽃을 해석할 힌트로, 영박 포자가 필요해."

미로는 품에서 작은 수첩을 꺼냈고, 직접 쓴 그것을 바라보면서 챠이카에게 말했다. 챠이카도 그걸 들여다봤지만, 그곳에는 복잡한 화학식이 빼곡하게 적혀있어서 당연하게도 무녀의 지식으로는 알아볼 수 없었다.

"백신을 만들 소재로 영박의 인자가 필요해. 스포아코의 무녀인 너라면 가지고 있지 않을까 싶어서…… 양도해주지 않겠어?"

"그렇게 말해도, 곤란해. 영박은 홋카이도의 심부에만 있는 섬세한 포자야. 간단히 가지고 나올 수 있는 게……"

챠이카는 거기까지 말하다가 「헉!」 하고 뭔가 떠오른 듯이 표정을 빛내고는, 모자 안에 손을 넣어서 뭔가 뒤지기 시작했다.

"이건가? 아니야. 이건 사탕이네…… 이건 부적……."

"평소에 그런 곳에 이것저것 넣어두고 있었어?!"

"있다! 자, 받아."

그리고는 하얗게 빛나는 작은 물건을 소중한 듯 꺼냈다.

"이건…… 결정……?"

모닥불에 비쳐서 순백으로 빛나는 광석 같은 그 결정은 빛나는 하얀 포자를 공중에 둥실둥실 흩뿌리면서 미로의 손 위에서 조용히 빛을 발했다.

"영박 포자의 순수 결정이야. 버섯에 발아한 포자와는 달리, 썩지 않아."

"영박의, 결정이라고?!"

"스포아코의 비보(祕寶)야. 홋카이도에서 도망칠 때 이것만 가지고 나왔으니까…… 사실은 외부로 반출해서는 안 되는 물건이지만, 당신의 부탁이라면 특별해!"

미로는 『비보』라는 챠이카의 말을 듣자 순간 영박 결정을 받는 걸 주저했지만, 무녀의 확신으로 가득한 눈빛을 보고 이윽고 천천히 고개를 끄덕였다.

"알았어. 절대 헛되이 쓰지 않겠다고 약속할게!"

"……후후."

"챠이카?"

"미로는, 가끔 비스코와 똑같은 눈빛이 되네."

챠이카는 금색 머리카락의 안쪽, 하얀 뺨을 약간 붉게 물들이며 손에 든 염소젖 술을 쭉 들이켰다. 그 눈동자는 『흐리멍덩』하게 녹아내렸고, 평소의 거만한 소녀 챠이카에게 어딘가 요사한 매력을 부여했다.

"챠이카. 비스코에게는 답례를 했지만, 당신한테는 아직이었어."

"……저기이? 챠, 챠이카. 너, 너무 마신 게 아닐까."

"가만히 있어. 무녀의 명령이야……."

"잠깐—! 잠깐 기다……."

취기가 깬 미로와, 취기가 돈 챠이카. 조금 전과는 입장이 역전됐다.

무녀라고는 해도, 출신은 사나운 수렵민족 스포아코…… 한 번 하겠다고 결심하면 그 방식은 과격하다. 챠이카는 겁먹은 새끼 사슴처럼 변해버린 미로의 어깨를 꽉 붙잡고는, 그 아름다운 얼굴을 향해 자신의 입술을 겹치려고 했다…….

그, 직전에…….

"우와앗!!"

부스럭! 누군가가 섬의 덤불에서 튀어나오더니 뭔가를 밟고 헛디뎌서 굴렀다.

"뭐, 뭐야?!"

"챠이카, 내 뒤로!"

즉시 그쪽을 돌아보며 허리춤의 단도를 든 미로의 눈앞에서.

"아, 아야야야얏…… 뭐야 이 돌은. 청소해, AD! 아~아, 이게 무슨 꼴이야. 모처럼 생긴 우발적 로맨스, 촬영 찬스를 날려버렸잖아."

어둠 속에서 꾸물거리며 일어서는, 여자 그림자.

여자는 손에 든 소형 카메라를 부지런히 확인하더니, 아무래도 그게 망가지지 않았다는 걸 알자 「위험했어」라며 이마에 맺힌 땀을 닦았다.

"넘어졌을 때 바위에 크게 부딪혔으니까…… 좋아. 테이프도 무사하군."

"쿠로카와!"

미로가 외치자, 그때까지 연회로 소란스럽던 밤이 순식간에 웅성거림에 휩싸였다. 그에 맞춰서 주변 덤불 속에서 촬영 기재를 든 이미군들이 일제히 그림자처럼 스르륵 나타났다. 이미 이 연회 자리는 쿠로카와에게 포위당한 상태였던 모양이다.

"이놈. 나왔구나!"

비스코는 주빈의 호화로운 의자를 박차고 순식간에 점프해서 미로 옆에 착지해 찢어진 풀을 흩날렸다.

"직접 행차하셨냐. 삼류 감독. 대단한 배짱이구만, 쨔샤!"

"이대로 테이크 2……를 할 수는 없어 보이는군. 이야~, 미안하다. 아카보시. 우리 스태프들의 실수야. 여기서는 얌전히 물러나기로 하지."

"네 생각대로 내버려 두겠냐. 얼간아. 여기서 막을 내려주겠어."

비스코는 어마어마한 속도로 활을 뽑아서 쿠로카와를 향해 화살을 날렸다. 순속의 강궁이 눈앞에 들이닥쳤지만, 쿠로카와의 일그러진 미소는 무너지지 않았다.

까앙!

옆에서 날아온 검은 선풍이 철곤을 휘둘러 비스코의 화살을 튕겨냈다. 파우는 흑표범처럼 탄력 있는 근육을 약동시키며 착지하더니, 쿠로카와를 지키듯이 앞을 가로막으면서 검게 빛나는 철곤을 소년들에게 겨눴다.

"파우, 굉장해! 이 거리에서 비스코의 화살을 튕겨내다니!"

"감탄하지 말라고, 바보야!"

비스코는 이를 갈면서 표정을 다잡고는 비취색 눈을 번뜩빛냈다. 깊게 숨을 들이쉬자, 녹식의 태양빛 포자가 부글부글 피부에서 나와 공중에 흩날렸다.

그 모습을 변함없이 일그러진 미소로 지켜보면서─.

"어~이쿠? 아카보시. 조금 진정하는 게 좋겠어. 하긴, 전력의 녹식 활이라면 네코야나기 파우의 디펜스를 뚫고 나에게 닿을지도 모르지."

"……큭!"

쿠로카와는 뭔가를 짐작하고 움찔하며 긴장한 비스코를 향해 만족스럽게 말을 이었다.

"하지만 그럴 경우, 이 미모의 자경단장, 네 아내는…… 자기 몸을 던져서 나를 감싸도록 세뇌해놨다. 과연 아카보시 비스코는, 사랑하는 아내의 몸을 버섯으로 마구 폭발시키면서까지 나를 쓰러뜨린다는 선택을 할까?"

"……이 녀석……!!"

비스코는 활을 당긴 채, 으드득 소리가 나올 만큼 어금니를 강하게 악물었다.

미로조차도 이렇게나 감정을 드러낸 비스코를 보는 건 오랜만이다. 사악한 자의 페이스에 말려들려는 파트너에게 즉시 귓속말했다.

"쿠로카와의 상투적인 수법이야. 상대해주지 마!"

"알고 있어, 젠장!"

"현명한 브레인이 있어 부럽구나, 아카보시. 나는 혼자인데 말이지…… 이 여자 고릴라는 아무리 조크를 말해도 피식거리지도 않아."

"그 이상 파우를 모욕한다면 내가 너를 죽여버리겠어, 쿠로카와!"

"무~서워라~. 그 얼굴로 윽박지르지 마. 못 당하겠잖아. 퇴각하자……."

쿠로카와가 손가락을 딱 튕기자, 꺼림칙하게 서 있던 이미 군들은 그대로 덤불 속으로 들어가서 보이지 않게 되었다. 두 사람은 「챠오」라는 말과 함께 손을 흔들며 발길을 돌리는 쿠로카와에게 손대지 못한 채 바라볼 수밖에 없었다.

"아! 그래그래. 잊을 뻔했네. 다음 촬영 예정지 말인데."

쿠로카와는 마지막으로 몸을 돌려 두 사람을 불렀다.

"아마가타 북부, 쇼카이산 정상에, 대대적인 세트를 만들었다. 안에는 여왕 시시를 위시한 베니비시 녀석들을 잡아놨지.

폭격은 이틀 후니까, 늦지 않게 오라고…… 모처럼 힘을 줘서 만든 세트장이 폭격으로 산산조각, 같은 일이 벌어지면 슬퍼서 못 견딜 테니까."

6

코나키 유곡에서 한참 내려간 아키타현 남단.

각각 3미터 가까이 뻗은 「나부끼는 보리」가 일대에 깔린, 통칭 「나비키바라」라고 불리는 야생 보리 군생지가 있다.

그 보리밭을 이름 그대로 나부끼게 만들면서, 태양빛을 받아 오렌지색으로 반짝이며 지표 아슬아슬하게 날아가는 것은…….

두 소년을 등에 태운 아쿠타가와다.

나비키바라는 사람 시선으로 보면 눈앞이 보리에 뒤덮여 있을 뿐 뭐가 뭔지 알 수 없지만, 지금 활공하는 아쿠타가와에서 내려다보자 마치 금색 바다를 가르며 헤엄치는 듯한 장엄한 아름다움이 있었다.

그렇지만.

사명에 쫓기는 두 소년은 그런 아름다움에 마음을 빼앗길 여유 같은 건 전혀 없었다.

"……으~음. 그래……! 이제는 이곳의 유착을 떼어내면……!"

"뭘 중얼거리고 있어. 뭔가 알아낸 거냐?"

아쿠타가와의 고삐 당번은 웬일로 비스코가 맡고 있다. 한편 미로는 안장 위에서 재주 좋게 펼친 조제기를 만지작거리면서 턱에 손을 대고 혼잣말을 중얼거렸다.

"겨우 녹꽃의 구조식을 알게 되었어. 조금 더 시간이 필요하지만…… 쿠로카와 녀석, 백신을 만들지 못하게 상당히 공을 들여 조제했네."

"하지만 상대가 너잖아. 백신은 완성될 거야."

"당연하지!"

아쿠타가와의 스피드는 광대한 나비키바라를 순식간에 돌파했고, 보리도 줄어들게 되자 두 사람의 전방에 회색 산이 우뚝 솟은 게 눈에 들어왔다.

"보인다. 저게 쇼카이산."

쇼카이산(硝灰山)은 그 이름대로, 자연 발생한 적초석(赤硝石)이 흙 속에 섞여 있는 산간지대다.

초석이 많은 이 주변은 지금도 채굴장이 현역으로 가동하고 있으며, 채굴한 적초석을 마토바 중공으로 보내면 그야말로 한 달 노동으로 1년은 먹고살 수 있는 돈을 벌 수 있다.

그렇지만…….

초석을 먹어서 몸에 집어넣고, 폭발하면서 유충을 뿌리는 『염초 공벌레』라는 위험 곤충의 존재 때문에 거의 목숨을 건 채굴업이나 다름없다.

"화약 냄새 같은 것도 나고, 살풍경하고……."

미로가 의아한 듯 말했다.

"이런 곳은 찍어도 좋게 나오지 않아. 나라면 촬영장으로 안 골랐을 거야."

"우리가 알 바냐. 가자, 아쿠타가와!"

비스코가 고삐를 몰면서 힘을 주자, 등의 버니어가 분출하면서 아쿠타가와는 산의 경사면을 따라 상승했다.

쇼카이산, 정상.

지표 이곳저곳에 적초석이 엿보이는 그곳은 마치 산 이곳저곳에 흠집이 난 듯한 모습이어서 빈말로도 기분 좋은 경치라고는 할 수 없었다.

그러나, 그런 꺼림칙한 경치조차도 흐릿해지는…….

더욱 이질적인 건조물이 정상에 우뚝 솟아있었다.

"……뭐야, 이게?!"

아쿠타가와가 흙과 적초석을 날려버리며 정상에 쿵, 착지했다.

"우왓! 잠깐, 비스코. 신중하게 착륙해야지!"

"쿠로카와, 프로…… 사이코 스릴러관……?"

비스코는 파트너의 항의도 귀에 들어오지 않을 만큼 어안이 벙벙해진 모습으로 그 이질적인 건조물을 고글 너머로 응시했다.

그야말로 급조한 듯한, 검은 바탕의 네모난 건물 정문 입구에는…….

『쿠로카와 프로 사이코 스릴러관』

이런 고딕 글씨체의 장식 없는 글자가 큼지막하게 새겨져 있었다. 그 위에는 웃는 이미군의, 아무리 봐도 초보자에게 그리게 한 듯한 일러스트가 보였다. 아무래도 이게 그나마 최선을 다해 넣은 디자인인 모양이었다.

　""…………""

　소년들은 아쿠타가와에서 내려와 뚜벅뚜벅 그곳까지 걸어가서, 역시 멍하니 멈춰 서고 말았다. 잘 보니 건물 입구 옆에는 막 붙인 것 같은 안내 보드가 있었고.

　『아카보시 님, 네코야나기 님, 대기실←』

　이런 말이 조금 기울어져서 세워져 있었다.

　"대기실이래. 도시락 나올지도!"

　"분위기 타는 것도 적당히 해, 이 바보야!"

　비스코는 파트너의 머리를 손바닥으로 찰싹 때리고는 씁쓸하게 표정을 일그러뜨렸다.

　"잠자코 안으로 들어가는 바보가 어딨어? 바깥에서 녹식으로 산산조각 부숴주겠어!"

　"그건 곤란해, 비스코! 혹시―"

　『안에 인질이 있다면? 그렇게 생각하는 게 보통이라고, 아카보시이.』

　미로의 말을 이어받듯이, 건물 위에 설치된 스피커에서 쿠로카와의 목소리가 정상에 울려 퍼졌다.

　『그것도 모를 네가 아닐 거다…… 혈기왕성한 것도 너의 매력이지만, 이번 신에서는 취향을 바꿔서, 영리한 너를 보고 싶단 말이지.』

　"쿠로카와!!"

『아아, 미안. 싸구려 상자처럼 보이지? 외관에도 공을 들이고 싶었지만, 공사가 도저히 시간에 맞추지 못해서 말이야…… 그래도 걱정할 것 없어. 중요한 내부 세트는 완벽하게 완성했으니까 문제없다고. 『쏘우』도 외부 신 같은 건 쓰지 않았잖아?』

"이 자식…… 언제나, 언제나 화살이 닿지 않는 곳에서……!!"

쿠로카와의 말을 듣던 비스코는 어금니를 악물었고, 관자놀이에 혈관이 떠올랐다. 한편, 미로는 한동안 그 옆얼굴을 바라보다가 갑자기 파트너의 볼살을 꽈악! 꼬집었다.

"윽?! 아프잖아!! 너, 너, 갑자기 뭐야?!"

"냉정해져야지. 자, 가자."

"가, 간다니, 너?!"

겁먹지도 않고 성큼성큼 건물 안으로 들어가는 파트너를 멍하니 응시하던 비스코는 황급히 뒤를 쫓아가서 옆에 나란히 섰다.

"진심이냐! 이런 함정인 게 뻔한, 뭐가 있을지도 모르는 곳에!"

"지금까지도 쿠로카와는 마음만 먹었다면 우리를 처리할 수 있었어."

미로는 걸음을 멈추지 않고, 당황하는 비스코에게 태연한 표정으로 속삭였다.

"비스코는 직선적이니까, 쿠로카와의 생각대로 휘둘리고 있지…… 하지만, 그래서는 언제까지고 저 녀석에게 빈틈이 생기지 않아. 먼저, 저 녀석에게 『의문』을 던져주겠어…… 우리를 경계하게 만들려면, 완전히 저 녀석의 말대로 따르는 게 제일 간단하고 빨라."

"……."

"『저 아카보시가 이렇게 순순할 리가 없다』라고 생각하겠지. 비스코가 자신에게 승산을 찾아내기라도 했는지 의심할 거야. 쿠로카와에게 빈틈을 만들려면, 그것밖에 없어."

"……. 그래, 그 말이 맞아. 나도 그렇게 생각했어. 그냥 떠본 거야."

"그래그래."

"정말이라고."

『오오?! 오늘의 아카보시는 말귀를 잘 알아듣는걸. 그래, 안으로 들어가서 준비가 될 때까지 대기실에서 쉬고 있으라고…… 야, 과자나 도시락은 비싼 걸로 준비했겠지! ……그 기린 뇌 같은 거?! 바보 자식아. 배우한테 뭘 주는 거야. 너는 해고다!!』

두 소년은 시끄럽게 기뻐하는 쿠로카와의 목소리를 들으면서 통로 가이드를 따라 정체 모를 건물 안으로 들어갔다.

설치된 알전구가 터질 듯한 열기를 머금고 쨍쨍하게 통로를 비추고 있다. 그것이 좁은 통로에 춤추는 먼지를 지글지글 태우고 있는지라, 그을린 듯한 냄새가 주변을 메웠다.

콘크리트 그대로인 벽이나 이곳저곳에 드러난 조명 배선 등등, 그야말로 촬영소 뒷무대 같은 모습이다.

"앗 뜨거!"

"비스코! 왜 그래?!"

"전구에 닿았어…… 젠장, 화상 입었잖아. 이 조잡한 스태 프용 통로는 대체 뭐야?! 무대 뒤편을 대체 뭐라고 생각하는 거냐고?"

"정말이네. 이마가 그을렸어. 나중에 약 바르자…… 아, 여 기 아닐까?"

미로가 가리킨 방향을 돌아보자, 그곳에는…….

『아카보시 님, 네코야나기 님 대기실』

이런 팻말이 붙은 문이 그곳만 무척이나 청결하게 존재하고 있었다.

"……꺼림칙해. 조심하라고. 안에 포자 가스 같은 게 있을지 도……."

"실례합니다."

"이봐!! 넌 무슨 다섯 살배기 꼬마냐?!"

미로는 문을 수상하게 바라보던 비스코를 전혀 아랑곳하지 않은 채 문고리를 찰칵 열고 성큼성큼 방 안으로 들어갔다.

"와~~, 꽤 넓네. 괜찮아, 비스코. 아무것도 없어!"

'요즘 영문 모를 정도로 배짱이 두둑해졌다니까, 이 녀석.'

확실히 쿠로카와를 상대로 싸울 때는 몇 겹에 걸친 책모에 걸리는 사이 의심에 빠져서 정신력이 마모되어버리는 게 가장 큰 패인이라고 봐도 틀림없다.

하지만 그렇더라도 이런 호랑이굴 같은 곳에서 이렇게까지 『태평~』한 마음을 유지할 수 있는 미로의 성장을 보니, 비스코도 감탄과 위태로움을 느낄 수밖에 없었다.

"화장대가 있어. 메이크업 도구도…… 판다 멍, 숨기는 게 나을까?"

"뭐야……? 이 방은……?"

비스코는 여전히 경계심을 풀지 않고 대기실 안으로 천천히 들어왔다. 방 안은 통로와는 달리 에어컨, 가습기, 거울 등등 연기자의 컨디션을 한없이 배려한 설비가 갖춰져 있었다.

방 중앙에 있는 긴 탁자에는 텐카차, 콘조차, 굴 주스, 환타 포도 맛 등의 페트병에 더해서 불뱀 드링크 등의 강장제도 있을 만큼 세심했다.

"……응. 확실히, 독은 없는 모양이야."

"비스코! 이리 와봐. 도시락도 있어!!"

비스코는 적의 소굴 안에서 이렇게나 신을 내는 파트너의 담력에 어이없어하면서도 느릿하게 미로의 옆, 급탕 코너까지 걸어가서 그 반짝이는 시선을 쫓았다.

『네코야나기 님 점심 식사』라고 적힌 종이 밑에는 고급스럽게 포장된, 그야말로 비싸 보이는 찬합 도시락이 놓여있었다.

"우왓. 이거 금색 찬합이잖아. 굉장한 고급품!"

"이런 건 본 적도 없어. 야, 열어봐!"

"기다려봐…… 이, 이건!!"

미로는 묶여있는 금색 끈을 부지런히 풀어서 찬합 뚜껑을 살며시 열었다. 아직 따스한 찬합 안에서, 뭐라 말 못 할 기품 있는 냄새가 두 사람의 코를 자극했다.

"공주 도롱뇽의, 꼬치구이잖아!! 이거 하나만으로도 1,000 닛카 이하로는 안 받는 최고급품이야!"

"뭐, 뭐라고오!"

검은쌀 위에 올라간, 윤기가 자르르한 도롱뇽 고기를 본 비스코가 무심코 목을 꿀꺽댔다.

자비에게 배우던 시절부터, 믿음직한 궁술과 맞바꾼 스승의 미각치에 휘둘려서 음식의 기쁨을 모른 채 자라온 비스코다. 그에게는 즐거움 중 하나라고 봐도 과언이 아니다.

"이런 기회는 좀처럼 없어! 앉아서 같이 먹자, 비스코!"

"조, 좋아…… 뭐, 괜찮겠지…… 빈속이라면 활을 쏠 수 없으니까."

"……어라? 비스코는 다른 도시락인 것 같네."

비스코는 미로의 말을 듣고 다시 자신에게 나온 도시락을 내려다봤다.

『**아카보시 님 점심 식사**』라고 적힌 종이…… 거기까지는 똑같지만, 그 종이에 작은 카드가 딸려 있었고, 매우 힘 있는 필체로.

『**아내로부터**』

이런 한마디가 적혀있었다.

"……아내로부터?"

곤혹감에 잠긴 비스코가 카드를 뒤집자, 그곳에도 경박한 필적으로 뭔가 적혀있었다.

『아카보시에게.

최고의 연기를 위해 도시락도 최고의 품질로 준비했다…….

원래 그러려고 했는데, 네 아내가 남편의 식사는 자기가 만들겠다며 말을 안 듣더군.

고집이 너무 세서 세뇌도 전혀 안 통해! 이거 곤란하다고, 정말로.

그렇게 됐으니 미안하지만, 점심은 애처 도시락으로 참아다오.

뭐, 요리는 애정이라고도 하니까. 나는 전혀 그렇게 생각하지 않지만…….

그럼, 30분 후에 만나자. 총감독·쿠로카와 켄지』

"애, 애처, 도시락???"

"에에엑. 파우가 도시락을?! 비스코, 열어봐!"

"바보 같은 소리 하지 마. 폭발할 거라고!"

"안 해!! 아내를 뭐라고 생각하는 거야!!"

비스코는 미로의 험악한 기세에 밀려서 조심조심, 천천히 도시락 뚜껑을 열었다.

그곳에는…….

"……오오?"

"와아, 파우 굉장해! 깔끔하게 만들었잖아!"

2단으로 되어있는 도시락 상자에는 하단에 작은 주먹밥이 세 개, 상단에는 색감을 확실하게 살린 컬러풀한 반찬이 들어가 있었다.

메인은 악어 고기 그릴에, 돌고래 베이컨에 시시토 고추를 감은 요리. 밑반찬으로는 구운 토마토, 렌틸콩과 천수(千壽) 감자를 넣은 카레 조림, 새끼 이구아나 꼬리 튀김 등등, 육식 남자의 마음을 자극하는 라인업이다.

도시락 상자 구석에 곁들여진, 하얀 경단에 굴청을 올린 작은 디저트도 남편을 생각하는 착한 아내의 마음이 엿보였다.

"으으으으음!"

미로는 비스코의 뺨을 밀어내면서 파우의 도시락을 빤히 응시하더니, 어째서인지 눈물까지 머금으며 「100만 점!!」이라고 울부짖듯이 외쳤다.

"이봐! 남의 도시락에 침 튀기지 마!"

"파우는 결코 요리를 잘하지 못했어. 사랑이 파우에게 이런 걸 만들게 한 거야…… 비스코는 행복하겠네. 파우가 있고…… 그보다 오히려 내가 있고……."

"알았으니까! 먹자. 30분 뒤라고 적혀있잖아."

두 사람은 부지런히 자리에 앉아서 각자 도시락을 먹기 시작했다. 도롱뇽 꼬치구이를 입에 넣은 미로는 그 향긋하면서도 녹아내리는 고기의 지방을 혀로 한가득 맛보고는, 저도 모르게 「호요아아아」라는 얼빠진 소리를 냈다.

'끄으응……'

"비스코, 한입 먹고 싶은 거지? 자, 아~앙."

"필요 없어! 이쪽이 더 맛있다고."

비스코는 분연하게 그걸 밀쳐내고는 아내가 만들어준 반찬을 묵묵히 입에 옮겼다.

확실히 화려한 맛은 없지만, 각각 매우 세심한 배려를 거쳐 만들어져 있었다. 이것은 사람의 신념, 의지에 민감한 비스코를 크게 감탄하게 했다. 사람의 기술이나 예술에는 경험이 있지만, 요리에 담긴 의지에 감탄하는 건 비스코도 처음 겪는 경험이었다.

　"잘 들어, 미로. 그 도롱뇽은 결국 맛있기만 한 밥이야. 이 밥에는 의지가 있어. 그 녀석의 불살 철곤의 극의가 담겨있다고."

　"철곤의 극의가?! 도시락에?!"

　"그래. 이 주먹밥 하나만 보더라도……."

　비스코는 그렇게 말하면서 작은 삼각김밥을 하나 들어서 그걸 입에 넣었고…….

　"으걱?!"

　"비, 비스코?!"

　비스코는 경악한 나머지 예의 없게 한 번 씹었던 주먹밥을 뱉어냈다. 놀랍게도, 확실히 깨물었던 주먹밥의 형태가 전혀 변형되지 않았다.

　"왜, 왜 그래?! 짠 거야?!"

　"딱……."

　"딱?"

　"딱딱해!!"

　비스코의 말대로…….

　파우가 만든 주먹밥은 그 범상치 않은 힘으로 쥐었기 때문인지 질량을 한계까지 아슬아슬할 정도로 압축해놔서 인간의 이가 박히는 물건이 아니게 되어버렸다.

"이거, 철이잖아."

다른 주먹밥을 든 미로가 새파래져서 말했다.

"이상하다 싶었어. 파우는 이런 건 반드시 어딘가에서 실패하거든. 비스코도 무리하지 말고, 반찬만 먹고 나머지는 내거를……."

"안 돼. 아내의 성의를 남겨버린다면, 그거야말로 신벌이 떨어질 거야."

"뭐어엇! 이걸 남김없이 먹을 생각이야?!"

"그 녀석이 목숨을 걸고 만들었다면, 나도 목숨을 걸어야만 공평하지. 내 이빨을 얕보지 말라고! 됐으니까 그걸 내놔……."

『여어여어! 기다렸지? 아카보시, 네코야나기.』

비스코가 미로에게서 주먹밥을 빼앗으려는 바로 그때, 대기실 스피커에서 쿠로카와의 목소리가 들렸다.

『준비에 시간이 걸려서 미안하다. 겨우 스탠바이 OK다! 미안하지만 밥은 그만 먹고 바로 나오라고.』

"정말이지 제멋대로인 자식이야."

비스코가 스피커를 향해 외쳤다.

"촬영 쪽을 늦추는 게 어때? 이쪽은 아직 먹고 있다고!"

『큭큭큭. 딱히 먹고 싶으면 먹어도 된다고. 아카보시이.』

쿠로카와의 끈적한 웃음소리가, 지금까지의 화기애애한 기분을 단숨에 날려버렸다.

『하지만, 방금 타이머를 켰단 말이지. 베니비시의 여왕, 시시…… 사로잡힌 그녀의 머리가 토마토처럼 터질 때까지 느긋하게 차나 홀짝일 네가 아니라고 생각하는데, 어때?』

7

"서둘러, 비스코!"

"이 방이냐?!"

통로를 빠져나와 쾅! 하고 문을 걷어차고 들어온 곳은, 지금까지의 무대 뒤편이 거짓말인 것처럼 하얗게 칠해진 청결한 곳이었다.

작은 파티 홀 같은 살풍경한 방.

그 중앙부에는, 한 장의 두꺼운 강화유리가 가로막고 있고……

아직 어린 베니비시 아이들이 서로의 몸을 부여잡고 부들부들 떨고 있었다.

"베니비시 아이들이야. 쿠로카와, 대체 무슨 속셈이지……."

『자! 슬슬 신 3 촬영에 들어가자고오.』

어딘가에 설치된 스피커에서 쿠로카와의 들뜬 목소리가 들렸다. 자객 집단에라도 둘러싸인 것처럼 대비하던 두 소년은 예상치 못한 전개에 당황했다.

『신 1, 신 2의 액션 완성도는 아주 좋았어. 하지만 아카보시, 날뛰기만 해서는 관객도 질려버린단 말이지. 이런 영화에서는 서스펜스— 일종의 수수께끼 풀이 요소라는 게 악센트로 필요해. 「큐브」 같은 건 최고라고. 나중에 빌려주마.』

"그 시시껄렁한 말은 이제 질렸어! 당장 뭘 하고 싶은지 말해!"

『그레이트! 주연다운 자각이 생겼구나.』

쿠로카와는 만족스럽게 말을 이었다.

『우선 연습부터 가자고. 너희의 눈앞, 강화유리 너머에 보이는 건, 보다시피 아무런 죄도 없는 베니비시 아이들이…… 이야~, 피부가 하얘서 귀엽구만. 호사가들이 손을 댈 법도 해.』

"이 아이들을 어쩌려는 거야!!"

『정면 위쪽에 타이머가 보이겠지? 앞으로 3분…… 저게 제로가 되어버리며언.』

쿠로카와는 큭큭큭, 하고 목구멍 속으로 웃으면서 천천히 뜸을 들였다.

『내가 만든 특제 고엽제 가스가 방에 살포되어서, 저 꼬마들은 말라비틀어져 죽을 거다.』

"쿠로카와!!"

『그런 슬픈 결말을 용납할 너희 둘이 아니겠지. 너희는 지금부터 내가 준비한 지능 퀴즈를 훌륭히 클리어해서 그 녀석들을 구하…… 어이쿠!! 조급해하지 말라고, 아카보시. 네가 활에 손가락 하나라도 댄 순간, 타이머는 제로가 될 테니까.』

"이 녀석……!!"

이를 가는 비스코의 앞에 어떤 이동식 테이블이 데구르르 들어왔고, 그걸 밀고 온 이미군 한 명이 두 사람에게 고개를 「꾸벅」 숙였다.

"……이건 뭐야??"

『룰을 설명하지. 으~음…… 45페이지…… 어라? 여기가 아닌가.』

대본을 팔랑팔랑 넘기는 소리가 스피커에서 들려오는 사이에도, 타이머는 시시각각 제로를 향해 접근했다. 비스코가 「이 자식, 빨리 해!!」라고 외치자, 쿠로카와는 황급히 대답했다.

『이거 미안미안. 어흠, 한 번밖에 설명하지 않을 거야……. 룰은 이렇다. 너희의 눈앞에 빨강과 파랑, 두 개의 버튼이 있을 거다. 한쪽이 타이머 스톱. 반대쪽은 고엽제 가스 사출 장치지. 퀴즈를 내는 꼬마는 눈앞의 이미군이다. 이 녀석은 「진실을 말하는 정직한 이미」거나 「반드시 거짓말을 하는 거짓말쟁이 이미」 둘 중 하나지만, 너희는 그걸 판단할 수 없어. 너희에게는 딱 한 번…… 딱 한 번뿐이다. 그 이미군에게 O인가 ×인가만으로 대답할 수 있는 질문을, 딱 한 번 할 수 있다! 과연 주인공·아카보시 비스코는 단 한 번의 질문만으로 무사히 죄 없는 아이들의 목숨을 구해낼 수 있을 것인가?!』

집중력을 풀로 활용해서 가만히 쿠로카와의 목소리를 듣던 미로는 미간에 주름을 잡으며 고민했지만, 문득…….

무척이나 냉정한 파트너를 돌아봤다.

"비스코, 자신만만하네. 뭔가 알아냈어?"

"알고 자시고도 없어. 이렇게 심플한 이야기는 없잖아."

"에엑. 굉장하네!! 그럼 어떻게……."

"2분의 1을 뽑으면 되는 거 아냐."

비스코는 사뭇 당연하다는 듯이 버튼을 향해 성큼성큼 걸어갔다.

"지금까지 100분의 1을 계속 뽑아내며 살아남았어. 홀짝 도박에서 질 리가 없다고."

"이봐!! 잠깐!!"

『그만둬어—!!』

미로와 쿠로카와가 황급히 비스코를 말리는 목소리가 겹쳤다. 성큼성큼 걸어가는 비스코의 배를 잡아서 가까스로 제지한 미로(와 쿠로카와)가 한숨 돌렸다.

『그래서는 그림이 안 되잖아, 아카보시! 진지하게 게임을 하지 않으려는 녀석은 버튼 누르지 마. 룰에 추가다, 생각 없이 누르면 그 자리에서 게임 오버!』

"바보 같은 소리 하지 마. 나는 진지하다고!"

"아무튼, 이 자리에서는 지금까지처럼 힘으로 밀어붙이면 안 돼. 지혜로 문제를 풀어서 쿠로카와를 납득하게 해야……."

"그럼 저 녀석의 탈을 벗기자. 눈을 보면 거짓말이지 진실인지 알 수 있어!"

『안 돼 안 돼. 그런 건 지혜라고 말하지 않아!! 본능이나 감으로 문제를 푸는 것도 금지!!』

생각하던(?) 것들이 족족 차단되자, 비스코는 「으으으음」 하고 신음하고는 드디어 움직이지 못하게 되어 팔짱을 꼈다. 미로는 일단 진정한 비스코를 바라보고는, 자신 안의 번뜩임을 찾아서 뇌를 사고의 바닷속으로 가라앉혔다.

"질문은 한 번뿐……이라."

"바보 같아. 이런 것에 정답이 있을 리가 없어. 거짓말인지 진실인지도 모르는데, 뭘 질문해봤자 의미 없잖아!"

"……."

"젠장! 시간이 없어. 어느 쪽이든 됐으니까 빨리 눌러. 미로!"

"아니, 알았어! 정직한 사람도, 거짓말쟁이도 파악할 수 있는 질문……!!"

미로는 푸른 눈동자를 지혜의 광채로 번뜩이면서 ○와 × 팻말을 든 이미군에게 슬쩍 다가가더니 막힘없이 질문을 던졌다.

『파란 버튼이 정답인가?』라고 내가 당신에게 묻는다면, 당신은 『○』라고 답하겠습니까?"

"……응???"

비스코는 미로가 무슨 말을 한 건지 몰라서 의구심 어린 표정으로 그 옆얼굴을 바라봤다. 한편, 이미군은 한동안 침묵하고는, 천천히……

왼손에 든 「×」 팻말을 들었다.

"비스코, 빨강!"

"큭! 알았어!"

비스코는 파트너의 말을 듣자마자 번갯불 같은 속도로 튀어나가서 빨간 버튼을 눌렀다. 두 사람의 눈이 동시에 카메라 너머의 타이머로 향했다.

타이머는, 남은 시간 2초 시점에서 훌륭하게 정지해 있었다.

『카운트다운 정지. 가스 살포를 중지합니다.』

기계 음성이 스피커에서 흐르자, 침을 삼키며 미로를 지켜 보던 베니비시 아이들이 서로를 얼싸안으며 환성을 내질렀다.

"……해, 해냈다. 성공이야!!"

"잘 모르겠어."

　기뻐하는 미로와는 달리, 비스코는 인상을 찌푸리면서 고개를 갸웃했다.

"저 녀석이 정직한지 거짓말쟁이인지 그걸로 어떻게 아는데? 수상해. 푼 척만 했을 뿐이고, 역시 감으로 찍은 거 아냐?"

"너랑 똑같이 취급하지 마!!"

　미로는 비스코의 눈앞에서 손가락을 척! 들고는, 「윽!」 하고 움츠러든 파트너를 향해 해석을 시작했다.

"저 이미군이 정직한지 거짓말쟁이인지는 나도 아직 몰라. 상관없어. 요컨대, 거짓말쟁이라도 정답을 말해야 하는 질문을 던졌을 뿐이야."

"거짓말쟁이가, 정답을 말한다고??"

"다시 말해서……."

『네코야나기는 질문 하나에서, 이미군에게 「두 번」 거짓말을 하게 한 거다.』

　쿠로카와는 매우 만족스러운 기색으로 스피커를 통해 미로의 말을 이어받았다.

『정답이 양자택일일 경우, 앞의 앞은 앞. 그리고 뒤의 뒤는…… 역시 앞이지. 역시 내가 눈여겨봤던 이미하마의 명의, 머리 회전은 변함없는 모양이야.』

"……으응???"

"어, 억지로 알려고 하지 않아도 돼. 비스코……."

『아무튼 데먼스트레이션은 훌륭하게 클리어다! 안심했어. 제대로 수수께끼 풀이를 하지 못한다면 어느 쪽 버튼도 오답으로 할 생각이었거든.』

"뭐야 그게?! 더럽잖아!!"

『다음 플로어로 안내해.』

쿠로카와의 말을 듣자 이미군은 고개를 꾸벅 숙이더니 두 사람을 재촉해서 다음 플로어로 이어지는 문으로 걸어갔다. 비스코는 빠르게 쫓아가면서 도발적으로 이미군에게 물었다.

"그래서. 사실은 어떤데? 너, 거짓말쟁이냐?"

"정직한 사람이에요."

이미군은 짧게 대답했다. 비스코는 그 대답의 의미를 한동안 고민하다가, 금방 바보 같아져서 생각을 멈췄다.

'으, 으…….'

시시는 몽롱한 의식을 어떻게든 깨우기 위해 마음속으로 신음했다.

좌우로 흔들리는 머리는 어째서인지 매우 무거웠고, 관자놀이나 목에 닿는 차가운 피녹의 감촉을 보니 뭔가 강철제 고문 투구 같은 것을 착용하고 있다는 걸 알 수 있었다.

'뭐, 뭐야. 뭘 당한 거지……!!'

마찬가지로 강철로 된 의자에 앉아서 양다리는 벨트에 묶였고, 뒤로 돌아간 양 손목에는 수갑 같은 게 채워져 있다. 전신 중에서 자유롭게 움직일 수 있는 건 목 위쪽뿐…… 이런 상황이었다.

'묶인, 건가. ……네 이놈. 또…… 또 나에게, 포로의 치욕을!'

일반인이라면 공포로 의식이 어두워져서 멀쩡한 사고도 하지 못했겠지만.

'……초조해하지 마라. 분노하지 마라, 시시! 아직까지 왕을 죽이지 않은 방심. 선왕이었다면 반드시 반격했을 터. 아버님이라면 어떻게 하셨을까. 이때, 아버님이라면……!'

베니비시 신왕(新王)·시시는 이런 때에도 육도수옥에서 길러온 극한 상황에서의 연명술을 발휘해서 강철 같은 정신력으로 사고를 얼음장처럼 냉정하게 유지했다. 시시는 심호흡을 한 번 하고, 구속을 어떻게 풀어낼지 재빨리 고민했다.

'화려하고 위압감 있는 구속이지만, 겉모습이 투박한 만큼 구조는 단순하겠지.'

눈앞에는 두꺼운 유리 한 장으로 나뉜 하얀 방이 펼쳐져 있을 뿐, 감시자의 기척은 없었다. 이건 시시에게는 행운이라 할 수 있었다.

시시는 뒤로 묶인 손목에 의식을 집중해서 약간의 꽃가루를 퍼뜨렸고……

'부탁이다. 뻗어다오……!'

마치 작은 뱀이 스르륵 기어가듯이 손목에서 심녹색 덩굴이 뻗어서 강철 수갑을 휘감았다. 덩굴은 그대로 작은 열쇠 구멍을 찾아서 그 안으로 꾸물거리며 들어갔다.

'좋아! 아직 내 화력은 잃어버리지 않았어.'

머리의 고문 도구와 마찬가지로 두꺼운 강철로 되어있는 수갑은 엄중하게도 세 개의 열쇠 구멍을 가지고 있었지만, 시시의 생각대로 강도와는 달리 간단한 구조였다. 시시가 뻗은 덩굴은 착실하게 열쇠 구멍 안으로 나아갔고, 이윽고 첫 번째 열쇠 구멍 안쪽에 닿았다.

'좋아, 이걸로……!'

열심히 열쇠 구멍을 풀려던 시시의 생각 안쪽에서…….

'……. 잠깐만. 상황이 이렇게 간단히 풀릴까?'

부왕 호센의 예리한 눈초리가 번뜩 스치고 지나갔다.

상대는 육도 안에서 가만히 잠복하면서 법무관 사타하바키는 물론이고 육도수옥을 통째로 속여넘긴 메파오샤 바로 그 사람이다. 홋카이도에서 질릴 만큼 체감했던 동백꽃의 화력을 알면서도, 이런 구속으로 시시를 묶어둘 수 있다고 생각할까?

'……. 아니, 고민하다가는 기회를 놓쳐! 열쇠를 풀어라, 『발화』!'

시시가 기합과 함께 열쇠 구멍에 동백꽃을 퍼엉, 피워서 그것을 찰칵 풀어낸, 그 순간.

『빠지지지지지지지직!!』

'으윽??!!'

시시의 전신이 순간적으로 경직되면서 크게 경련했다.

머리에 장착된 고문 도구가 수갑에 간섭한 것에 반응해서 어마어마한 전류를 시시의 몸에 흘려 넣은 것이다.

"으, 아, 아, 끄아아아아아아─!!"

강인하고 탄력 있는 시시의 검사다운 몸은 가차 없이 쏟아진 전류에 의해 뼈가 삐걱댈 정도로 젖혀졌고, 가느다란 목은 찢어질 정도의 비명을 내질렀다. 의지하던 덩굴은 전류의 열에 의해 검게 타서 잿더미가 되어 후드득 바닥에 떨어졌다.

『자, 다음 방은 여기다. 근데 이건 무슨 소란…… 아앗, 이 꼬마. 바보 같은 짓을! 어서 전류를 멈춰. 죽어죽어. 죽는다고!!』

시시는 어딘가에서 들려오는 쿠로카와의 당황하는 목소리를 어딘가 멀게 들었다. 시시의 의식이 먼 곳으로 떨어지려던 직전, 쿠우웅 하는 구동음을 내며 전류가 멈췄다.

해방된 시시가 의자 위에서 축 늘어졌다. 몸에서는 하얀 연기가 치솟았고, 홍색의 눈동자는 공허하게 내려갔고, 몸은 잘게 경련을 반복하고 있었다.

"시시!! 쿠로카와, 이 자시이이이익!!"

『야…… 야!! 전류를 치사 설정으로 해놓은 놈은 누구야. 체벌 모드로 해두라고 말했을 텐데! 이, 이러면 설마……!!』

문을 박차고 들어온 누군가가 스피커에 노성을 내뱉었다.

시시는 피가 탄 냄새가 콧속을 채우는 상황에서도 안간힘을 써서 그 경애하는 목소리를 향해 고개를 들었다.

"형, 님……!"

""시시!""

비스코와 미로가 시시가 앉아 있는 의자를 가로막는 유리 앞까지 달려왔다. 미로는 시시의 홍색 눈동자를 가만히 관찰

하다가 이윽고 한숨을 내쉬었다.

"다행이다. 아직 괜찮아……! ……쿠로카와, 불공평하잖아!! 우리는 아직 아무런 설명도 못 들었는데!!"

『그 녀석이 수갑을 풀려고 한다……는 것까지는 연출이긴 했는데, 이거 미안하군. 전류의 강도를 실수했어. 담당자는 해고했다. 너무 화내지 말라고. 하지만 결과적으로 잘됐잖아? 이걸로 두 소년은 다음 게임에서 실수하면, 어떻게 되는지…….』

방의 스포트라이트가 전격으로 타버린 시시에게 향했다.

『눈과 귀로 이해할 수 있었을 거다. 그렇지?』

"제, 젠장……!!"

시시는 강한 후회감이 들어 입술을 꽉 악물었다.

'너무나도, 미숙……!'

메파오샤의 간계에 그대로 넘어가서 스승인 비스코 앞에서 추태를 보이고 말았다. 전력으로 참던 눈꺼풀 사이에서 한 줄기 눈물이 흘러 시시의 무릎을 적셨다.

그 안타까운 시시의 모습을 본 미로의 눈동자가 분노로 타올랐다.

『그 얼굴로 윽박지르지 말라고, 판다 군. 흥분해버리잖아……자, 다음 게임은 이거다! 두둥.』

쿠로카와가 즐겁게 말을 끝내자, 두 사람의 눈앞에 있는 테이블을 향해 뭔가 커다란 장난감 같은 게 다가왔다. 어깨에 타월을 걸친 AD 이미군은 그것을 「영차」 하고 테이블에 놓고는 혼자 「꾸벅」 고개를 숙이면서 떠나갔다.

"이거, 뭐야……? 아니, 이건 본 적 있어!"

『역시 국민적 게임, 세상 물정 모르는 식인종 아카보시도 알아챈 것 같군. 그래. 지금부터 두 사람은 그「쿠로카와 위기일발」을 플레이해줘야겠다.』

"……쿠로카와 위기일발?"

『인형을 잘 봐.』

테이블 위에 있는 건 파티용 게임을 좋아하는 버섯지기들도 자주 즐기는, 일본에서는 유명한 장난감이다. 커다란 나무통을 본뜬 장난감 본체에는 단검을 꽂는 구멍이 수없이 뚫려있고, 그 통에서 고개를 내민 것은…….

귀여운 삼등신의 쿠로카와가 나무통 안에 쏙 들어가 있었다.

『쿠로카와 인형이다. 귀엽지? 리테이크를 16번이나 냈다고.』

"아무래도 좋아!! 빨리 설명해!!"

『판다가 굉장히 무서우니 설명에 들어가지. 이런 게임은 나무통에 하나씩 단검을 꽂아서 인형을 튀어나가게 하면 패배하는 게임이다. 그러나「쿠로카와 위기일발」은 반대로, 정답인 구멍을 찔러서 인형을 튀어나가게 하면 너희의 승리가 되지.』

"……응? 그럼 닥치는 대로 찌르면 되잖아! 서두르자, 미로!"

『앗, 바보. 잠깐 기다…….』

비스코가 테이블에 놓인 단검을 커다란 나무통을 향해 찌르자, 빠직! 하고 불똥이 튀기는 소리와 함께 시시가 몸을 젖혔다.

"끄악!"

"……시시?!"

『설명은 마지막까지 들어야지, 바보야.』

쿠로카와가 어이없다는 듯 말했다.

『알겠지? 오답인 구멍에 단검을 찌른다면…… 거기 있는 여왕님의 몸에 흐르는 전류의 레벨이 올라간다고. 지금은 레벨 1…… 일반인은 레벨 4를 5초 동안 당하게 되면 뇌가 타버릴 거다.』

"그, 그런……!!"

아픔을 참으며 신음하면서 작은 경련을 반복하는 시시를 보면서 미로가 전율했다.

"퀴즈도 뭐도 아니고, 수수께끼조차 아니잖아!! 그저, 그저 운에 시시의 목숨을 걸라는 거야!!"

『수수께끼 풀이만이 서스펜스인 건 아니라고, 네코야나기. 결국 인생이라는 건 빨간색을 자를까, 파란색을 자를까…… 목숨을 건 선택, 그게 이 신의…….』

"형, 님! 미로, 큭!"

쿠로카와의 말을 가로막은 시시가 힘껏 외쳤다.

"저, 는, 이미, 두 번 죽은 남자. 이제 와서 목숨 따위, 아, 아깝지, 않아요! 스승의 손으로 저승에 갈 수 있다면, 바라던 바! 부디, 다, 단번에!"

『눈물이 다 나는군. 하지만 뭘 모르네, 여왕님! 그런 헌신이야말로 아카보시의 판단을 둔하게…….』

"알았어."

『……으응?』

비스코는 시시와 시선을 교차하면서 고개를 끄덕이고는, 아무런 주저도 없이 단검을 있는 힘껏 다음 구멍에 꽂았다. 빠직! 하는 불똥이 튀기면서 시시가 크게 몸을 젖혔다.

"비스코!! 그런, 잠깐, 뭔가 방법이!!"

『그, 그래. 잠깐 기다려! 너, 제자의 목숨이 걸려있다고. 무섭지 않은 거냐?! 조금 더 뭐랄까, 고민하는 그림을…….』

"오래 끌면 그것만으로도 괴로워. 다음 가자."

비스코는 계속해서 세 번째, 네 번째 단검을 꽂았다. 그때마다 청백색 전류가 시시의 몸을 꿰뚫어서 하얗고 아름다운 몸을 태웠다.

"비스코……!!"

미로는 심장이 뭉개지는 듯한 심정으로 비스코의 옆얼굴을 바라봤다. 결의로 가득한 비스코의 표정은 시시의 비명에 일그러졌고, 심상치 않은 비지땀을 흘리고 있었다.

꽂힌 단검은 여섯 개가 되었지만, 아직 남은 구멍은 거의 30개 이상에 이른다.

『자, 다음은 벌써 레벨 7이다. 염라거북이라도 뒈져버릴 전격이라고!! 즉사해서 새까맣게 타버릴 게 틀림없, 그러니까 조금은 생각하라고. 아카보시—!!』

"형, 니이이이임!! 부디, 마무리르으으을—!!"

이미 절규가 되어버린 시시의 목소리에 떠밀린 비스코는 빨간색 단검을 골라 그걸 노린 구멍을 향해 힘껏 쑤셔 박았다.

『아아, 정말이지! 이게 어찌 된 일이야. 이걸로 게임 오버……』

콰앙!!

쿠로카와의 한탄하는 목소리를 거스르듯이 나무통 중앙에서 피스톤 기구가 작동했고, 통나무에서 고개를 내민 쿠로카와 인형이 튀어올랐다.

『아앗?!』

쿠로카와 인형이 튀어오른 기세는 심상치 않아서, 머리가 하얀 방의 천장을 깨고 박힐 정도의 위력이 있었다. 올려다본 미로와 비스코의 눈에는 인형의 하반신만이 비쳤고, 그곳에서 부서진 천장이 후두둑 떨어졌다.

『마, 말도 안 돼. 맞춰버렸잖아……!!』

쿠로카와의 경악하는 목소리와 동시에, 푸슈우우욱 하는 소리를 내며 시시의 고문 도구에 흐르던 전류 스위치가 끊어졌다. 시시의 몸은 하얀 연기를 내면서 고개를 푹 숙였다. 미로는 황급히 근처로 달려가서 시시를 몇 초 바라본 뒤, 비스코에게 몸을 돌리며 힘차게 끄덕였다.

"판단이 빨랐던 게 통했어. 시시는 괜찮아!"

『……과아아연…… 예상하던 그림과는 확실히 다르지만……』

쿠로카와는 잠시 침묵한 뒤, 그야말로 감탄했다는 듯 말을 이었다.

『다시 말해 망설임을 완전히 끊어내서 전류가 흐르는 시간을 최소화하고…… 그 작은 여왕님의 생존율을 올렸다는 건가. 지극히 간단한 원리지만, 좀처럼 할 수 있는 일이 아니지…… 그야말로, 아카보시의 히어로성이 두드러지는 그림이 된 셈이야.』

"입 닥쳐, 쿠로카와!! 이 유리를 치우고 내가 치료하게 해줘!!"

『걱정하지 마, 치료라면 이쪽에서 하지…… 그나저나 곤란한데. 좋은 그림은 찍었지만, 금방 끝나버린 바람에 쓸 만한 영상이 부족하단 말이지…… 퇴짜를 놨던 그 신을 해볼까. 잠깐 기다려봐…….』

쿠로카와는 그렇게 말하고는 스피커 전원을 끄고 침묵하고 말았다. 기절한 시시는 조금 전의 AD 이미군이 유리 너머로 등장해서 「꾸벅」 고개를 숙이더니 그 가벼운 몸을 안고 무대 옆으로 사라졌다.

그걸 밉살스럽게 바라보던 미로는 정신을 차린 듯 비스코에게 몸을 돌려 그리로 다가갔다. 비스코의 비지땀은 완전히 멎었고, 평소의 퉁명스러운 얼굴로 돌아갔다.

"굉장한 용기였어, 비스코……!! 나로서는 도저히 그런 일을……."

"뭐가? 용기도 뭐도 아니야. 일곱 번째에서 피어나는 건 알고 있었어."

"피어나……?"

"처음 단검 끝에, 내 피를 묻혔거든."

비스코는 그렇게 말하며 왼손가락 끝에 묻은 혈액을 미로에게 슬쩍 보여줬다. 비스코의 녹식이 함유된 피는 아주 절묘하게 각성해서 미약한 태양의 광채를 발했다.

"저 자식. 룰을 읽는데 정신이 팔려서 내 손끝을 보지 않았어. ……이후에는, 단검을 찌르는 쇼크로 녹식을 발아시키기만 하면 되지."

"그, 그럼, 비스코는 정답을 맞힌 게 아니라……!!"

"버섯의 발아력으로 인형을 튕겨낸 거야. 들키지 않을 정도의 발아력으로. 그 전에 시시가 뒈져버릴지 말지는 확실히 도박이었지만. 뭐, 저 녀석이라면 간단히 죽지는 않겠지."

미로는 파트너의 의연한 표정을 바라보면서 한동안 멍해졌다.

'지…… 지략이야. 이게 비스코 나름의 지략!'

쿠로카와의 말솜씨에 휘둘리는 직선적인 버섯지기…… 비스코는 그 스테레오타입의 「비스코상」을 역으로 이용해서 쿠로카와를 속일 기회를 엿보고 있었던 거다.

포자를 이용한 수단은 드물지 않지만, 이런 돌발적인 국면에서 룰의 바깥을 찌르는 선택을 할 수 있는 두뇌 회전 속도는 과연 엄청났다.

"……자비라면 어떻게 했을까? 그렇게 생각해봤을 뿐이야. 10년 동안 그 너구리 영감의 잔꾀를 옆에서 계속 봐왔으니까."

비스코가 팔짱을 끼고는 나지막하게 말했다.

"영감이라면 좀 더 능숙하게 했겠지. 너한테 밀당은 안 어울린다고 자주 말했으니까."

"그래도, 그 쿠로카와를 속인 거잖아?! 이제 밀당을 못하는 비스코가 아니야. 자비 씨도 분명 자랑스럽게 생각할 거야!"

"……나를? 자비가?"

"그럼! 당연하지!"

비스코는 미로의 기쁨으로 넘치는 목소리를 듣고 의아한 듯이 고개를 들더니…….

대답 대신, 얼굴을 약간 붉혔다.

미로는 파트너의 그 사랑스러운 모습을 견디지 못했는지, 갑자기 손을 잡고는 강하게 붕붕붕! 위아래로 흔들었다. 비스코는 「와악!」 하고 작은 비명을 질렀다가 그걸 귀찮은 듯 떨쳐 내고는 「쉬이잇—!」 하고 입에 손가락을 댔다.

"바보! 속임수가 들키잖아. 시시도 파우도 아직 저 녀석의 손아귀에 있다고."

"쿠로카와라면 속임수라도 기뻐할 것 같은데."

『아카보시, 네코야나기! 기다리게 해서 미안하다. 다음 방이 준비됐다고 하는군.』

쿠로카와의 목소리가 들리자, 두 사람은 헛기침하면서 저도 모르게 자세를 고쳤다.

『거기서 기다리고 있어. 지금 안내할 테니…… 그래그래. 쿠로카와 인형은 기념으로 가지고 돌아가도 되니까—.』

콰아앙!!

갑자기 터진 굉음이 쿠로카와의 목소리를 가로막으며 방 전체를 크게 뒤흔들었다.

『응?! 뭐, 뭐야. 뭔데?!』

『쿠로카와 감독님!! 크, 큰일입니다!』

스피커 너머의 목소리가 바로 소란스러워지자, 비스코와 미로가 얼굴을 마주 봤다.

『인질이, 다음 인질이 눈을 떴습니다! 아직 몽롱한 모양입니다만, 엄청난 괴력이라!』

『눈을, 떴다고오?』

초조함과 어이없음이 섞인 쿠로카와의 목소리가 AD에게 대답했다.

『바보 같은 소리. 염라거북 열 마리도 재울 수 있는 초강력 수면제라고. 만에 하나라도 해독제 없이 눈을 뜰 리가……』

콰앙, 콰앙!!

"으으으으으으으음."

한층 격렬해진 굉음과 함께 두 사람의 귀가 포착한 것은, 지옥에서 염라대왕이 울부짖는 듯한— 이제는 완전히 귀에 익어버린 우렁찬 포효였다.

"비스코, 이 목소리!"

"……앗!! 미로, 위험해!"

옆방의 낌새를 엿보려던 미로를 즉시 감싸면서 옆으로 물러난 비스코의 눈앞에서—.

콰아아아아앙!! 두꺼운 콘크리트 벽을 깨부수고 전신에서 증기를 뿜어대는 푸른 갑옷의 거구가 마치 인왕처럼 모습을 드러냈다.

"이건, 무슨 일인가."

"버, 법무관……!!"

당연히, 그 인왕이라는 건…….

일본의 법 그 자체로 이름을 떨치는 사타하바키 소메요시,

바로 그 사람이 틀림없었다.

"무슨 까닭으로, 무슨 죄로, 본관을, 사로잡았는가아아."

사타하바키는 두 팔에서 상반신까지를 묶는 두꺼운 구속구를 보더니, 하얀 기둥 같은 이를 으드득 악물었다. 근육 덩어리 같은 전신에 바이스 같은 힘이 담기더니, 강철 구속구가 빠직빠직빠직 소리를 내며 금이 갔다.

"누명, 무례하기, 그지없도다아아."

『구, 구속구를 근육만으로 풀었다고!! 이런 바보 같은 인질이 어딨어?! 이봐, 서스펜스 편은 이제 됐어, 철수다! 기재는 확실하게 지켜!』

"무례하기 그지없도다, 무 례 하 기 그 지 없 도 다아아아—!"

빠키이잉! 구속구를 깨부순 사타하바키가 주먹을 휘둘러 바닥을 후려쳤다. 그 충격으로 천장에 달린 조명기구가 떨어졌고, 나약한 세트는 종잇장처럼 파괴되었다.

"우와아악!! 이봐, 염라대왕님. 조금은 조절하라고!!"

"수면제가 아직 빠지지 않았어! 혼수상태라 분노만으로 움직이고 있는 거야. 우리도 도망치자. 말려들면 웃음거리도 못 돼!"

"카아아앗—!"

사타하바키는 그 거목 같은 팔을 지면에 때려 박으면서 맥동시켰다. 아무래도 전신에서 솟아나는 화력을 이곳 쿠로카와 사이코 스릴러관 전체에 흘려 넣었는지, 곧바로 이곳저곳에서 벚나무가 벽을 뚫고 퉁! 퉁!! 피어났다.

"우와아악—?!"

두 사람은 전 방위에서 덮쳐오는 벚나무에 맞아 튕겨나면서도 그 벚나무가 뚫어놓은 벽을 향해 몸을 굴려서 목숨만 간신히 건져 사이코 스릴러관을 빠져나왔다.

비스코가 발을 헛디딘 미로의 손을 당겨서 출구에서 끄집어낸 직후에 한층 커다란 벚나무가 건물 중앙에서 투우웅!! 하고 피어났고, 두 사람은 쇼카이산 위를 데굴데굴 굴렀다.

"위, 위험했어……!"

『저, 정말 정신 나간 녀석이라니까…… 아~아. 세트가 납작하게 되어버렸잖아. 이런 캐스팅을 한 건 대체 누구야?!』

『감독님입니다만.』

힘없이 주저앉은 두 사람의 상공을 다카라비아가 허둥지둥 통과했다.

『뭐, 됐어. 저 녀석의 신은 컷하더라도 쓸 만한 영상의 양은 나쁘지 않았으니까…… 이봐, 아카보시. 전언은 남겼으니까. 자세한 건 그 시시 여왕님한테 들으라고—!』

두 사람은 다카라비아에서 나오는 확성기 목소리를 멍하니 들으면서 배웅할 수밖에 없었다. 하늘하늘 떨어지는 벚꽃잎이 두 사람의 머리 위에 눈처럼 쌓였다.

8

"자, 시시. 여기 봐. 혀 내밀고. 아~앙."

"아, 아~~앙."

"혀뿌리에 주사 놓을 거야…… 좋아, 이제 괜찮아!"

미로의 시술을 받은 시시가 혀에 퍼지는 약액의 뭐라 말 못 할 씁쓸함에 인상을 찌푸리자, 앞선 제1관문에서 구출한 베니비시 아이들이 달려왔다.

"시시 임금님! 저기, 판다 님. 시시 임금님, 안 죽어?"

"괜찮아! 시시 임금님은 굉장히 단련해서, 평범한 베니비시보다 몇 배나 강하거든. 그렇지 않았다면 그 벚꽃 폭풍에서 모두를 구하고 도망칠 수 없었을 거야."

"그만둬, 미로. 왕으로서 당연히 해야 할 일이었어."

"그래도, 임금님. 숨에서 탄내가 나. 너무 구운 카소떡 같아."

"후후, 말했겠다. 이 녀석. 이러면 어떠냐, 하아아~~!"

"으꺄악~!!"

아이들을 붙잡고 탄내 나는 숨을 내쉬었다가 많은 이들에게 짓눌리는 시시를 본 미로도 뭔가 어깨에 짐이 내려간 듯 한숨을 돌렸다.

"그래도, 후유증이 없어서 정말 다행이야. 아무리 시시가 튼튼하더라도, 여자 몸으로……."

미로가 「헉」 하고 입을 다물자, 시시는 웃으면서 제지했다.

"신경 쓰지 마. 몸은 여자가 틀림없으니까…… 그래도, 백성을 인질로 잡혀서 그대로 메파오샤의 말대로 따라야만 했던 자신의 어리석음이 원망스러워."

"……."

"아버님이었다면, 이런 일은. 나는, 역시……."

"그건 아니야. 시시. 그 이상 말하지 마."

미로는 조용히 시시 앞에서 몸을 수그리고는 아래로 내려가는 얼굴을 자신에게 돌리게 했다. 시시는 미로의 별 눈동자를 보고는 약간 움츠러든 듯이 입을 다물었다.

"호센 왕이, 처음부터 호센 왕이었다고 생각해?"

"……미로. 그건, 무슨……."

"실수하고, 땅바닥을 기고…… 지금의 시시 같은 생각도 많이 하고, 깨끗한 일도, 나쁜 일도 전부 삼켜가면서. 그렇게 호센 왕은 임금님이 된 거야. 아직 소년인 네가 왕의 자질에서 대적할 수 없는 건, 당연한 일이라고 생각하지 않아?"

그러자 아버지에게서 눈을 돌려왔던 시시도, 미로의 눈동자에 붙잡혀서 도망칠 곳을 잃은 듯 조용히 수긍했다.

"거기서, 그 사람은…… 그 지혜와 왕의 자질을 손에 넣는 과정에서, 자신이 너무 더러워졌다는 걸 알고 있었어. 그래서……베니비시의 정화를 위해, 너를 마지막 계략에 빠뜨린 거야."

"마지막, 계략……."

"너에게……."

""베이는 것.""

미로와 시시의 목소리가 겹쳤다.

그 한 마디를 중얼거린 시시는 자신의 몸을 조용히 부여잡았다.

아비의 목을 베었던, 그 결의의 칼날.

거기서 받은 느낌이, 「허용과 사랑」이었다는 건―

시시를 제외한 그 누구도 알지 못하던 일이었다. 시시는 일찍이 그 감촉과 눈물을 선혈로 덧칠하면서, 오늘까지 가까스로 제정신을 유지하며 살아왔다.

"시시를 용서하지 못하는 건, 시시뿐이야."

"……."

"네가 왕관을 받고 나서, 베니비시는 자아를 획득해나가고 있어. 너는 호센 왕의 등을 쫓으면서 조금씩 앞으로 나아가고 있는 거야. 후회만 해서는, 호센 왕이 걱정할 거야."

시시는 거기까지 듣고는 잠시 침묵했고…….

이윽고 크게 숨을 들이쉬고는, 조금 분한 듯한 미소를 미로 앞에 흘렸다.

"왕에게 이런 불손한 말이라니. 보통은 참수형이야."

"어? 지, 진심은 아니지?!"

"하하하! 부럽네. 미로는 강해…… 물론, 형님은 더 강하지만. 누군가의 그림자를 쫓아가지 않을 수 있는 인생, 나도 배워야겠어."

"……아니~~? 의외로 그렇지는 않은데?"

미로는 눈을 가늘게 뜨고 히죽히죽 웃으면서 멀리 있는 파트너를 돌아보고는, 어리둥절한 시시를 곁눈질하며 작은 목소리로 중얼거렸다.

"저 녀석도 나름대로, 줄곧 쫓아오고 있거든. 자기 스승의 등을……."

한편, 그 파트너인 비스코는…….

"보아라, 아카보시! 이 만개한 벚꽃 눈보라, 오랜만에 한 일 치고는 나쁘지 않구나. 쇠약해졌다고는 해도 본관의 화력, 여전히 건재하다 할 수 있겠군."

사로잡혀 있던 관을 뚫고 솟아난 벚꽃 거목을 올려다보는 사타하바키 법무관에게 붙잡혀 있었다.

그야말로 만족스러워 보이는 사타하바키를 향해서 비스코가 불만스럽게 외쳤다.

"만개한 건 네놈의 대가리야, 이 망할 바보야! 구하러 온 우리까지, 아니 시시네까지 말려들 뻔했잖아!"

"하지만 그렇게 되지는 않았지. 본관의 평소 소행 때문인지, 아니면 그대들의 천운인지는 모르겠다만. 어찌 되었든. 아, 이건 봄부터어."

"가을이야, 가을!"

"재수가아아~, 좋구나아~~!"

손에 든 자를 「홱」 들어 올려서 쏟아지는 벚꽃 눈보라를 흐트러뜨린 사타하바키에게는 비스코조차도 녹초가 된 듯 눈가를 실룩거렸다. 대화 페이스를 빼앗아가는 것에 관해서는 법무관의 힘이 압도적인지라, 이건 쿠로카와조차도 질색할 게 틀림없었다.

"소메요시. 훌륭한 벚꽃이라는 건 인정하지만, 지금은 꽃구경을 즐길 때가 아니야. 그보다도 너, 그 메파오샤의 비밀에 관해 뭔가 모르는 거냐?"

시시가 도움을 주러 나서자, 비스코는 잽싸게 시시 뒤에 숨었다.

　"본관도 그에 관해서는 고민하고 있던 참이었다. 그 여자…… 확실히, 마토바 중공 상층부의 조언으로 본관의 독재를 감시한다는 목적으로 고피스와 함께 부옥장 자리에 취임했었지. 업무는 유능, 고피스 뒤에 숨어서 별다른 야망도 엿보이지 않았기에 경계하지 않았다만……."

　'감시……??'

　'평범하게 독재하고 있었잖아? 법무관.'

　"아무튼, 시시 왕의 화력을 흡수한 메파오샤 군을 상대로 우리 베니비시의 패배는 필연적. 어떻게든 해봐라. 아카보시."

　"다짜고짜 떠넘기지 마!! 지금 미로가 그걸 어떻게든 하고 있다고!!"

　미로는 비스코의 말에 수긍하면서 앉아있는 시시와 시선을 맞췄다.

　"응. 지금 녹꽃의 지배를 풀 백신을 연구하고 있어. 그게 완성된다면 파우나 모두의 세뇌도 풀 수 있을 거야."

　"미로라면 분명 성공할 거야. 나나 소메요시가 뭔가 도울 게 없을까?"

　시시의 시선을 받은 미로는 잠시 뜸을 들이다가 고개를 끄덕이고는.

　"……실은, 녹꽃 백신 제작을 위해서는 베니비시의 화력을 응축한 『진화(進花)』의 힘이 필요해. 한 송이라도 좋으니까,

시시의 꽃을 받을 수 없을까?"

그렇게 조심조심 말했다.

겨울 동백꽃에 지배당한 트라우마를 생각하면, 시시에게 이런 부탁을 하는 건 너무한 것 같았지만…… 시시는 두말하지 않고 힘차게 고개를 끄덕이고는 미로의 눈을 응시했다.

"쉬운 부탁이지, 미로. 진화만이 아니라, 부디 이것도 가져 가줘……."

시시는 그렇게 말하고는 조용히 염원해서 오른 손목을 태양빛으로 빛냈다. 그러자 그곳에서 뻗은 무수한 덩굴이 한 자루의 빛나는 검으로 변했다.

"이건……! 사자홍검!"

시시는 눈썹을 살짝 찡그리면서 손목에서 덩굴을 뜯어 사자홍검을 자신에게서 잘라냈다. 황급히 다가온 미로에게 웃어준 시시는 그 손에 빛나는 진화의 검을 넘겼다.

"두 사람과, 함께 가고 싶지만…… 나도 소메요시도, 민초들을 지키는 게 고작이니까. 형님 일행의 힘이 되기에는 역부족이에요. 그러니까 적어도, 이 검을 미로에게……."

"고마워, 시시!"

"나를,『검술』로 격파한 건, 이 생애에 두 사람뿐."

시시는 미로의 하늘색 머리를 살며시 어루만지면서 경애와, 아주 약간의 분함을 담아서 다음 말을 던졌다.

"아버님과, 미로뿐이야. ……부디 내 검으로 형님을 지켜줘. 적어도, 내가 거기에 있는 것처럼……."

미로는 시시의 진지한 시선을 받으면서 조용히 끄덕였고, 한편으로는…….

"미로만 치사하잖아. 나한테도 뭔가 줘."

"아카보시의 말, 잘 들었다. 본관의 자를 가져가라."

"……으악, 무거워!! 이런 쇳덩어리를 들고 갈 수 있겠냐!!"

본의 아닌 만담을 하게 된 비스코를 배려한 시시가 사타하바키를 달랬다.

"자, 아쉬움은 끊이지 않지만 막지 말자. 소메요시. 형님 일행이 다음 장소로 가지 않으면, 이번에는 그곳에서 죄 없는 사람들이 희생될 테니까."

시시의 말을 듣자, 풀어져 있던 소년들의 표정이 다시 진지해졌다.

"메파오샤가 말을 남겼습니다. 두 분을 기다리는 다음 장소는─."

＊ ＊ ＊

"반료지, 입니까."

"그런데?"

"이와테현 북부…… 반료지 총본산을, 다음 촬영지로 정한 게 틀림없습니까?"

"그렇게 말하고 있잖아아?"

쿠로카와는 파우의 질문에 태연하게 답했다.

아까부터 쿠로카와는 지금까지 찍은 필름의 산을 다시 보면서 「여기서…… 빵! 이다」, 「잘한다, 아카보시」, 「최고로 섹시해」 등등 활기찬 혼잣말을 되풀이하고 있었다. 그리고 때때로 떠오른 듯이 대본을 뒤적거리면서 이미 메모투성이인 그곳에 볼펜으로 뭔가를 추가했다.

"알겠냐? 지금까지 아카보시에게 이끌리던 여자들 전원이 만나는 장면을 찍지 않으면 중반이 시원찮단 말이야. 그 여왕님이 확실하게 전했다면, 아카보시 녀석도 날아오겠지."

"하지만 쿠로카와 감독님. 반료지는 지금까지와는 달리 호락호락하지 않을 겁니다. 이미하마의 점령구 바깥…… 이른바, 신앙을 관장하는 인간들의 마지막 성채라 할 수 있죠."

"아~항?"

"개중에서도 반료지 최고 사제·오오챠가마 대승정의 법력은 범상치 않은 것. 그것만이 아니라, 지금 결집해 있는 다른 종교도 쿠사비라슈 승정을 필두로……."

"아~, 시끄러워 시끄러워. 그걸 어떻게 하는 게! AD(액션 디렉터)인 네가 할 일이잖아! 그 베니비시 녀석들도, 아쿠타가와도 쓰러뜨린 게 지금의 너야. 다소의 법력이 어쨌다는 거야? 내 녹꽃의 힘에 흡수돼서 너의 힘이 될 뿐이라고."

"……존명."

파우의 표정은 깊게 눌러쓴 이마 보호대 때문에 알아볼 수 없다. 한편, 쿠로카와는 자신의 녹꽃 세뇌에 어지간히 자신감이 있는지 경계심을 조금도 내비치지 않았다.

"단! 이번에는 잠깐 주문할 게 있어. 쿠사비라슈의 비구니들은 미인뿐이라고 하잖아? 안 그래? 엑스트라로 안성맞춤이야. 여자들은 상처입히지 말라고."

감독의 제멋대로 요구를 들은 미인 AD는 짧게 항의했다.

"여자를, 상처 없이…… 그렇게, 말씀하시는 겁니까. 하지만 그 비구니들은, 굉장히 버거워서……."

"불살의 곤이잖아~. 할 수 있겠지?"

쿠로카와는 대답도 듣지 않고 콧노래를 섞으며 말을 이었다.

"다음은 러브 로맨스 장면이야. 아카보시에게 좋은 체험을 하게 해줘야 하니까. 이번에는 몰래 촬영해서……."

"……러브, 로맨스?"

"앗."

멋지게 찍힌 영상들을 보면서 쓸데없이 말을 늘어놓던 쿠로카와는 지금까지와는 노골적으로 달라진 파우의 음색을 듣자 저도 모르게 목이 막혔다. 감정을 지워버린 듯한 세뇌 때의 목소리와는 달리, 명백하게 살의의 기색이 담겨있는 여수라의 목소리다.

"누구와, 누구의, 러브 로맨스를, 찍으시려는 겁니까?"

"아아, 아니! 아냐아냐, 히어로 연출에서 자주 쓰는 수법이라고. 갈라진 연인들을 무뢰한 아카보시가 구하는…… 『요짐보』에서도 있던 장면이야. 그렇지?"

쿠로카와가 수습하듯이 말하자, 파우도 그 말에 어찌어찌 납득했는지 원래 세뇌 상태로 돌아간 모양이었다.

"……감독님. 곧 반료지에 도착합니다."

"그, 그래! 그랬었지. ……잠깐 화장실."

쿠로카와는 잽싸게 다카라비아의 화장실로 이동하고는 거울 앞에서 식은땀을 흘렸다.

'……저 여자. 묘한 계기로 이상한 움직임을 보인단 말이야. 세뇌가 풀린 건 아니지만, 고집이 세다고 해야 할지…… 섣부른 말은 하지 않는 게 좋겠어. 대본도 주지 않는 게…….'

"……어라? 그러고 보니, 대본!"

쿠로카와 감독이 황급히 감독실로 돌아가자, 그곳에 파우의 모습은 없었다. 이미 부하 이미 군단을 이끌고 출격한 모양이었다.

그리고, 쿠로카와의 간이 데스크 위에는…….

"아차아아아……."

『아카보시 비스코 하렘 신』이라는 새로운 장을 알리는 대본이, 인간 같지 않은 완력을 가진 괴물에게 짓눌린 것처럼 엉망진창이 되어 굴러다니고 있었다.

＊ ＊ ＊

반료지 총본산.

넓게 펼쳐진 황야에 우뚝 솟은 거대한 바위에 뱀이 똬리를 튼 듯한 투박한 언덕길이 놓여있다. 벽 이곳저곳에 주문이 새겨져 있어서, 여행자는 이걸 읽으며 등반하면서 한층 덕을 쌓을 수 있는 구조라고 한다.

그리고 그 언덕을 넘어서 본존으로 향하려면 반료지 명물·108 돌계단을 올라가야만 한다. 이 돌계단은 한 단 한 단이 5척의 높이를 가졌다고 하며, 그 존재로 인해 「힘이 없다면 해탈도 없음」이라는 상식이 승려들에게 생겨나서 현대 일본의 종교인이 모두 강인해지는 원인이 되었다고 한다.

그런 거룩한 가르침을 모조리 무시하고……

밤하늘을 별처럼 날아온 로켓 아쿠타가와가 마침 107단째 돌계단을 향해 돌진하고 있었다.

콰아앙!!

부서지는 돌 속에서 튕겨난 비스코와 미로가 전방을 데굴데굴 굴렀다. 뒤에서 돌계단에 꽂혀 푸슈우우우, 하고 연기를 피워 올리는 아쿠타가와를 본 미로가 「으아아」 하고 부들부들 떨며 중얼거렸다.

"아쿠타가와, 괜찮아?! ……다행이다. 피곤해서 잠들었을 뿐이야."

"너, 너. 무슨 벌 받을 짓을 저지른 거야!"

한동안 멍하니 주변을 돌아보다가 위엄차게 우뚝 솟은 반료지 본존을 확인한 비스코가 갑자기 정신을 차리고 미로를 흔들었다.

"자기 발로 돌계단을 올라오지도 않고 하늘에서 떨어지다니 모독죄라고! 반료지의 신은 버섯지기와도 가깝단 말이야. 만약 심기를 거스르게 된다면……!!"

"시끄러워~~!! 지금은 그럴 때가 아니잖아!!"

미로는 울부짖는 맹견을 격렬하게 조련하듯이 파트너의 콧대를 붙잡고는 얼굴에 어울리지 않는 강력한 힘으로 꽉 비틀었다. 「끄아아!」 하고 새빨개진 코를 누른 비스코가 울상을 짓자, 미로는 입에 손을 대고 「쉬잇~!」 하는 제스처를 보였다.

"아쿠타가와를 최대한 몰아서 날아왔지만, 쿠로카와의 다카라비아를 추월하지 못했어. 먼저 왔다고 생각하는 게 좋아. 안에서 뭐가 덮쳐올지 모른다고!"

"……좋아. 두 패로 나뉘어서 들어가자."

비스코는 코를 문지르면서 표정을 다잡았다.

"쿠로카와의 시선은 완전히 내게 쏠려있어. 다른 방향에서 오는 두 사람을 동시에 함정에 빠뜨릴 수는 없을 거야. 한쪽이 무사하다면, 서로 도울 수 있어."

"알았어! 그럼 정문 입구로는……."

"당연히 내가 가야지. 미로는 뒤로 돌아가!"

"알고 있었다고요~. 무리하지는 마!"

미로는 파트너의 말이 끝나기도 전에 외투를 펄럭이며 본존 뒤로 달려갔다. 비스코는 그 뒷모습을 곁눈질로 배웅하고는 자신도 정문에서 본존 안으로 들어가—.

—려고 하다가.

'……그러고 보니, 본존을 참배하는 건 처음인데…… 역시 아까의 무례를 사과해야.'

뽑으려던 활을 활집에 넣고, 정문 앞에서 정중하게 인사하고는 무척이나 호화로운 새전함을 향해 동전 몇 닢을 던졌다.

"우리 버섯지기. 엔비, 요우, 켓파, 상삼천(上三天)을 모시며 이 사찰과 같은 신앙을 가진 자이니. 바라건대 같은 신앙의 정으로 아무쪼록 이번……."

"뭘 중얼거리고 계신 건가요?"

"무례를 용서…… 어?"

눈을 뜨자, 본존 입구에서 낯익은 얼굴이 비스코를 바라보고 있었다.

"……아앗, 너!"

폭신폭신한 흰 머리, 가녀린 몸. 무엇보다 개안기로 열린 왼쪽 의안…….

그 외견은 그야말로, 일찍이 시마네에 그 사람이 있다고 숭배받아온 쿠사비라슈 승정의 모습이었다. 비스코가 아니라도 잘못 볼 리가 없었다.

"암리!! 이런 곳에서 뭘……."

"뭘 하고 계시는지 여쭤보고 싶은 건 이쪽이에요."

암리는 그렇게 말하면서도 비스코의 얼굴을 흥미로운 듯 응시했고…… 뭔가 유쾌한 듯이 미소를 지으면서 말을 이었다.

"신조차 두려워하지 않는 무뢰한 버섯지기가 이렇게까지 신앙심이 깊다니 이상한 이야기네요."

"딱히 이상하지 않아. 자기 마음속에 신이 없다면 화살을 맞힐 수 없어."

"마음가짐은 훌륭하시지만, 너무 다른 신을 숭배하시면 곤란해요. 우리 쿠사비라슈는 비스코 오라버니를 신으로 모시고 있으니까요."

거기까지 듣던 비스코는 암리에게서 약간의 위화감을 느끼고 살짝 눈살을 찌푸렸다. 평소의 활발한 암리치고는 재회의 리액션이 조금 담백해 보였다.

"자. 신발도 벗지 않으시면 대접할 수 없으니까요. 올라오세요……."

"올라오라니. 네 절이 아니잖아?!"

"자, 비구니들. 우리 주신께서 왕림하셨으니, 안으로 안내하세요."

"말 좀 들어! 오오챠가마 영감은 어떻게 된…… 우와앗?!"

곤혹스러운 듯 외친 비스코의 옆에서 암리의 지시를 받은 두 명의 비구니가 기척도 없이 나타났다. 미모의 비구니들은 미소를 지으면서 비스코의 몸을 가볍게 들었다.

"우와아앗?! 뭐, 뭐, 뭐야 너희는?!"

"오오챠가마 대승정을 걱정하시다니, 정말이지 그 무렵의 수라는 어디로 갔는지……."

암리는 키득키득 웃었다.

"완전히 만인을 비추는 선신이 되어버리셨네요. 비스코 오라버니."

"이거, 이거 놔. 짜샤! 암리, 이 녀석들한테 뭐라고 좀 해봐!"

"하지만, 그것만으로는 스트레스가 쌓이겠죠. 아무쪼록 몸을 맡겨주세요."

암리는 끌려가는 비스코의 앞을 유유히 걸어가면서 하늘하늘 즐겁게 춤췄다.

"모든 것은 한때의 호접지몽. 극한의 열락을 약속드릴게요."

"잠깐, 아카보시. 너무 날뛰면 시술할 수가 없잖아."

"그러니까 대체 뭘 하려는 건데?! 그만둬. 나는 너희를 구하러⋯⋯!!"

"무서워할 것 없어. 내 안마술은 한 번 맛보면 빠져나갈 수 없는 극상의 기술이거든⋯⋯ 갈고닦은 나의 기술은 신격을 가진 영웅에게만 베풀고 싶은 거야."

"어머님. 새치기는 치사해요! 제 기술도 일품이거든요!"

"애들 장난하고는 조금 다르단다. 암리."

"울컥─!!"

"시끄러워─!! 이거 놔─!!"

본존 안의 어느 방, 침소로 보이는 곳으로 들어온 비스코는⋯⋯.

마구 버둥거리는 바람에 실내에 뭉게뭉게 피어오르는 향의 연기를 그대로 들이쉬고 말았다. 그게 독 부류였다면 비스코도 곧장 반응했겠지만, 그 진하고 독특한 향기는 뭔가 강력한 약효가 있는지 비스코의 사고를 천천히 풀어버렸다.

더욱이 침소에서 피부도 드러낸 채 기다리던 라스케니에게 붙잡히고 나서는, 덩치 큰 여자 특유의 굉장한 완력으로 비스코를 억누르는 데다 주변에 뭉쳐있는 비구니들 때문에 탈출의 실마리가 전혀 보이지 않았다.

'이…… 이상해! 짓궂은 장난이라기에는 도가 지나쳐.'

"탄력 있고 탄탄한, 야수 같은 근육…… 그리고, 등골을 오싹하게 꿰뚫는 눈동자. 아아, 나도 참 정신이 나갔지. 그런 남자를 섬기지 말고, 이 아이를 포로로……"

라스케니의 긴 손톱이 비스코의 목을 절묘한 힘으로 어루만지자, 지금까지 느껴본 적 없는 소름 돋는 감각이 덮쳐왔다. 비스코는 순수한 공포에 질려 전율했다.

"으규우와악―!!"

"저, 저기, 어머님? 너, 너무 흥분하신 게……"

"시끄러워!"

평소에도 냉정한 태도를 무너뜨리지 않던 라스케니, 이때만큼은 굶주린 짐승처럼 눈을 번뜩이며 암리에게 고함쳤다.

"너는 치사하다고! 어린애라는 걸 면죄부 삼아서 언제나 아카보시나 네코야나기하고 꽁냥공냥. 너의 어머니라는 입장이 아니었다면, 나도……!!"

"가, 갑자기 무슨 위험한 말씀을 하시는 건가요, 어머님!!"

"그럼 아카보시…… 처음에는 흡기를 허파에 불어넣을 거야…… 이건 필요한 조치니까. 결코 사리사욕으로 하는 게 아니야."

"허파에, 흡기를…… 에엑?! 그, 그만둬. 으아악!"

"자아, 힘을 빼고……"

어깨와 목이 억눌린 채, 거꾸로 뒤집힌 라스케니의 요염한 두 눈동자가 비스코의 입술을 노리면서 다가왔다. 비스코는 지금까지 보여준 적이 없을 만큼 공포로 일그러진 표정을 보이며 마음속에서 우러나는 목소리로 절규했다.

"와아악—!! 살려줘, 미로—!!"

콰아앙!!

침소 천장을 뚫고 뭔가 검은 유성 같은 것이 지면에 착지하면서 방에 가을 찬바람을 불러들였다. 증기 목욕탕 같던 침소의 공기는 바깥 공기에 닿아 식었고, 정체 모를 환상적인 향도 바람에 휩쓸려 사라졌다.

"치잇! 방해를……!"

라스케니는 갑작스러운 습격에 놀라 일어나서 즉시 진언의 창을 손에 꺼냈다.

"웬 놈이냐! 우리 신을 향한 봉공의 자리에 끼어들다니 무례하기 그지없구나!"

"어디의, 누가, 무례하다고?"

상대를 위협하고자 외친 라스케니의 목소리를, 어두컴컴한 목소리가 답했다.

"남의 남편을, 이렇게 희롱한 여자가……."

끼긱. 나무 부스러기를 밟아 부수는 부츠 소리.

"어디의……."

붕붕붕, 손가락 사이를 돌다가…….

"누구를!"

꽉 움켜쥐는, 12킬로그램의 육각 철곤.

"무례하다고 지껄이는 건지! 어디 나에게 한번 가르쳐봐라—!!"

콰아앙! 파우의 일갈과 함께 패기가 솟구치며 그 자리에 무너진 나무 조각이나 잔해를 일제히 날려버렸다.

"우와앗.", "꺄앗!"

비스코 위에서 굴러떨어진 암리 모녀를 향해 부웅! 하고 철곤을 내리찍자, 얇은 옷이라면 풍압으로 찢어버릴 듯한 일격이 침소 지면을 쿠와아앙! 하고 부숴버렸다.

"아, 아앗. 파우!!"

어지러운 머리를 겨우 각성시킨 비스코는 검은 본디지 슈트 차림의 여자에게 부축을 받고 일어나서 이마 보호대 너머에 있는 눈동자를 바라봤다.

"살았어!! ……응? 너, 세뇌당하지 않았나……."

"좋았던 거냐?"

"뭐, 뭐어?!"

"입술을 빼앗겼을 텐데. 나보다 좋았느냐고 묻는 거다."

'뭐야 이 녀석?!'

비스코는 파우의 질문이 무슨 의미인지 전혀 이해하지 못했지만, 터무니없는 살기를 담은 질문이라는 것만큼은 알았기에 신중하게 말의 의미를 반추하면서…….

'붕붕붕.'

일단 고개를 내저었다.

"……."

"……."

"······당연하겠지. 일단 물어봤을 뿐이다."

세뇌 지배로 검게 물든 눈동자가 순간 희색으로 빛나는 것을 바라본 비스코는, 아무래도 일단은 올바른 선택을 했다는 걸 깨달았다.

"설교는 나중이다. 지금은 저 암여우들을······."

"마, 맞아. 저 녀석들도 뭔가 세뇌를 당한 거야! 어떻게든······."

"몰살시켜야겠어."

"어······."

"끼에에엑—!!"

검은 선풍이 방에 휘몰아치며 두 사람을 둘러싸듯 다가오던 비구니들을 곤의 풍압으로 한꺼번에 날려버렸다. 「꺄아악!」 하고 입을 모아 절규한 비구니들은 침소 벽 이곳저곳에 꽂혔고, 그 너머에 설치되어 있던 카메라들이 드러났다.

"캐엑. 찍고 있었던 거냐?!"

"걱정할 것 없다. 나중에 저 필름도 파괴할 거니까······ 하지만, 여자들이 먼저야. 특히, 저, 라스케니······!! 용서할 수 없어. 죽인다. 다진고기로 만들어주겠어!"

"그, 그만둬 바보야. 죽이지 마!!"

『그래—! 그만둬, 단장!! 너 때문에 신이 통째로 엉망진창이잖아. 덤으로 너는 그냥 AD야. 이건 월권행위라고—!!』

파우를 말리는 비스코의 목소리에, 상공에서 들리는 쿠로카와의 목소리가 겹쳤다.

칠흑의 살의를 주변에 흩뿌리던 파우는 쿠로카와의 목소리에 우뚝 경직하고는 내리치려던 철곤을 멈췄다.

『아~~아. 도중까지는 좋았는데, 아카보시의 표정도 최고였고…… 뭐, 됐어. 편집하면 어떻게든 되겠지. 마침 테이프도 끊겨졌으니까, 딱 좋아.』

"쿠로카와! 인질에게 손대는 건 룰 위반이야! 암리네를 원래대로 돌려놔!"

『걱정하지 않아도 판다 선생이라면 어려움 없이 고칠 수 있을 거다. 녹꽃 세뇌로는 야릇한 연기가 불가능하니까, 그냥 취기가 도는 약을 투여했을 뿐이거든.』

쿠로카와는 완전히 의기소침해진 기색으로 시시한 듯 말을 이었다.

『이번 로케이션의 실패 탓에 일단 스튜디오로 돌아가게 되었어. 촬영 예정은 나중에 알려줄 테니, 잠깐 기다리라고…… 이봐, AD! 돌아가자!!』

아무래도 이미하마로 귀환하려는 듯한 다카라비아로 가려는 파우의 팔을, 비스코가 잡았다.

"파우!!"

"놔라. 일하러 돌아가야 하니."

"너한테만 신세를 졌잖아. 기다려. 내가 반드시 너를 구해주겠어."

"……."

비취색 눈동자와 남색 눈동자는 그곳에서 자력에 이끌리듯이 서로를 응시했고, 이윽고 파우가 그걸 떼어놓았다. 파우는

팔을 뿌리친 채 본존 지붕을 타고 다카라비아에서 늘어뜨린
사다리를 향해 뛰었다.

비스코는 그 모습을 한동안 바라보고 나서, 산산이 부서진
반료지 침소를 돌아봤고…….

거기서.

"아, 아카보시. 구해줘……."

"뼈, 뼈가 전부 부러졌어요~~!"

무너진 건물에 깔린 암리 모녀를 구하기 위해.

"뼈가 부러진 것처럼 피곤한 건 이쪽이라고. 나 참."

완전히 지쳐버린 듯 목을 우두둑 울리고는 느릿느릿 걸어갔다.

9

"……틀렸어. 이래서는 순도가 부족해! 암리, 좀 더 집중해!"

"에엣. 아직인가요? 저, 적어도 쉬게 해줘요. 이 이상 빨리
면, 제가 말라버려요."

"기혼자를 유혹한 벌이야! 내가 조제에 성공할 때까지 그만
두지 않을 거니까."

"그치만 그건 쿠로카와 때문이고, 저도 피해자인데…… 히
이익. 그렇게 억지로!"

미로는 겁먹은 암리의 머리를 도망치지 못하게 붙잡고는…….

그 눈앞에 작은 진언 큐브를 꺼내서, 암리의 뻥 뚫린 눈구
멍을 통해 승정의 몸에 잠든 녹의 힘을 흡수하기 시작했다.

『고오오오오』하는 굉음을 내며 엄청난 양의 녹이 보라색 광채를 발하면서 미로의 작은 큐브로 빨려 들어갔다.

"좋았어. 느낌 좋아, 암리……! 조금만 더!!"

"그만 끝내줘요오오—!!"

원래는 에메랄드색의 성질을 가진 미로의 큐브가 대부분 칠흑에 가까운 보라색으로 물들었을 때, 응축된 녹으로 포화된 큐브가 칠흑의 광채를 발했다.

"앗! 좋았어!"

"하우."

기절하듯이 털썩 쓰러진 암리를 황급히 부축해서 다정하게 눕힌 미로는 자기 손 위를 맴도는 칠흑의 큐브를 다시금 바라보면서 침을 꿀꺽 삼켰다.

미로의 눈앞에 세워진 조제기에는 엄청난 구동음을 발하는 세 개의 실린더가 있었고, 그것은 천재 의사가 직접 만든 제조기 안에서 뽀글뽀글 거품을 발했다.

그리고, 그중 두 개에는.

챠이카에게 받은 『영박 결정』.

시시의 『사자홍검의 꽃』.

그것이 각각 실린더의 약액 안에 들어가 있었다.

"이제는, 이것만 있으면……!!"

미로는 손에 있는 『순수한 녹의 큐브』를 남은 실린더에 옮겼다…… 그러자 곧장 각각의 실린더에 든 약액이 빛나면서 조제기 전체를 덜컹덜컹 흔들기 시작했다.

"앗! 큰일이다!"

미로는 즉시 조제기의 구동 레버를 최대한 밀어서 최고 출력으로 구동했다. 세 개의 실린더는 각각 눈부시게 발광하면서 맥동했고, 이윽고…….

퍼엉!!

"앗?! 미로!!"

갑작스러운 폭발음이 들리자, 그때까지 진흙탕에 잠긴 듯 잠들어 있던 비스코가 즉시 일어났다.

눈앞에는 흑연이 뭉게뭉게 치솟고 있을 뿐이라 도저히 안쪽을 엿볼 수 없었다.

"미로, 무슨 일이야?! 당한 거냐…… 젠장!!"

단도를 스르륵 뽑은 즉시 연기 속으로 뛰어들려던 비스코의 앞에…….

『스윽』.

미로가 흑연을 뚫고 나타나자 비스코는 그 자리에서 굳어지고 말았다.

"미…… 미로?"

"완성됐어."

미로는 한마디만 하고는 「푸흡」 하고 입에서 흑연을 뿜어냈다. 아름다운 하얀 피부는 앞선 폭발로 인해 검게 그을렸고, 하늘색 머리도 열에 타서 빙글빙글 파마처럼 꼬인 모습이었다.

"와, 완성됐다니. 뭐기?!"

"잠깐 기다려."

미로는 옆구리에 낀 암리의 몸을 바닥에 눕히고는 품을 뒤적거려서 은색으로 빛나는 신기한 앰플을 꺼냈다.

　"……뭐, 뭐야 그게??"

　앰플 안에는 은색 포자가 항상 끓어오르듯이 춤추며 한시도 쉬지 않고 있다. 문외한의 눈으로 봐도 범상치 않은 힘이 숨겨져 있다는 걸 알 수 있었다.

　"앰플. 겉보기에는 영박 포자 같지만, 진화와 녹에서 나온 항생 물질도 배합했어. 이걸로 쿠로카와의 녹꽃을 분해할 수 있을 거야."

　"백신 말이야?! 너, 마침내 만들었구나!!"

　"쿠로카와와의 지혜 대결에서는 이미 이겼었어. 하지만 해답을 구현할 수 있는 소재가 없었지…… 버섯, 꽃, 녹, 세 가지 요소를 고순도로 합성할 필요가 있었어."

　미로는 흑연을 뭉게뭉게 입에서 뿜어내면서 중얼거리고는 다시 앰플을 응시했다. 은색 빛이 그을린 미로의 얼굴을 반짝반짝 비췄다.

　"아무튼, 이걸로 녹꽃을 꿰뚫으면 한 방이야! 비스코의 활에 바르면 파우를 구할 수 있어!"

　"그 녀석의 녹꽃은 목덜미에 피어있다고. 어떻게 꿰뚫지?"

　"그건, 저기……!"

　"뭐, 됐어. 그건 내 일이야."

　비스코는 파트너를 응시하며 고개를 끄덕이고는 자신의 외투로 그을음투성이인 판다 얼굴을 슥슥 닦아줬다.

"으규우."

"흑백이 반전됐잖아…… 움직이지 마. 닦아줄게."

"저기, 비스코."

"이제 후수로만 몰릴 필요는 없어졌어. 이쪽에서 쳐들어가자."

"파우와 라스케니 씨. 어느 쪽이 좋았어?"

"내일 아침 일찍 이미하마로 가자. 든든하게 자두라고."

"대답하지 못한다는 건 꺼림칙한 게 있다는 거지? 너 참 나쁜 녀석이네. 동생으로서 잠자코 넘길 수 없겠어."

"아무 짓도 당하지 않았다고 했잖아!! 남매가 뭉쳐서 대체 뭐냐고?!"

두 소년이 평소의 시시껄렁한 싸움을 펼치는 와중에, 아쿠타가와는 본존 지붕 위에서 마치 그런 원래부터 이런 신상이 있기라도 한 것처럼 앉아있었다.

달빛에 비친 왕게는 마치 그곳의 수호신처럼 그저 느긋하게 밤의 황야를 내려다보고 있었다.

＊ ＊ ＊

"비스코 형~~! 힘내~~!!"

"아카보시~~! 쿠로카와 그 악당 따위한테 지면 용서 못해! 지옥까지 쫓아가서 두 번 끝장내줄 거니까~~!!"

햇실을 받아 무시개색으로 빛나는 칼베로 패각사해의 해수면을 아래로 내려다보면서…….

아쿠타가와는 부흥한 철인의 마을을 빙글 선회하면서 너츠나 코스케 같은 칼베로 아이들의 성원을 받으며 다시 남쪽을 향해 날아갔다.

"저 녀석들, 이미하마에서 도망쳐 나온 건가."

"파우가 저 아이들만이라도 목숨 걸고 도망치게 해줬대…… 그래도, 건강해 보여서 다행이야."

뒤를 향해 손을 크게 흔들던 미로는 문득, 완전히 어른스러워진 프람과 시선을 맞췄다. 프람은 몸을 움찔! 굳히면서 얼굴을 새빨갛게 물들이며 고개를 수그렸고, 그 이상 뭔가 미로에게 말을 걸거나 하지는 않았다.

"그나저나, 그때는 그렇게나 고생했던 여로가 지금은 하늘 여행이라니……."

"의외로 나쁘지 않다고 생각하기 시작했지? 나는 쾌적하고, 멋있다고 생각하는데. 로켓 아쿠타가와!"

"이것과 그건 별도야, 바보 자식. 쿠로카와를 쓰러뜨리면 이 기계는 뗄 거야!"

예전에는 사흘 이상이나 걸렸던 칼베로 패각사해 횡단.

그걸 고작 한나절도 걸리지 않는 스피드로 달성했으니, 비스코도 『도쿄』가 가져다준 고대 과학이 얼마나 우수한지 납득하지 않을 수 없었다.

이미 지상은 패각사해를 벗어나서 초원의 색이 보이기 시작했다.

아래에 보이는 가을의 우키모바라는 갈색으로 변색된 부조

구슬이 지면에 떨어져서 바람에 데굴데굴 굴러가며 여기저기에 새로운 씨앗을 뿌렸다.

"벌써 우키모바라에 들어왔어. 쿠로카와에게 들킬 거리야."

"알았어!"

미로가 의욕적으로 표정을 굳게 다진 그 눈앞에…….

"……비스코. 저건, 뭐야?!"

"으응?"

구름 위, 아쿠타가와의 진행 방향에서 펑, 펑! 하고 연쇄적으로 작게 직렬하는 게 있었다. 그것은 공중에서 마치 낙하산처럼 둥실둥실 떨어지면서 둔중하게 빛났고, 둥그스름한 피부에서는 때때로 『지지직』 하는 자장 같은 게 나왔다.

"저건…… 버, 버섯?"

"……전자버섯이야!!"

비스코는 그 정체를 확인하자마자 눈을 크게 뜨고는 곧바로 활을 당겨서 눈앞의 버섯을 꿰뚫었다. 서서히 자장이 강해지던 그 전자버섯은 비스코의 화살에 바람구멍이 뚫려서 푸슈우욱! 하고 찌그러지며 낙하했다.

"미로! 돌아가자, 뭔가 이상해!"

"이상하다니, 뭐가?!"

"전자버섯은 본격적인 게 사냥꾼의 수법이야. 쿠로카와의 방식과는 달라! 이번 적은, 젠장, 믿을 수 없지만, 아마도……!!"

그러나 비스코가 말을 망설이는 사이, 이미 선수를 빼앗겼다. 푸슝, 푸슝, 푸슝! 지상에서 하늘을 향해 화살이 날아올

때마다 공기 중에 산포되어 있던 전자버섯 포자가 반응해서 퐁퐁퐁! 하고 연쇄적으로 피어나며 아쿠타가와의 앞길을 막았다.

"우와앗! 아쿠타가와, 움직여. 부탁해!"

퐁, 퐁, 퐁!

이미 공역 일대에 전자버섯 포자가 퍼져 있었던 것이리라. 화살에 의해 방아쇠가 일제히 당겨지자, 공중에 있던 아쿠타가와는 전자버섯의 우리에 갇혀버렸다.

『지지지지지직』, 쇠꽂게의 감각을 뚫고 근육을 마비시키는 전자파는 아쿠타가와의 공중 제어를 확실하게 빼앗았고, 장착한 로켓 기구에서 하얀 연기가 솟구쳤다.

"아쿠타가와가 떨어져! 미로, 잎새버섯으로 타이밍 맞춰!"

"알았어!"

아쿠타가와는 다수의 전자버섯을 몸에 휘감으면서 떨어졌고, 그 추락하는 지면을 향해 두 사람이 활을 당겼다.

푸슝, 빠꿈!

잎새버섯 쿠션이 피어나서 간발의 차이로 아쿠타가와의 거대한 몸을 받아냈다.

""우와아앗!""

두 사람은 그대로 전방으로 튕겨나가 말라버린 부조 위에 착지해서 목숨을 건졌다.

"아야야…… 대체 누가 이런……."

"미로, 쉬지 마! 추격이 왔어!"

파앙!! 하고 날아온 한 줄기 섬광이 두 사람 사이에 꽂혔다. 빠꿈! 하고 피어난 노란느타리버섯이 그곳에서 두 사람의 몸을 튕겨버렸다.

즉시 공중에서 낙법을 취한 미로가 피어난 버섯을 보고 경악했다.

"이, 이건 버섯!! 이럴 수가, 그렇다면!"

"느타리버섯은, 내가 마을 사람들에게 배운 버섯이야."

비스코의 표정이 지금까지 볼 수 없었던, 만감이 담긴 분통함으로 변했다.

"적은, 시코쿠의 버섯지기야…… 우리 마을의, 동료라고!!"

『바~~로 그거다, 아카보시이이―!』

아~~하하하! 그런 광소에 뒤이어서 쿠로카와의 목소리가 우키모바라 전역에 울려 퍼졌다.

『고생했다고. 50명이나 되는 버섯지기 놈들을 통째로 녹꽃 세뇌하는 것 말이야. 하지만 이 녀석들이 무대 장치로서는 반드시 필요했지…….』

"쿠로카와―!! 이 자식. 어디냐. 모습을 드러내―!!"

『촬영지에서 스포아코, 베니비시, 진언사 세 여자에게 훌륭히 소재를 입수하여 녹꽃 백신을 만들어낸 천재 판다 의사였지마안…….』

'윽?!'

『아무리 그래도, 완성한 긴 3인분 정노가 한계였겠지. 아닌가?』

'……이 녀석! 내가 백신을 만든다는 걸 처음부터 계산에 넣

고……!'

두 소년의 생각 같은 건 이미 다 읽었다고 말하려는 듯이, 쿠로카와는 목구멍 속으로 『크크크크큭』 하고 진심으로 즐겁다는 듯 웃었다.

『이건 갈등 장면이야. 과연 우리의 히어로·아카보시 비스코는 이 국면에서 어떤 선택을 할까. 자기 아내 한 명 구하기 위해, 소중한 동료 50명을 무자비하게 쳐 죽일까? 죽여도 되는 걸까!! 어쩔 거냐, 아카보시이이─!!』

"시끄러워어어어─!!"

"비스코! 위험해!!"

그늘에서 텐구처럼 뛰쳐나온 버섯지기가 격앙하는 비스코를 노렸다. 곧장 파트너에게 떠밀린 덕분에 화살을 피한 비스코였지만, 곧바로 빠꿈!! 하고 피어난 노란느타리버섯에 튕겨나서 파트너와 함께 지면에 강하게 부딪혔다.

착지한 곳에도 버섯 화살이 곧장 꽂혀서 다시 두 사람을 튕겨냈다. 부조 그늘에서 차례차례 덮쳐온 버섯지기들은 직격하면 터져버리는 위험하기 그지없는 화살을 두 소년을 향해 계속해서 쐈다.

투콰아앙! 마침내 튕겨난 미로의 몸이 폐전차에 부딪혀서 그 포탑을 파괴하며 차체에 파고들었다. 움직이지 못하게 된 파트너를 비스코가 간발의 차이로 구하자, 곧장 그곳에 버섯 화살이 투투툭 꽂혀서 빠깡! 하고 피어나 전차를 폭파시켰다.

"콜록, 콜록!"

"미로! 정신 차려!!"

"도망치자, 비스코!"

미로가 탈구된 어깨를 스스로 되돌리고는 신음하면서 비스코를 향해 내뱉듯이 호소했다.

"여기서 네가 손을 더럽히는 게 쿠로카와의 시나리오야!! 이 이상 너를 그 녀석의 장난감으로 만들고 싶지 않아!"

"알고 있어! 하지만, 이 녀석들은……!!"

이 현대 일본에서는 통뱀이나 부운 5호, 끝으로는 홋카이도 등등 인지(人知)를 초월한 생물이 많이 서식하고 있다.

그러나 버섯지기, 특히 시코쿠 마을에 사는 이들은 그런 위협적인 생물들을 사냥해오던 이들이다. 그들을 적으로 돌렸다면 도망칠 수 있을 리 없다. 애초에 버섯 활은 도망치는 무언가를 사냥하는 게 가장 특기인 무기이기도 하다.

"돌파구를 열어야 해. 누군가, 한 명만이라도……!!"

"죽일 셈이냐?! 그만둬, 미로. 저 녀석들은 동료라고!!"

"너는 절대로 더러워져선 안 돼. 그렇다면, 내 손으로!!"

"미로, 너?! ……잠깐, 앞이야!"

두 사람이 구르면서 피한 곳에서, 네 명의 버섯지기가 낡은 외투를 펄럭이며 뛰쳐나왔다. 두 사람은 소년들을 노리고, 남은 두 사람은 도망칠 퇴로를 노리는 사냥꾼의 포진이다. 미로는 곧장 판단을 내려서 눈앞에 오른손을 들고 간략한 진언을 발동했다.

"『장벽』!"

전개된 에메랄드 장벽에 두 개의 화살이 꽂힌 직후.

빠끔!!

"우와앗?!"

작렬한 노란느타리버섯이 장벽을 뚫고 미로의 진언을 단숨에 없애버렸다. 녹을 먹어치우는 버섯 상대로 진언 방패는 본래의 능력을 발휘할 수 없는 것이다.

'아차……!!'

푸슝, 푸슝!! 남은 버섯지기 두 명이 질풍처럼 화살을 날렸다. 그건 미로의 하얀 목덜미를 노리고 일직선으로 날아왔고—.

푸욱!!

살을 찢는 둔한 소리와 함께, 『푸슈욱』하고 주변에 핏줄기를 뿜었다.

"큭……."

"……어?"

"……아, 아."

저릿하면서도 회복된 반신에 툭 하고 기댄 것. 붉은 머리가 발하는 태양의 냄새와, 부축한 손에서 느껴지는 타는 듯한 피의 온도 앞에서, 미로는 전율했다.

"비스코!!"

"쏘, 지 마. 미로……."

몸을 던져서 허파에 버섯 화살을 맞은 비스코의 입에서 피가 울컥 쏟아졌고, 파트너의 하얀 가슴팍에 선혈이 치덕치덕 묻었다.

"어느 쪽이, 더러워지든, 똑같아. 바보. 둘이서 하나라고. 업보도, 목숨도……"

"으아아아아아!! 비스코, 비스코—!!"

비스코에게서 끊임없이 혈액이 쏟아지자, 미로는 그저 통곡하면서 있는 힘껏 파트너를 안아줄 수밖에 없었다.

일반인에게는 치명상이라도, 비스코는 녹식의 경이로운 재생력 덕분에 지금까지 치료해왔다. 그러나 버섯지기의 숙련된 활이 상대라면 상황이 다르다.

거대한 힘을 가진 생명일수록 그 체내에 왕성한 생명력이 나오는 핵심부가 존재하며, 버섯지기들은 그 기혈을 꿰뚫어서 대형 생물을 사냥해왔다. 즉, 비스코는 거대한 힘을 가졌기에 얄궂게도 버섯지기가 특기로 삼는 『거물 사냥』에 당해버린 것이다.

"커헉…… 젠장. 묘한 곳을 맞았어…… 포자가, 안 나와……!!"

'바로 수술해야 해. 아아, 하지만!'

노란느타리버섯의 발아를 막는 게 고작인 비스코를 필사적으로 부축한 미로가 고민에 빠졌다. 그러나 무정하게도, 역전의 버섯지기들은…….

"녹식의 기가 약해졌다."

"균상(菌床)을 꿰뚫었으니까. 나음 화살로, 비스코는 죽는다."

"영감님들. 긴장 풀지 마. 상대는 당대 제일의 버섯지기. 크게 다쳤으니, 뭐가 튀어나올지 몰라."

그림자처럼 두 사람 주변을 둘러싸고 방심하지 않은 채 간격을 좁혀왔다.

절체절명, 숙련된 버섯지기의 포위망 앞에서―.

"오지 마!!"

미로는 별 눈동자를 확 열고는 파트너를 안고 일갈했다.

찬란하게 빛나는 눈동자 앞에서, 주변의 그림자들이 『움찔』 억눌리며 저도 모르게 발을 멈췄다.

'나는, 의사야. 목숨을 지키는 것을 사명으로 삼아 싸워왔어.'

"이 녀석. 신입이었던가. 뭐지? 이 패기는?"

"아카보시가 파트너라고 부르는 남자다. 외모만 보고 얕보지 마라! 이 간격에서 죽여!"

'그래도. 비스코를 위해서라면. 비스코를 위해서라면!!'

비장한 각오와 함께 짐승으로 변한 미로가 이빨을 드러내며 울부짖었다.

"설령 누구의 피로 물들더라도, 상관없어. 거기서 더 내디뎌봐⋯⋯! 몇백 명, 몇천 명이 덤벼도 몰살시켜주겠어. 너희들―!!"

결의가 담인 포효에 응하여 미로의 주변 공간에서 무수한 큐브가 나타났다. 그것들은 모두 초고속으로 회전하면서 미로의 명령을 기다리며 긴장감을 내뿜었다.

"그만, 둬, 미로⋯⋯!!"

"뭔가 할 생각이다! 신입을 노려라. 죽여!"

"won/shandereber/vakyule⋯⋯."

버섯지기들이 당기는 활과 비스코의 위기 앞에서 심상치 않은 힘을 끌어낸 미로의 진언이 지금 막 부딪치려는, 그 순간.

　푸슝, 퐁!!

　"sn…… 응? 으긓?!"

　갑자기 머리 위에서 날아온 한 줄기 화살이 지면에 꽂히더니, 미로의 발밑에서 발아하여 단숨에 두 사람을 거대한 솜 같은 것으로 감쌌다. 순간 반응이 늦어진 버섯지기들이 활을 쏘려 했지만, 퐁, 퐁, 하고 급격하게 피어난 팽이버섯이 그들의 활을 파괴해서 두 소년을 공격하는 걸 막았다.

　"뭐냐?! 활이 당했어!!"

　"상관하지 마라. 비스코는 저 안이다. 죽여, 단도로 처치해라!"

　버섯지기들이 거대한 솜 안으로 돌격하기 전에, 그 위를 꼬리를 끌듯이 돌파한 버섯지기 한 명이 두 소년을 안고 도약했다. 살짝 구부정한 그 등에서는 생각할 수 없는 힘이었다.

　"다른 녀석들에 비하면 숙련됐다고는 해도, 시코쿠 녀석들도 나와 비교하면 햇병아리지. 그대들에게 정신이 팔려서, 활에 팽이버섯 포자가 붙은 걸 깨닫지 못하다니."

　"콜록콜록?! 대, 대체 뭐가……?!"

　"우효호호."

　공중, 바람 속에서 하얀 수염이 흔들린다—.

　그 얼굴을 목격한 두 소년의 표정이 경악에 물들었다.

　"천 명 몰살이라ㅓ. 예쁘장한 얼굴을 하고는 악랄한 말을 하는구먼."

"자비 씨!!"

"자비!!"

"아쿠타가와를 도망치게 해야 해서 말이다. 조금 늦어졌구나."

"어째서 여기를?! 애초에 지금까지 어디에?!"

"안내인이 있었거든. 봐라."

자비가 전방을 턱짓하자, 우키모바라에서는 드문 깎아지르는 절벽 굴 안에 뭔가 핑크색 물체가 점프를 뛰고 있는 게 보였다.

"거기~! 이쪽이야—! 할아버지, 빨리!!"

"“티, 티롤?!”"

"이야기는 저 꼬맹이한테 듣거라. 나는 동료들을 상대해야 하니."

자비는 그대로 바람처럼 초원을 도약해서 티롤 옆에 착지하고는 동굴 앞에서 피투성이 소년들을 내려놓고 그대로 왔던 곳으로 돌아가려 했다.

"자비! 기다려, 나도 가겠어!"

"그런 꼴로 말은 잘하는구나. 얌전히 판다 애송이의 신세나 지거라…… 애송아. 비스코는 균상이 꿰뚫려서 녹식이 쫄아버렸을 뿐이지, 겉보기만큼 큰일은 없어. 균상에서 화살촉을 뽑으면, 10분 정도 지나면 나을 거다."

"아, 알겠습니다!!"

"호, 혼자서 괜찮겠어?! 아카보시가 나을 때까지 여기서 기다리면 안 돼?!"

"무리해서 데려와 놓고서는 말은 잘하는구나. 나는 여기 꼬마들하고는 달라서 말이다."

자비는 모자를 슬쩍 들어서 따지는 티롤에게 씨익 웃어줬다.

"저놈들, 비스코를 당대 제일이라고 지껄이더구나. 아직 선대가 된 기억은 없어…… 녀석들에게는 그에 관해서 뜨거운 맛을 보여줘야겠지."

자비는 그대로 풀을 박차고 다시 메마른 부조의 바다로 뛰어들었다. 바람처럼 날아가는 그 뒷모습이 시야에 사라지기까지 3초도 걸리지 않았다.

"더 안으로 들어가! 입구 닫을 테니까!"

"바보 같은 소리 하지 마. 영감 혼자 보낼 수 있겠냐……!"

"구하고 싶다면 빨리 나아! 알겠지?! 폭파!!"

티롤이 밀어 넣은 펌프에 맞춰서 콰앙! 하고 동굴 입구에 소규모 폭발이 일어났고, 연쇄된 낙석이 입구를 막았다.

열충 랜턴의 불빛을 받아 땀을 반짝인 티롤이 「후우」하고 이마를 팔로 닦았다.

"고, 고마워. 티롤!"

"여러모로 묻고 싶다는 표정이지만, 판다는 우선 아카보시를 치료해. 나는 나대로 할아버지를 서포트해야 하니까!"

디스플레이가 달린 상자형 휴대 컴퓨터를 꺼내서 뭔가 타닥타닥 조작하던 디롤을 곁눈질하던 미로는 황급히 비스코의 치료에 들어갔다.

"비스코. 치유력이 약해졌으니까 마취는 없어. 아프겠지만 참아!"

"누구한테 그딴 말을 하는 거야? 바보. 자비가 위험해. 서둘러줘!"

미로는 전혀 두려움을 보이지 않는 파트너의 시선을 받으며 힘차게 끄덕이고는 의료 키트를 펼쳐서 날카롭게 간 은색 메스를 꺼내 망설임 없이 복부를 꿰뚫은 화살촉 주변을 잘랐다.

'비스코의 배 속을 보는 건 오랜만이네…… 틀렸어. 근육이 너무 강해서 메스가 안 통해!'

비스코는 살을 찢는 아픔에도 표정 하나 바꾸지 않은 채 조용히 명상하듯 호흡을 가다듬었다. 감각을 닫고 생명력의 유출을 막는, 예전에 스승 자비도 사용했던 연명법이다. 당연하지만, 도저히 일반인이 가능한 기술이 아니다.

미로는 그 모습에 감탄하면서도 메스를 도마뱀 발톱 단도로 바꿔서 반쯤 억지로 비스코의 배를 갈랐다. 그 내부에는 『두근, 두근』 날뛰듯이 맥박치는 비스코의 내장이 문자 그대로 복강 속을 『비추고 있었다』.

각각의 내장이 배의 암흑 속에서 태양처럼 빛나는 모습은 마치 살아있는 우주를 바라보는 듯이 아름다워서, 백전연마의 의사 미로조차도…….

'……아름다워…….'

그런 감상과 함께 손을 멈출 정도였다.

"……왜 파트너의 내장을 보고 넋을 잃은 거야? 하하앙. 판다는 그런……."

"이, 이상한 소리 하지 마!! 조금 놀랐을 뿐이니까!!"

돌아본 티롤이 놀리자 미로는 호들갑스럽게 헛기침하고는 다시 비스코의 체내와 마주 봤다. 과연, 자비의 말대로 복부에 꽂힌 화살은 녹식으로 빛나는 내장을 꿰뚫고 있었고, 아무래도 그곳에서 녹식 포자의 생성을 막고 있는 모양이었다.

'균상이라니, 이걸 말하는 거야……?! 뭐야 이 장기, 어느새?!'

마침 간장 위쪽에 뜬금없이 출현한 그 빛나는 장기는, 일반인에게는 존재하지 않는 것이다.

말하자면, 홋카이도의 『영박소』에 해당하는 기관인 걸까? 녹식의 피에 눈뜬 비스코의 몸에 적합하게 생성된 게 틀림없지만, 이 단기간에 자신의 조성을 진화시킨 파트너의 몸을 보자 미로도 감탄할 수밖에 없었다.

그렇지만 일일이 놀라고만 있을 수는 없기에, 미로는 재빨리 꿰뚫린 활을 처리하고, 갈라진 그 균상을 봉합해줬다. 상처 부위에서 섬광탄처럼 흩어지기만 하던 녹식 포자는 무사히 균상을 통해 혈관 안으로 흘러가게 되었다.

"으, 오……."

비스코가 꿈틀 반응하더니, 새파랗던 얼굴이 서서히 혈색을 되찾았다. 수술 효과를 눈으로 실감한 미로는 서둘러 허파에 꽂힌 화살도 세심하게 제거했다. 놀랍게도, 허파는 봉합을 시작하기 전부터 자신의 치유력으로 막혀버렸다.

"끄, 끝났다……!!"

"끝났다고? 죽었어? 아카보시."

"내가 실수할 리 없잖아! 비스코는 무사해…… 하지만 아직은 쉬어야 해. 지금 녹식이 너무 많이 흘린 피를 맹스피드로 생성하고 있어."

"당장 일어나……라고 말하고 싶지만, 의외로 괜찮아 보이네."

"무슨 소리야?"

"그게~, 뭐랄까, 거기 바보의 스승이라고 할 만해. 경험의 차이~, 라고나 할까~ 문외한의 눈으로 봐도 상대를 손바닥 위에 올려놓고 있다는 걸 알 수 있어."

미로는 지혈을 끝낸 뒤, 비스코의 피에 젖은 채로 티롤이 조종하는 디스플레이를 들여다봤다. 티롤은 아무래도 그것으로 수제 드론을 조작하고 있는지, 재빠른 거미처럼 초원을 기어가는 드론의 시점이 약간의 노이즈와 함께 비치고 있었다.

"티롤. 이건 자비 씨를 쫓는 거야?"

"뭐~, 보고만 있어. 자, 다음이 올 거야!"

드론이 올려다본 시선 너머에서, 세 개의 그림자가 공중을 도약했다. 두 사람은 앞서 소년들을 덮친 버섯지기, 다른 한 명은…….

"자비 씨! 위험해요!"

미로의 목소리와 동시에, 두 줄기 화살이 자비의 몸을 향해 날아갔다. 화살이 노구를 꿰뚫기 직전, 자비는 뱀처럼 몸을 뒤틀어서 그걸 피하고는, 놀랍게도 두 발의 화살을 각각 맨손으로 잡아버렸다.

"에엑?!"

"와~오."

미로와 티롤이 놀라는 가운데, 자비는 유연한 몸을 선풍처럼 회전시키며 두 발의 화살을 맨손으로 던졌다. 화살은 버섯지기의 외투에 걸리면서 각각 지상에 꽂혀 빠꿈! 하고 노란느타리버섯을 작렬시켰다.

'봐주고 있어…… 죽이지 않는 거야. 저렇게나 하면서!'

비스코의 궁술을 강(剛)이라고 한다면, 자비는 유(柔)의 궁술이라고 할 수 있다. 자비는 풀밭을 달리는 티롤 드론을 날카롭게 발견하더니.

"이봐~. 이제 화살이 없구나. 화살통 다오."

"여깄어—!"

드론이 던진 화살통을 받아든 자비는 다시 안개처럼 초원 안에 숨어버렸다.

"어때?"

티롤은 크게 기지개를 켜고는 겨우 일단락됐다는 듯이 금색 눈을 미로와 맞췄다.

"이걸 보면, 아카보시가 나갈 필요는 없어…… 끄엑. 판다, 피 냄새 엄청 나잖아! 아무리 그런 얼굴이라도 이래서는 여자가 붙지 않는다고."

"티롤이 자비 씨를 데려와 준 거야?! 살았어. 고마워!"

"쿠로카와의 눈은 너희에게 못 박혀 있었어. 실제로 저항할 수 있는 인간도 한정되어 있었고…… 그중에서 유일하게 쿠로카와의 옆에서 찌를 수 있는 사람이 자비였거든."

티롤은 그렇게 말하면서 「배고프네」라고 중얼거리며 커다란 짐을 뒤져 녹당 땅콩 봉지를 꺼내서 그걸 우물우물 씹기 시작했다.

"어~~째서 내가 너희를 구해줘야 하는지는 모르겠지만. 슬슬 일하는 것도 지겨워졌고? 쿠로카와를 쓰러뜨려 주지 않으면 전직도 못 하니까."

"비스코와 나, 게다가 자비 씨까지 힘을 합치면 절대 지지 않아! 비스코가 나으면 금방 자비 씨와 함께……."

든든한 동료의 출현에 들뜬 미로의 목소리를 지워버리듯이.

『으음, 어메~이징!! 숙련된 버섯지기, 불살의 50명 격파다아. 그 늙어빠진 몸으로 제법이구나. 자비!!』

끈적한 목소리가 디스플레이에서 들려왔다. 뛰어든 티롤이 탁탁 장치를 조작하자, 드론의 카메라가 움직이면서 우키모바라에서 마주 보는 자비와 다카라비아를 비췄다.

"비스코를 장난감으로 써서 좋은 그림을 찍고 싶었던 모양이지만, 그것도 내 활로 파탄이 났구나. 시시한 장난은 끝이다, 쿠로카와."

『크크크크큭…… 그게 말이다. 그렇지도 않다고. 자비여어.』

훌륭하게 역전의 버섯지기들을 쓰러뜨린 자비의 목소리를 듣고도 쿠로카와는 여유로운 목소리로 의기양양하게 답했다.

『애초에, 아카보시에게 던져줬던 신이 떡밥이고…… 그대로 걸려든 너야말로 이 신의 주역이라면, 어떠냐?』

"뭣이라……?"

『오비완에 관한 신을 만들려면…… 먼저 오비완이 압도적으로 강한 스승이라는 걸 알려야 하지. 그리고 내 기대대로! 너는 훌륭하게 해줬다…… 애제자 비스코가 쓰는 불꽃의 활을, 잔잔한 물의 활로 넘어선 거다.』

가슴을 들면서 팔짱을 낀 쿠로카와의 여유만만한 눈동자와, 모자 밑에서 찌르려는 듯이 바라보는 자비의 눈동자가 공중에서 불똥을 튀겼다.

『하지만, 쓸만한 영상의 양은 이미 충분…… 결국 서브 캐릭터한테는 별로 시간을 할애할 수 없어.』

쿠로카와의 사람을 얕잡아보는 듯한 평소의 말투가 살의를 담은 낮은 목소리로 변했다.

『역할을 마친 배우는, 퇴장해줘야겠다.』

"솔직하게 말하면 어떠냐? 내가 무서우니까 여기서 죽여야겠다고."

『음~~~, 최고의 호언장담이야. 20년만 더 젊었다면 네가 주역이었을 텐데…….』

쿠로카와는 「씨이이익」 하고 상어 이빨을 드러내며 웃고는 손가락을 딱 튕겼다. 순간, 전귀(戰鬼) 파우가 흑발을 휘리릭 나부끼면서 다카라비아에서 초원으로 내려왔다.

붕붕붕, 파앙! 파우의 철곤이 우키모바라의 공기를 가르며 자비의 눈앞까지 다가왔다. 한편 자비는 표정 하나 바꾸지 않고 가만히 그 끄트머리를 응시했다.

『여생이 얼마 안 남은 네가 미래를 살아갈 애제자 부부를 갈라놓아도 되는 거냐? 영감 나름의 배려, 조금만 생각해봐도 알 수 있겠지?』

디스플레이에서 시선을 뗀 미로가 외쳤다.

"쿠로카와가 직접 나왔어! 큰일이야. 자비 씨는 백신을 안 가지고 있는데!"

"간다면 막은 벽을 치워야지! 으~음. 폭파 세트는 확실히 여기에……."

"비켜, 티롤!!"

노성을 듣고「꺄아악!」하고 물러난 티롤의 땋은 머리를 스친 새빨간 섬광이 동굴 입구 암반을 향해 날아가 꽂혔다. 그리고.

빠캉!!

앞선 버섯지기의 것과는 비교도 되지 않는 어마어마한 발아력의 붉은느타리버섯이 입구를 막고 있던 바위를 통째로 날려버렸다.

"미로! 서둘러!"

"알았어!!"

"너, 잠깐, 좀…… 야—!! 풀어주고 가—!!"

비스코와 미로는 땋은 머리가 낙석에 끼인 티롤을 뒤에 내버려 둔 채 스승의 위기를 향해 두 발의 총탄처럼 날아갔다.

"비스코!! 이제 몸은 괜찮아?!"

"좋고 나쁘고 따질 수 있겠냐! 스승과 아내가 억지로 살육전을 벌이려고 하는데. 심장이 뭉개지더라도 가만히 있을 수 없어!!"

"저기야! 큰일이야, 파우가!!"

미로의 시선 너머에서는, 파우가 내지른 흑선풍 철곤이 조금의 자비 없이 2격, 3격을 내지르며 자비의 몸을 후려치려 하고 있었다.

자비는 달인인 파우보다도 기량에서 크게 앞서지만, 그래도 지금의 노구로 파우의 철곤을 상대하기에는 체중이 너무 가벼웠다. 자비는 조금 전부터 파우의 근육 움직임을 읽으면서 공격을 피하고 있지만, 그때마다 발생하는 풍압이 평소의 능구렁이 같은 움직임을 봉쇄하는지라 자비도 뜻대로 움직이지 못하고 있었다.

"우효하하. 참으로 대단한 힘이로구나!! 이거, 남편이 힘들겠어."

"자비—!! 물러나, 파우는 우리한테 맡겨!!"

『오, 아카보시도 나왔군. 이건 촬영 찬스…… 응? 잠깐만…….』

쿠로카와의 활기찬 목소리가 사색에 잠기더니, 입에서 메가폰을 놓았다.

"세 명……?! 꼬맹이들뿐이라면 몰라도, 저 여자 혼자서 세 명을 막을 수 있을까?"

"비스코!! 우리가 파우를 억누르면—!!"

"알고 있어!!"

"방해, 하려는 거냐—!!"

이마 보호대 속의 눈을 남색으로 불태우며 격양한 파우의 철곤이 남편을 덮쳤다. 머리 위에서의 일격, 회수하면서 후려치는 일섬을 연이어서 받아낸 비스코의 활이 그 범상치 않은 충격을 받아내며 「삐걱」 하는 불길한 소리를 냈다.

"캑. 틀렸어. 활이 부러질 것 같아!"

"교대하자, 비스코!"

비스코와 몸을 교대하면서 까앙! 하고 다음 일격을 받아낸 것은 미로가 품에서 꺼낸 사자홍검이었다. 앞선 수술에서 뿌려진 비스코의 피를 흡수해서 태양의 색으로 빛나는 사자홍검은 파우의 아수라 같은 일격을 받아내고도 날 하나 나가지 않았다.

"이 녀석…… 누나의 말을 듣지 못하는 거냐. 미로!!"

"그런 건, 남매간 갑질이라고 하는 거야!"

파우의 기세는 쇠약해지기는커녕 늘어나기만 했지만, 비스코와 미로가 번갈아 가며 약점을 보강하는 디펜스 기술 앞에서는 좀처럼 결정타를 내지 못하고 있었다.

"에에잇, 빌어먹을. 끝이 안 나잖아! 야, 누가 원호를……."

"가, 감독님! 위로, 다카라비아 위로 올라왔습니다!!"

"……뭣이이?!"

쿠로카와가 자비에게서 눈을 떼어놓은 아주 잠깐의 빈틈이었다. 자비는 만가닥버섯의 발아에 맞춰서 와이어 화살을 쏘고는, 자신의 가벼운 몸을 반월처럼 휘둘러서 회전 비행을 이어가던 다카라비아의 불가사리 부분에 착지한 것이다.

"쏴라 쏴라아아.", "엔진을 지켜라…… 끄아악!"

빠끔, 빠끔! 버섯이 터지는 불온한 소리가 위에서 들리자, 쿠로카와는 초조해하며 목덜미까지 땀이 흘러내렸다. 이윽고 빠굼! 하는 화약 터지는 소리와 함께 곤돌라에 경보가 울리더니, 다카라비아의 선체 전체가 기울어지며 천천히 낙하하기 시작했다.

"이게 어떻게 된 거야. 동력로가 당했잖아. 바보 놈들, 영감 한 명한테 왜 고생하고 있어! 당장 위로 가서 고치고 와!"

"우효하하…… 아무리 그래도?"

"캑."

곤돌라의 창문에서 거꾸로 들여다보는 노인의 꺼림칙한 웃음소리가 들리자, 쿠로카와의 얼굴이 경련했다.

"이건 대본에 없었던 거냐, 쿠로카와아. 슬슬 은퇴해야겠구나."

"감독님! 위험……."

쿠로카와를 감싸며 뛰쳐나온 호위 서너 명을 자비의 발차기가 날려버리자, 정장 이미군들은 「와아악—!!」 하는 비명을 지르며 우키모바라로 낙하했다. 자비는 익숙한 단궁을 뽑아서 쿠로카와를 겨누며 슬금슬금 거리를 좁혔다.

"이거, 이거, 하하하…… 곤란한데. 이건 예상외였어. 솔직히 대본대로 갔다면 넌 아까 그 50명한테 죽었어야 했는데. 그리고 분노한 아카보시가—"

"비스코를, 장난감으로 만들었겠다."

가볍고, 언제나 바람에 휩쓸리는 풀 같았던 자비의…….

칠흑의 단도 같은 목소리가 쿠로카와의 뇌수를 오싹 떨리게 했다. 그것은 일찍이 마을에 그 사람이 있다며 일컬어진 궁수라(弓修羅)·헤비카와 아케미의 모습이었다.

"딱 알맞은 저승길 길동무로구나. 삼도천의 배에서 실컷 설교해주마."

"어, 어쩜 이리도……"

쿠로카와의 목이, 꿀꺽 소리를 냈고…….

그리고…….

다음 순간, 『씨이이익』 일그러졌다.

"멋진 표정인 거냐, 자비……."

"시잇!!"

"으랴아압!!"

쿠로카와가 품에서 권총을 뽑아 총탄을 쏜 순간…… 자비는 이미 뒤로 공중제비를 돌며 외투를 펄럭이면서 총탄을 피했다.

공중에서 번뜩이는 자비의 시선이 쿠로카와와 마주친 순간, 네 발의 화살이 총을 내민 쿠로카와의 팔에서 어깨에 걸쳐 투타타타!! 꽂혔다.

"으오아아아아아악?!"

"피어날 때까지 염불 외울 시간은 남겼다. 먼저 가거라."

"우오아아아아아아아아……"

"아아……."

"아…… 하……."

"아─하하하아─!!"

"윽!!"

슈팡!! 아무런 전조도 없이, 정체 모를 날카로운 섬광이 공기를 가르며 자비를 덮쳤다. 몸을 틀어서 곧바로 피한 자비의 움직임을 읽었다는 듯이, 두 번째 창이 슈팡! 하고 음속을 넘은 속도로 날아와서…….

푸욱!

"커, 헉!!"

"첫수의 기습을 용케 피하는군…… 무섭다니까, 정말이지."

자비의 목덜미를 꿰뚫고 공중으로 확 들어 올렸다. 그 검은 것은…….

가느다란 창처럼 길게 변형한, 쿠로카와의 『손가락』이었다.

"하지만 성급했어, 할아버지…… 나 같은 소심한 녀석이, 과연…… 저 암고릴라 호위 한 명만 붙이고 아카보시 앞에 모습을 드러낼까?"

꾸물, 꾸물…… 지금도 맥동하는 검은 금속 같은 것이 쿠로카와의 피부를 덮으면서 꽂혀있던 자비의 화살을 삼켰다.

"커, 헉. 네, 녀석……."

"쿠로카와는 이미, 아카보시를 상대해도 밀리지 않는 정체불명의 힘을 손에 넣은 게 아닐까……? 그렇게 생각하는 게, 자연스럽지."

해설을 늘어놓으면서, 자비와 함께 손가락을 되돌린 쿠로카와의 반신은…….

새까만 기계 장갑에 뒤덮인, 인간 사이즈의 『철인』 그 자체였다. 그것도, 녹바람에 맞아 풍화된 것이나 불완전하게 각성한 것하고는 다른, 이른바 병기로서의 『완전체』다.

"비스코!! 저거!!"

"자비!!"

"음……!"

곤, 활, 검을 맞부딪히며 불똥을 튀기던 세 사람의 시선이 흑연을 피워 올리며 기울어진 다카라비아의 곤돌라에 못 박혔다. 쿠로카와는 그 시선을 알아채고는 호들갑스럽게 인사하면서 그 기계 반신을 소년들의 눈에 드러냈다.

"미안하게 됐구나아. 요염한 미녀의 알맹이가, 설마 철인이었다니……."

"자비를 놔라, 쿠로카와!"

"너희의 화살에 꿰뚫린 내가 다진 고기가 되었던 그 날."

쿠로카와는 자비를 매단 채 몽롱하게 과거를 회상했다.

"파쇄된 철인의 잔류 조직을 회수한 녀석이 있었지. 그 수장이 마토바 젠쥬로…… 누구나 알고 있는, 마토바 그룹의 회장이다."

"마토바 중공이, 철인을 회수했다고……?!"

"녀석들의 노림수는 당연히 철인의 양산화였는데, 나와 한번 결합해서 그런지 그 철인에는 내 의식의 조각이 그대로 남아 있었다."

쿠로카와의 손가락이 위아래로 흔들리자, 자비의 몸도 흔들렸다.

"내게는 마토바의 기술고문이 감시역으로 붙었고, 배양조 안에서 『절대 철인』으로 완성되었지…… 덤으로 그때 여자 쪽 인생이 즐거울 것 같아서 여자가 되었는데, 뭐 그건 됐어. 아무튼 철인의 몸을 그대로 손에 넣은 나는……."

"시잇!!"

쿠로카와의 말을 마지막까지 들을 비스코가 아니었다. 곧바로 활을 겨눠서 쿠로카와를 향해 쐈고, 곧장 막으려던 파우의 철곤도 미로의 사자홍검이 막았다.

붉은 섬광은 그대로 조준에 어긋나지 않게 쿠로카와의 머리를 향해 날아갔다…….

그러나, 그 전에.

"어이쿠, 미안하다. 지루한 옛날이야기를…… 그럼, 이러면 어떠냐."

쿠로카와가 반대쪽 손을 들어서 검게 펼쳐지는 파문 같은 역장을 눈앞에 전개했다. 비스코가 날린 붉은 화살은 그 역장 안에 『슈욱』 빨려 들어갔고, 틀림없이 적중했어야 하는 쿠로카와에게는 상처 하나 주지 못했다.

"앗?! 빗나갔어?!"

빠꿈!!

비스코의 당혹감으로부터 잠시 뒤, 쿠로카와에게 피어야 했던 붉은느타리버섯은 완전히 엉뚱한…… 우키모바라의 지표에 꽂혀서 성대한 버섯을 피워냈다.

"차~원~편~집~. 너의 화살은 어딘가 다른 곳으로 날아갔다."

굵은 목소리를 낸 쿠로카와가 깔깔 웃었다.

"고대 21세기의 비밀도구 앞에서는, 아무리 너의 신위(神威)와 같은 화살이라도 통하지 않아…… 왜냐하면, 절대 맞지 않으니까."

"쿠로카와……!!"

"알겠나? 나는 『감독』이다…… 나만이!! 룰 바깥에서 너희를 관측하고 있지. 너를, 내 최고의 히어로로 만들어주는 것이야말로…… 너를 향한 보은이다, 아카보시……"

"윽! 끄오, 끄오오오오아."

"자비!"

"촬영을 재개할까."

『씨이이이익』 하는 끈적한 미소와 함께, 자비의 목을 꿰뚫은 쿠로카와의 손끝에서 나온 녹 덩굴이 슬금슬금 자비의 목덜미를 덮었고, 그 척추에서 퐁! 하고 녹꽃을 피웠다. 자비는 작렬하는 충격에 순간 펄쩍 뛰었고, 이윽고 조용히 고개를 숙이며 움직이지 않게 되었다.

"모두가 바라지 않던, 사제 대결…… 아카보시는 그 활로 사랑하는 스승을 꿰뚫을 수 있을 것인가? ……이런 신이다. 나의 재능이 두렵군. 루카스는 할 수 없었던 신이야."

"자비 씨…… 그런!!"

"돌아와라, AD! 카메라맨이 한 명 죽었거든. 네가 돌려라."

파우는 약간 곤혹스러운 듯이 흘겨봤지만, 이윽고 낙담한 듯 다카라비아로 돌아갔다. 한편 다카라비아는 쿠로카와가 철인의 팔을 섬유처럼 늘어뜨려서 엔진 부분으로 보내자 어떻게든 기능을 회복한 모양이었다.

"놓치면 안 돼! 파우에게 백신을……."

"기다려, 미로!"

비스코가 결연하게…… 아니, 어딘가 초연하게 외치고는 달려가려던 파트너를 지키려는 듯이, 바람이 불어오는 우키모바라에 한 걸음 내디뎠다.

그곳에…….

툭, 하고 그림자처럼 내려선 작은 그림자.

하얀 수염이 바람에 휘날렸고, 다시 쓴 삼각모에서 매와 같은 눈이 번뜩였다.

"드디어 노망이 난 거냐. 늙은이!"

낮게 으르렁대는 듯한 목소리가, 비스코의 앙다문 이빨 사이에서 새어 나왔다.

"선대 최강이니 뭐니 하면서 들떠 있던 결과가 그 꼴이잖아. 느슨해졌어. 그따위 외법 한두 개에 좋을 대로 조종당하지 말라고!"

"……크히히."

살짝 고개를 든 자비의 표정을 보자, 뒤에 있던 미로가 오싹하며 전율했다.

그 얼굴은, 지금까지 자신에게 보여주던 것과는 다른…… 비스코의 옛날이야기 속에서만 들었던 귀살(鬼殺)의 궁수·자비의 모습이었다.

"조종당하고, 있다면······"

전성기를 방불케 하는 그 음색을 듣자, 비스코는 옛 기억을 떠올리며 땀을 흘렸다.

"그건 그것대로, 딱 좋구나."

"뭐라고······!"

"나는 역대 최강의 버섯지기를 길러냈다. 그건 틀림없지."

주름투성이 입술이 씨익 웃자, 빠진 이빨이 슬쩍 보였다.

"스승으로서 후회는 없어야······ 하는데, 말이지. 하지만. 그것만으로는. 죽어가는데 뭔가 응어리가 남더란 말이다. 이 미련이 무엇인지, 네가 알 수 있겠느냐."

"무슨 말을 하고 싶은 거야, 영감!"

"전사 아니냐, 비스코. 너도, 나도."

노인의 번뜩이는 안광이 비스코의 비취색 눈을 똑바로 꿰뚫었다.

"이 60년, 꿰뚫기 위해 살아왔다. 쏴서 부수고, 부수고 또 부수고, 무엇이든 꿰뚫어왔다고 생각해왔다, 만······. 지금, 네가 거기에 있다."

"······."

"싸워보고 싶었다."

"윽······!"

"내가 길러낸 최강의 사나이. 그것에, 내 활이 어디까지 통할까······ 싸워보고 싶었다. 늙어빠진 내 마음에, 네가 다시 한번 불을 지핀 거다."

"자비 씨!! 그런, 그런 건!!"

"입 다물어, 미로, 물러나!!"

화악!! 비스코의 전신이 끓어오르는 듯한 포자에 휩싸여서 태양색으로 빛났다. 지금까지 본 적이 없던 진심 어린 비스코의 표정을 보자, 미로도 멍하니 굳어질 수밖에 없었다.

"영감은 진심이야. 이건 제자인 내가 할 일이야⋯⋯ 전력으로, 입 닥치게 만들겠어!!"

"입 닥치게 만들겠다, 라. 시시싯⋯⋯ 물러터졌구나."

"시잇!!"

곧바로 화살을 메긴 비스코의 기술은 이미 일반인이 반응할 수 있는 영역이 아니다. 그러나 나이 60을 넘어선 노인 자비의 원숭이신 같은 움직임은 그보다 위를 가고 있었다.

"이래도 내가 물러터진 거냐, 영감!!"

"시시싯, 너무 물러서 살살 녹겠구나."

푸슝, 푸슝!!

마치 속사 승부처럼, 신호도 없이 동시에 화살을 날리는 사제. 힘에서 앞서는 비스코의 화살은 완전히 대각선에서 노려오는 자비의 화살과 훌륭하게 부딪쳐서 화살촉을 깨버렸다.

그러나⋯⋯.

"앗!"

"바아보. 똑같은 수법에 몇 번을 걸리는 게냐."

상쇄되는 걸 내다보고 빠·움! 히고 발이한 숯뿌림비섯의 흑연이 높이 솟아오른 자비의 모습을 가렸다. 비스코의 시각 바깥쪽에서 연기 사이를 뚫고 날아온 자비의 화살이 물러난 비스코의 발밑 직전에 투투투! 꽂혔다.

"핫! 영감이 옛날처럼 움직일 수 있는지 시험해봤을 뿐이야!"

"효호. 옛날 같았으면 3수 전에 외통수였을 게다."

"네놈하고는 달리! 나는 성장기라고오—!"

비스코는 이를 악물면서 활을 당기고는, 솟구치는 흑연의 근원을 향해 푸슝! 하고 태양의 화살을 쐈다.

빠꿈!! 하는 흐릿한 폭음과 함께 거대한 녹식이 힘차게 솟구치며 암흑의 연기를 포자로 흩뿌려서 날려버렸다.

"우효하하."

녹식의 발아로 날아갈 듯한 모자를 누르며 흑연에서 모습을 드러낸 자비가 의기양양하게 웃었다.

"화려하게 저지르는구나. 영감 한 명 처리하는데 그런 위력은 필요 없거늘."

"그 이빨을 몽땅 부러뜨려서 쓸데없는 소리를 못 하게 해주겠어!!"

공중에서 자유자재로 점프하는 자비를 처리하기 위해 비스코의 활이 차례차례 녹식을 발아시키며 창처럼 솟구쳐 자비를 노렸다.

그러나 자비는 솟구치는 버섯 줄기를 차례차례 획획 뛰어넘으면서 비스코가 정확한 조준을 하게 두지 않았다.

"젠장……!! 변함없이 붙잡을 수가 없어!"

"……앗! 비스코, 안 돼. 쏘면 안 돼!!"

"아앙?!"

투우를 도발하듯이 휙휙 피하던 자비에게만 정신이 팔려서 비스코의 판단이 둔해졌다. 바라보니, 연속해서 피어난 녹식 하나하나에서 크게 펼쳐진 버섯갓이 서서히 숯처럼 물들며 성질이 슬금슬금 변해가고 있었다.

"뭐야 이건…… 녹식이……!!"

"버섯을 덮어씌운 거야!!"

미로가 경악해서 눈을 크게 떴다.

"자비 씨는, 비스코가 생성한 녹식에 아까 사용한 숯뿌림버섯 독을 박아 넣어서…… 버섯의 조직을 통째로 강탈한 거야. 미, 믿을 수 없어. 얼마나 균술에 통달해야, 이런 일을……!"

"나의…… 녹식을, 덮어씌웠다고?!"

태양의 광채를 발하던 눈앞의 녹식이 차례차례 검은 구름 같은 암흑의 빛을 발하는 숯뿌림버섯으로 변해가는 걸 본 비스코의 목에 땀이 흘렀다. 오랫동안 배웠지만, 지금까지 자비가 이런 기예를 보여준 적은 없었다.

"제자라고는 해도 같은 버섯지기. 패를 전부 보여주겠느냐. 멍청하기는."

"큭! 거기냐!"

자비의 목소리에 돌아보며 화살을 쐈지만, 그곳은 이미 흑연 속.

지금은 주변 일대가 녹식을 소체로 삼은 숯뿌림버섯 포자로 짙게 뒤덮여서 한 치 앞도 볼 수 없는 상황이었다.

비스코의 생명력을 역으로 이용한 자비가 완전히 유리한 위치에 선 형태다.

"아무것도 안 보여……! 비스코, 고글을!"

"지금 보고 있어! ……하지만, 역시 틀렸어…… 자비는 고글에 안 비쳐."

"안 비친다고?! 무슨 소리야?!"

"사인(死人)버섯의 독으로 자기 체온을 내린 거야! 이런 기예는 영감밖에는…… 끄어억?!"

쐐액!! 어둠을 가르며 날아온 화살 한 발이 드디어 비스코의 오른 허벅지에 맞았다. 도려내듯이 회전하면서 날아온 달인의 화살은 완력에서 밀리는 노구로도 손쉽게 비스코의 강철 같은 근육을 찢으며 살에 파고들었다.

"비스코!! 멈추면 안 돼!!"

"젠장…… 영가암……!!"

'어떻게든 목덜미의 녹꽃에 백신 화살을 맞춰야 해. 하지만 이 상황, 자비 씨를 상대로 어떻게……?!'

짙은 어둠 속에서 이판사판으로 달리는 두 사람을 비웃듯이 쐐액, 쐐액! 하고 화살이 어둠 속에서 연속해서 튀어나와 비스코의 어깨, 팔을 꿰뚫었다. 「크으윽!」 하고 목구멍으로 신음한 비스코는 분통함과 분노로 아픔을 참았다.

"그, 그럴 수가……?! 저쪽에서는 어떻게 비스코가 보이는 거지?!"

"다 보인다, 얼간아. 그런 태양 같은 기적을 발하고 있으면

싫어도 노릴 수밖에 없지."

어둠 속에서 냉혹한 목소리가 조용히 들렸다.

"그런 간단한 일도 깨닫지 못할 만큼 흐려졌나. 정체되었느냐, 비스코."

"빌어먹을. 위치만 알 수 있다면…… *끄아악?!*"

"비스코―!!"

좌악! 왼쪽 허벅지를 꿰뚫린 비스코가 마침내 지상에 무릎을 꿇었다. 미로는 파트너를 안아 들면서 어떻게든 어둠 속에서 날아오는 화살의 사선을 가로막으려 했다.

잠시…….

시간이 흐르고…….

화살 대신, 끈적하게 눌러 죽인 듯한 목소리가, 비스코의 등골을 꿰뚫었다.

"……."

"……맥이, 빠지는구나."

"신의 힘을 손에 넣고, 너는 약해졌다."

"……약해, 졌다……?!"

비스코는 약간 눈동자를 흔들었고, 목덜미에 땀이 흘렀다.

"내가, 약해졌다……고……?!"

제자의 통곡을 듣자, 어둠 속에서 다시 말이 흘러나왔다.

"너는 약해졌다. 무언가를 꿰뚫는 데도 목숨을 걸었던 그 시절과는, 달라."

그 목소리는 이미 가벼운 태도의 노인도, 귀신 같은 스승의 목소리조차 아니었다. 그저 일개 전사가, 광적일 정도로 강자를 갈구하는, 수라와 같은 목소리였다.

"너는, 세계의 기도만을 너무 받아와서……."
"자신에게 기도하는 걸 잊었다."
"구하는 것에 빠져서, 자신이 한 발의 화살이라는 걸, 잊은 거다."
"시시하구나."
"어떻게 해야 떠오를까? 눈을 도려낼까. 귀를 파낼까. 어떻게 해야, 진짜 너로 돌아갈까?"
"……."
"……흐음."
"이렇게 할까?"

푸슝!! 뒤에서 다시 날아온 화살. 덮쳐오는 아픔을 각오한 비스코가 전신의 근육을 긴장시킨 다음 순간.
푸욱!
"……아? 꺼, 헉?!"
"아!! 미로!!"
자비의 화살은 비스코의 귀를 스치고 그걸 감싼 미로의 하얀 목덜미, 그 경동맥을 단도처럼 꿰뚫으면서 비스코의 눈앞에 선명한 선혈을 흩뿌렸다.

　미로는 각혈하면서도 멀어지는 의식을 필사적으로 붙들고는 목의 동맥을 누르며 허리춤의 앰플집을 뒤졌다. 그걸 막으려는 듯이, 한 줄기 화살이 푸슉! 하고 날아와 하얀 손등을 꿰뚫으면서 손에 든 찡그림버섯 앰플을 부쉈다.

　"아아아악!!"

　"미로—!!"

　비스코의 눈이 단숨에 핏발서면서, 그 표정이 눈에 띄게 초조함으로 물들었다.

　"그만둬, 자비!! 이 자식, 진짜로!! 이 이상은 진짜로 용서할수 없어!!"

　"그 녀석, 때문이구나?"

　비스코는 허리춤에서 재빨리 단도를 뽑아서 푸슉! 하고 날아온 화살을 옆에서 잘라냈다. 그러나 곧바로 다른 방향에서 두 발의 화살이 날아와 비스코의 사각(死角)에서 미로의 허리, 허벅지에 꽂혔다.

　"끄아아아악—?!"

　하얀 목이 찢어질 듯한 비명이 터져 나왔다.

　"전부, 그 녀석 때문이로구나. 그 녀석이 너를 만족하게 만든 거다. 지금부터 그 애송이를 희롱하다 죽이겠다. 그러면 너의 화살은 굶주림을 되찾겠지."

　"그만둬…… 그만두라고, 자비! 싫다고…… 너를 쏘고 싶지 않아! 단 한 명 있는, 내 아버지잖아!"

"그거다. 약해. 약하다 약해. 너는 신도 악마도 아니고, 화살이다! 떠올려라. 화살이 할 수 있는 건 하나밖에 없지 않느냐!"

쐐액, 쐐액! 연쇄적으로 날아온 자비의 화살이 재주 좋게 비스코를 피해 미로만을 맞혔다. 피로 목이 막힌 미로는 이미 목소리조차 내지 못한 채 벌집이 되어 춤추듯이 피를 흩뿌리고 있었다.

"비, 스코……."

"미로!! 정신 차려, 죽지 마!!"

"같이 있어 줘……."

이미 자신의 죽음을 목전에 둔 미로가 유혈과 함께 파트너의 품에 쓰러졌다.

그 피의 온도가—.

지금까지 통곡으로 흔들리던 비스코의 비취색 눈을…….

번뜩!!

건곤일척을 각오한 색으로 번뜩이게 했다. 그리고 버섯처럼 마음속에 피어난 위협적인 의지력으로 단숨에 망설임을 결의로 바꿔냈다.

무엇보다도 빼앗겨서는 안 되는 것을 위해……

자신의 모든 것을 한 발의 화살에 거는, 무아지경의 광채였다.

"다음은, 급소를 노릴 거다."

'활에서, 중요한 건…….'

깊은 호흡.

당기는 활이 서서히 빛을 띠었고…….

미로와 비스코, 두 명의 피가 뒤섞이면서 화살 깃을 끈적하게 물들였다.

'두 가지. ……아니야. 활에서 중요한 건!'

그것이.

두 소년의 뒤섞인 피가, 비스코의 결의에 호응해서 화악 빛났다.

마치 화살깃에서 일직선으로 무지개가 걸린 듯이, 일곱 빛깔로 점멸하는 기적의 포자가 화살을 감쌌다.

일찍이 비스코의 체내에 깃들었던 기적의 포자가 가진 힘…….

『나나이로』의 광채였다.

"코오오오——."

"음!!"

자비는 어둠 속에서 비스코의 머리가 무지갯빛 포자를 흩뿌리고 빛나면서 밤하늘의 오로라처럼 흔들리는 걸 봤다.

'나왔다!!'

늙은 수라는 어둠 속에서 번뜩이는 이를 드러내며 전의를 드러내며 중얼거렸다.

'겨우. 겨우 나왔구나. 괴물!'

자비는 지금까지 소년들을 희롱하던 궁술에서 돌변하여, 팽팽해진 활에 남은 수명을 모두 담으려는 듯이, 노구에는 있을 수 없는 힘을 담아 당겼다.

'네가 상대라면, 쏠 수 있다고 믿었다. 비스코.'

'이 『지문궁(志紋弓)』은, 자기보다 강한 녀석 말고는 쏠 수

없는, 갈망의 오의.'

'내가 너를 갈망하는 한, 계속해서 궤도를 틀면서 너를 꿰뚫는다!'

쿠로카와에게 부여받은 녹꽃의 힘이 화살 전체에 녹 덩굴을 휘감으며 섬뜩하게 맥동했다.

"내 수명을 모두, 이 화살에 걸겠다!!"

어둠 속에서 비스코가 눈을 감았다.

'활에서 중요한 건, 단 하나뿐.'
'믿는 것.'

파트너는 조용히 몸을 기대고 있다. 비스코는 그 체온을 느꼈다.

"승부다아아! 비스코ㅡ!!"

비스코는 그저.
'믿는 것……'
자비를, 진심으로, 생각하며ㅡ.
눈을 감은 채, 쐈다.

푸슝!!
푸슝!!

빛나는 나나이로 화살이 눈부신 섬광을 발하면서─.

그러나, 자비와는 동떨어진 방향으로 날아갔다.

한편, 자비가 완벽한 폼으로 쏜 건곤일척의 화살은 그 연장선상에 비스코를 정확하게 포착하고 있었다.

'이…… 이겼다!!'

압승…….

이어야, 했다.

그도 그럴 터. 자비의 전신은 압박감에 의해 나온 엄청난 땀에 젖었고, 마치 지금 한순간에 100번의 죽을 고비를 넘긴 듯한 모습이었다.

'내 활은 완벽했다. 생애 제일의 활이다! 이『지문궁』, 녀석이 아무리 피하더라도 반드시 그 머리를 꿰뚫도록 쐈다!'

자비의 녹꽃 화살은 조금의 엇나감도 없이 어둠 속에서 눈을 감은 비스코의 이마를 향해 일직선으로 날아갔다.

'잘 가라. 비스코!'

그 눈앞에서, 우뚝!!

『멈췄다.』

"……으으읏?!"

툭…….

부력을 잃고 떨어지는, 자비의 필살 화살.

"지, 지문궁이. 『멈췄다』?!"

"나를, 『이길 수 없다』라고……"

나지막하게, 비스코가 중얼거렸다.

"생각했구나. 자비. 아주, 잠깐이나마……."

"……샤아앗!!"

푸슝, 푸슝, 푸슝!!

자비는 통곡 사이에 숨어서 선풍처럼 몸을 회전시키며 두 번째, 세 번째 화살을 날리며 다시 암흑 속에서 비스코를 덮쳤다. 그러나 그 둔중하게 빛나는 화살촉은 모두 비스코의 몸에 닿지도 못한 채 직전에 공중에서 우뚝 정지하고는, 이윽고 힘없이 낙하하는 걸 반복했다.

"……마, 말도 안 돼. 이런, 일이!"

화살이 상대 앞에서 『멈추는』, 이치에서 벗어난 사상.

뭔가 상상도 할 수 없는 커다란 힘의 흐름에 삼켜지는 걸 느낀 자비는 거친 호흡과 함께 전율했다.

"『지문궁』은 궤도를 비트는 활. 빗나갈 리가 없다…… 그렇다면! 이 녀석은 무엇을 한 것이냐! 비스코는 지금, 뭔가, 엉뚱한 곳을 쏴서……?!"

무지갯빛 광채로 물든 머리를 천천히 흔들면서, 비스코가 일어났다.

"나는. 믿었을 뿐이야. 자비."

차분한 얼굴에서 흐르는 건, 눈물이었다.

"믿었을 뿐이야. 네가 가르친 대로……."

그, 옛 소년의 흔적을 연상케 하는 표정에 넋을 잃은 사이…….

슈우웅!! 숯뿌림버섯의 암흑 포자를 뚫고 나나이로의 섬광이 자비를 향해 날아왔다.

"우오오오!!"

조금 전에 엉뚱한 곳으로 쐈던 비스코의 화살이다. 자비는 달인의 몸놀림으로 지면에 만가닥버섯을 쏴서 작렬하는 충격으로 점프해 간발의 차이로 나나이로 화살을 피했다.

"지문궁?! ……아니, 이건! 으윽?!"

지나간 무지갯빛 화살을 눈으로 따라가던 자비는 다시 경악해서 눈을 부릅떴다. 암흑을 가른 화살이 마치 사냥감을 쫓는 맹금류처럼 슈우웅, 하고 꺾여서 다시 자비를 향해 날아온 것이다.

푸슝, 푸슝! 자비는 연속해서 납버섯 화살을 피워내 무지개 화살의 경로를 차단했지만, 딱딱한 납버섯은 빠캉, 빠캉 소리와 함께 전부 부서졌고, 섬광 같은 화살의 기세를 조금도 줄이지 못했다.

"……아니! 이건 지문궁이, 아니야!"

화살의 섬광에 넋을 잃고 눈을 반짝인 자비는 뭔가 터무니없이 아름다운 것을 보듯이 도망치면서 감탄의 목소리를 내뱉었다.

"비스코가 구부린 것은, 화살 궤도 같은 시시껄렁한 게 아니야. 이 화살이 나를 꿰뚫는 것은, 이미『정해져 있다』!"

무한한 추적력으로 계속해서 자신을 쫓아오는 비스코의 기적 같은 화살을 피하면서, 자비는 완전히 암흑이 걷힌 하늘로 도약했다.

"우효호호! 이런 굉장한 일이 있을 수 있는가! 비스코 녀석, 『이치』를 바꿔버렸다! 이 세상의 룰을, 저 녀석이 믿은 그대로!"

그리고······ 유쾌한 듯, 어린애처럼 웃었다.

"믿는 의지력만으로, 이 세상의 이치까지 구부린 거다!"

자비의 진심으로 기쁜 듯한 웃음과, 매달리는 듯한 비스코의 표정이 교차했다.

"이름하여, 『초신궁(超信弓)』이다. 비스코! 잘 쐈다. 분하지만 너의 승리다. 아니지? 이 경우······ 너를 길러낸 나의 승리로구나! 효호호."

"자비!! 싫어, 가지 마!!"

어쩌면 비스코는, 이 결말을 알고······ 녹꽃에 침식되면서도 자신의 제자와 대화하려던 자비의 최후를, 예감했을지도 모른다.

"자기만 치사하잖아! 지금까지 아무것도 돌려주지 못했고, 아무것도 받지 않은 주제에! 나만 두고 가지 말라고, 자비—!!"

"지금 해주지 않았느냐! 스승을 뛰어넘는 활을 쏘는 것이, 버섯지기의 효도이니라!"

수라를 완전히 씻어낸 웃음이, 다시 모자를 고쳐 썼고······.

마지막 말을, 아들에게 던졌다.

"애야, 비스코!"
"우리는 세계 제일의 사제(師弟)였지 않느냐!"

퍼어엉!!

무지갯빛 화살이…….
달에 비친 그림자가 된 자비의 외투를 꿰뚫었다.
눈은 감지 않았다.
그 장면을 영원히 마음에 새기려는 듯 비취색 눈을 부르르 떨면서, 화살에 꿰뚫린 새처럼 낙하하는 자비를 응시했다.
지금 당장 터질 것 같은 통곡을, 마음을 모두 던져서 끌어안은 사람이 있었다.
미로였다.
상처는 막혔다. 자비를 꿰뚫은 오의『초신궁』에 의해 비틀린 세계는 비스코의 의지에 따라 미로의 몸도 완쾌시켰다.
미로는 말 한마디 꺼내지 않은 채 파트너의 목에 매달리고는…… 비스코의 부드러운 마음에서 새어 나오는 물을 받아내는 그릇처럼 전심전력으로 그를 끌어안았다.
비스코는 지면에 떨어진 자비의 외투가 바람에 날려가는 모습을 한시도 눈을 떼어놓지 않고 지켜보면서…… 떨리는 손으로, 파트너의 하늘색 뒷머리를 꽉 움켜쥐었다.

"야!! 예정과 다르잖아. 저 영감 숯뿌림버섯 같은 걸 쓰기는.

전혀 안 보였다고. 야, 저 안은 어떻게 돌아가고 있는 거야?!"

"고양이눈 렌즈가 있습니다. 이걸 카메라에 붙이면."

"너 말이야. 체온을 비춰서 어쩌라는 거야. 전위 영상이냐?! 게다가 저 영감은 사인버섯을 자기한테 쓰는 괴물이야. 카메라에는 안 비치…… 응?!"

활력을 되찾은 다카라비아의 곤돌라. 쿠로카와는 이미 노출된 기계 우반신을 숨기지도 않은 채 오른손 엄지를 카메라로 변형시켜 사제의 전장을 주시하고 있었다.

문득 전장을 감싸던 숯뿌림버섯의 암흑 포자가 걷히기 시작했고, 그곳에서 텐구처럼 가볍게 자비가 뛰쳐나왔다.

"앗!"

파우는 몸을 꿰뚫는 어떤 강렬한 힘의 진동에 민감하게 반응했다.

"감독님. 물러나죠. 뭔가 어마어마한 힘의 탄생이 느껴집니다."

"그게 뭔지는 모르겠지만. 그런 걸 원해서 실제로 로케이션 돌고 있는 거잖냐. 카메라에 담을 때까지 호락호락 물러날 수는 없다고?"

"하지만, 목숨이 위험할지도 모릅니다. 감독님 없이는 영화가 완성되지 않습니다."

"바보 같은 소리. 지금 배우가 목숨 걸고 있다고. 감독이 본보기를…… 오오?! 봐라!!"

쿠로카와의 시선 너머에서 뭔가 강렬한 무지갯빛 섬광 같은 것이 자비의 몸을 꿰뚫었다. 섬광이 노구를 뚫고 나가는 그 순간을 쿠로카와의 카메라가 확실하게 담았다.

"오호—오옷?! 해, 해낸 건가?! 지금 이건 뭐지?! 아카보시가 한 건가? 아, 아무튼, 터무니없는 영상이 찍혔다고!"

대흥분하는 쿠로카와를 흘겨보던 파우는 저도 모르게 곤돌라 가장자리로 달려가서 이마 보호대 속에서 남색 눈동자를 떨었다.

'……자비 공……!!'

"……으~음, 몇 번을 다시 봐도 모르겠네. 화살……이었다고 생각하지만, 궤도가 말이 안 돼. 자비를 향해 구부러졌잖아. 네코야나기의 짓인가. 그런 진언인가?"

"감독님! 저걸!"

AD 이미가 가리킨 방향을 확인한 쿠로카와가 곧장 카메라를 들었다.

그곳에는…….

숨이 끊어진 스승의 가벼운 몸을 양손으로 안고, 파트너 미로의 부축을 받은 채…….

다카라비아를 보고 우뚝 선, 비스코의 모습이 있었다.

파우는 즉시 철곤을 들고 쿠로카와를 지키려 했지만, 시선 너머에서 비스코를 포착하고는 그 말로 다 할 수 없는 분위기 앞에서 저도 모르게 침묵하고 말았다.

"……그게 무슨…… 표정인 거냐…… 아카보시…….."

쿠로카와에게서 새어 나온 목소리는, 감탄인지 도취인지 알 수 없는 걸쭉한 것이었다.

그만큼 자비의 죽음과 맞닥뜨린 비스코의 얼굴은, 순수해서…….

분노도, 슬픔도, 그것을 마음속에 충분하고도 넘치도록 담아뒀으면서, 맑았다.

아카보시 비스코는 이 몇 분 사이에 폭풍처럼 덮쳐온 감정을 모두 받아들이고, 삼켜서…… 무한한 의지력의 일부로 바꾼 것이다.

그 너무나도 올곧고 투명한 소년의 기특함이 파우의 마음을 강렬하게 후려쳤다. 그것은 잠시나마 녹꽃의 세뇌조차 깨부술 정도였다.

"소년은 황야에 선다. ……떨리는구나, 아카보시. 나만이, 너의 진실을 찍을 수 있다…… 너를 이해할 수 있어. 자, 라스트 신까지 이제 초읽기에 들어갔다……"

쿠로카와는 마치 비스코의 그 투명함에 영향을 받은 듯, 처음으로 조소가 아닌 진실의 말을 마음속에서 끄집어냈다. 그리고 미련을 뿌리치듯이 카메라를 내리고는 두 소년을 향해 메가폰을 대고 외쳤다.

『아카보시! 여기까지 왔다면 이제 밥상을 차려줄 필요는 없겠지. 이야기의 끝은…… 이미하마현, 우리가 시작된 곳이다.』

한 줄기 바람이 불면서 소년들과 쿠로카와의 머리털을 휩쓸었고…….

그곳에서, 비취색 눈동자와 칠흑의 눈동자가 서로 호응하듯이 마주했다.

"······기다리고 있겠어. 사랑한다, 아카보시······."

메가폰은 듣지 않았다. 다카라비아는 그 말을 마지막으로 머나먼 이미하마현으로 날아갔고, 이후에는 그저 바람에 휩쓸리는 두 소년이 밤하늘 아래에 서 있을 뿐이었다.

10

"이 완성도는 뭐야?! 야, 이 신은 좀 더 좋은 그림이 있었잖아. 왜 그쪽을 안 쓴 건데?!"

"그, 그게, 그쪽 카메라에는 감독님이 좋아하시는 모습이 계속 찍혀 있어서······."

"그럼 나를 지워, 바보야! 뭘 위한 CG반인 건데······ 다시 해!"

"히에엑~~!"

지금은 거대한 몬스터 편집 스튜디오로 변해버린 이미하마현청.

넓은 플로어에 깔린 무수한 컴퓨터 앞에서 편집 이미군이 주르륵 늘어서서 일심불란 키보드를 두드리고 있다. 새로 만든 편집 기재와는 달리, 이미군들이 앉은 의자는 기재 포장용 상자를 쌓아놨을 뿐인 조악함. 탈 인형의 웃음 속에서 요통에 신음하는 비통한 목소리가 여기저기서 들려왔다.

"서둘러!! 아카보시가 쳐들어오기 전에 지금까지 쌓아온 걸 가편집해놔야 해. 그리지 않으면 라스트 신을 어떻게 찍어야 할지 모르잖아."

"하지만, 기재가 이미 한계입니다. 렌더링의 열기로 오버히트하고 있습니다!"

"그럼 끌어안아서라도 식혀!! 희대의 걸작을 작업하고 있다는 자각을 가지라고. 바보 놈들아. 앞으로 『무리』, 『한계』, 『못하겠습니다』의 세 단어가 내 귀에 들려온다면, 전원 그대로 모가지를 날려버릴 테니까 각오해둬."

대형 스크린 앞에서 불호령을 치는 쿠로카와 자신도 스튜디오에 쌓인 어마어마한 열기 때문에 폭포수 같은 땀을 흘리면서 부끄러움도 없이 땀투성이 가슴팍을 열고 메가폰으로 파닥파닥 부채질을 했다.

"……크시시시…… 이건 터무니없는 걸작이야……."

그래도 기분이 좋아 보이는 쿠로카와는 스크린 앞에서 상어 이빨을 드러내며 웃고는 36개째 환타 포도 맛 페트병을 내던졌다.

그게 지면에 떨어져서 깨지는 그 타이밍과 동시에—.

콰아앙!!

건물을 뒤흔드는 폭발이 일어나더니 시끄러운 경보가 스튜디오에 울려 퍼졌다. 소란을 피우는 이미군들과는 달리, 쿠로카와의 입가는 「씨익」 올라갔다.

"왔군. 부서진 곳은 어디냐?!"

"4층 서부 플로어입니다! 침입자는 기재 창고를 파괴하면서 이동 중!"

"파우! 나는 필름 체크를 아직 안 했다. 선행해!"

"존명."

파우는 질풍처럼 현장으로 달려갔다. 쿠로카와는 그걸 곁눈질하며 보낸 뒤 스크린에 비치는 현재 마지막 신…… 스승의 시신을 안고 이쪽을 바라보는 비스코의 투명한 눈을 응시했다.

"배우가 이렇게나 애쓰고 있다고. 실패는 용납되지 않아…… 감독인 내가 최고의 라스트 신을 찍어줘야겠지……."

거기서 스크린이 어두워지며 『파이널라이즈 완료』라는 글이 떠올랐다. 그와 동시에 대형 녹화 레코더가 완성된 마스터 테이프를 배출했다.

쿠로카와는 의자에서 몸을 일으켜서 테이블을 가지러 갔지만…….

"감독님. 앉아주세요. 제가 가져오겠습니다."

"으앙? 오오, 눈치가 빠른데. 부탁할게."

굉장히 작은 체구의 핑크 이미군이 쿠로카와의 어깨를 눌러서 의자에 앉혔다. 멍하니 입을 벌린 쿠로카와의 시선 너머에서, 핑크 이미군이 녹화 레코더를 향해 뚜벅뚜벅 걸어갔다.

"……응? 스태프에 저런 녀석이 있었나……?"

핑크 이미는 레코더에서 배출된 테이프를 꺼내고는 두리번두리번 주변을 바라보다가…….

탓! 하고 스튜디오 출구를 향해 내달렸다.

"……어'?!"

쿠로카와는 갑작스러운 일에 조금 멍하니 있다가, 이윽고 전신의 털을 곤두세우며 외쳤다.

"우왁— 저 녀석은 뭐야?! 도둑! 영화 도둑—!!"

"감독님! 침입자와 파우 AD가 이제 곧 접촉합니다."

"그럴 때가 아니야—!! 마스터 테이프를 도둑맞았다! 너희들 쫓아, 뭘 땡땡이치고 있어!"

쿠로카와가 불호령을 쳤지만, 사실 스태프들은 전원 업무에 쫓기고 있어서 땡땡이친 사람은 한 명도 없었다. 쾅! 하고 스튜디오 출구가 닫혔음에도 과로로 정신이 나가버린 스태프들은 아무도 반응하지 못했고, 인내심이 떨어진 쿠로카와가 의자를 걷어차며 뛰쳐나왔다.

"목숨보다 중요한 테이프를…… 저 녀석은 웬 놈이야!"

내달리기 시작한 쿠로카와는 양다리를 철컹철컹철컹, 하고 철인의 다리로 바꾸면서 스튜디오의 무거운 철문을 힘껏 걷어 찼다. 콰아앙!! 하고 파괴적인 각력에 걷어차인 철문은 그대로 맞은편 통로 막다른 곳에 격돌해서 연기를 피워 올렸다.

"으햐아아악?!"

철문 일부에 귀가 걸린 핑크 이미군의 탈이 벗겨졌다. 그 속에서 드러난 핑크색 땋은 머리 네 개가 넘어질 뻔한 달리기에 맞춰서 크게 흔들렸다.

"너였냐, 해파리 꼬맹이—!!"

쿠로카와가 외쳤다.

"자비를 불러낼 떡밥이라고 생각해서 살려뒀는데, 은혜를 원수로 갚다니! 네년은 세기의 걸작을 방해하는 거라고—!"

"뭐가 걸작이야 멍청아!! 개미굴을 찍는 게 더 재밌겠네!!"

"화포 발사아!"

쿠로카와가 내민 오른팔에서 펑, 펑!! 하고 화포가 발사되어 통로 벽이나 바닥에 작렬했다. 티롤의 몸은 사방에서 얻어맞은 격통에 「꺄흐윽!」 하는 비명을 질렀지만, 그때마다 도망치는 토끼처럼 낙법을 취하며 속도를 줄이지 않았다.

"젠장. 아카보시가 왔는데 이게 무슨 꼴이야! 그 자리에 감독이 없다니…… 당장 테이프를 되찾아야 해!!"

전방의 티롤이 다른 방의 문으로 들어가는 걸 본 쿠로카와는 다시 그 문을 철권으로 부수고 안에 들어갔다.

"……여기는 제3창고?! 어디로 갔냐, 해파리! 나와!"

먼지투성이의 넓은 공간이었다.

암흑을 둘러보던 쿠로카와의 머리 위에서 팡, 팡! 하고 조명 몇 개가 들어왔다.

"응?!"

"그대로 걸렸구나. 얼간아~!"

쿠로카와의 시선 너머, 창고에 쌓인 철 상자 위.

코피를 뚝뚝 흘리면서 금색 눈동자를 반짝이는 티롤의 모습이 있었다.

"질릴 만큼 쓴맛을 핥아온 지난 1년. 이 내가! 얌전히! 그저 네 구두나 핥고 있었다고 생각하냐?!"

"지껄이지 마라. 3급 창녀의 사성 따위 내 알 바냐!"

"그렇다면! 지금부터 깨달아라—!!"

티롤의 포효를 신호로 봤는지, 창고 안 여기저기에서 『부우웅』하는 기동음이 울리며 암흑 속에 붉은 안광이 켜졌다. 붉은빛은 방을 둘러싸듯이 퍼지면서 이윽고 일제히 그 보디를 조명 밑에 드러냈다.

"뭐, 뭣이이…… 이 녀석들은!"

"기동 목인, 티롤 원!"

난폭하게 코피를 닦은 티롤이 목청 높여 외쳤다.

"매일 깨작깨작 만들어와서, 그 숫자는 30대. 너 혼자서 막을 수 있겠냐. 쿠로카와—!!"

핑크색 보디가 조명에 닿아 빛나는 인간형 기동 병기, 티롤 원은 티롤의 호령에 맞춰서 일제히 쿠로카와를 덮쳤다. 왼팔을 변형해서 쏘는 목인 화포가 쿠로카와의 360도를 둘러싸고는 연속해서 발사됐다.

"우오오옷?!"

탄환의 빗속에서 쿠로카와의 몸에 화포가 맞을 때마다 자신을 감싼 옷이 타고, 살이 벗겨지며 기계 장갑이 드러났다.

"마음에 든 옷은 물론이고, 자랑하던 허벅지살까지 벗기다니……."

쿠로카와의 얼굴이 분통함으로 일그러졌다.

"진드기 주제에. 기고만장하는 것도 앞으로 3초다."

"끝이 안 나겠어. 티롤 원, 전기 돌격! 마구 두들겨 패—!!"

티롤 원들이 화포를 변형하여 거대한 쇠지레로 바꿔서 일제히 쿠로카와에게 덤벼들었다…….

그때.

탕, 탕, 탕!!

대형 권총의 발사음이 들리면서 티롤 원 여섯 대를 단숨에 꿰뚫었다.

"광대버섯 매그넘…… 엔진에 직격이다."

빠꿈, 빠꿈!!

탄환에 넣어둔 광대버섯 독이 날아간 티롤 원을 연속해서 찢어버리면서 붉은색 버섯을 피웠다. 쿠로카와는 양손에 만들어낸 쌍권총을 빙글빙글 돌리면서 탄피를 바닥에 뿌렸다.

"앗?! 버섯독, 총?!"

"이제 볼거리는 끝이냐? 나의 이……."

"겁먹지 마! 두들겨, 고철로 만들어버려!!"

"어, 잠깐 기다……."

콰앙, 콰앙!! 남은 티롤 원의 연속된 쇠지레 연타를 얻어맞은 쿠로카와의 얼굴이 분노에 차서 점점 빨갛게 물들었다.

"사람이, 폼을 잡고 있을 때—!"

찰칵! 매그넘 소리.

"방해하지 말라고—! 삼류들아!"

탕, 탕, 빠꿈, 빠꿈!!

쿠로카와의 완력이 모여든 티롤 원을 날려버렸고, 작렬하는 광대버섯탄이 차례차례 엔진을 꿰뚫었다. 작렬하는 버섯과 함께 날아간 부품이 창고 전체로 뿌려졌다. 날아온 나사 하나가 찌익! 하고 볼살을 찢고 지나가자, 티롤은 이를 악물었다.

"제, 젠장…… 안 되나. 내 힘으로는, 역시!"

"『도쿄』의 기술을 여기까지 제 것으로 만든 건, 과연 재미있었지만."

연기가 피어오르는 광대버섯 매그넘의 총구를 「후우」 하고 분 쿠로카와가 겨우 표정에 여유를 되찾고는 「키시시시」 하고 상어 이빨을 드러냈다.

"결국은 범용 병기인 목인일 뿐이지. 결전 병기인 철인…… 그것도 현대 과학과의 하이브리드인 이 몸과는 격이 달라. 100대가 덤벼도 헛수고였겠지."

"아직이야! 나에게는, 아직……."

"빠져 있어, 삼류 여배우!"

빠캉! 티롤의 뒤에서 작렬한 광대버섯탄이 철 상자 위에 있던 작은 몸을 튕겨버렸다. 바닥에 떨어져서 데굴데굴 구르는 티롤을 쿠로카와가 힐 끝으로 받아냈다.

"테이프는…… 여기 있나. 너무 꽉 쥐지 말라고. 케이스가 깨지잖아."

"으기긱……."

건네주지 않겠다는 듯이 테이프를 잡은 티롤의 손가락이 쿠로카와의 손에 잡혔고…….

우두둑!

꺼림칙한 소리를 냈다.

"으기이이이이익—!!"

"시간이 아깝네. 관대하게 넘어가 줬더니 이렇다니까……

아무리 기술이 있어도 진드기는 진드기, 몸 팔아서 닛카나 버는 게 어울리지."

"으윽. 빌어먹을. 장사 도구……!!"

티롤은 꺾인 손가락을 누르면서 눈물 젖은 눈으로 쿠로카와를 노려봤다.

쿠로카와는 그 금빛 안광을 보자 혀를 차더니, 힐 끄트머리로 티롤의 콧등을 『콱!』하고 걷어찼다.

"끄하악!"

쿠로카와는 피를 뿜으며 몸부림치는 티롤의 땋은 머리를 잡아서 눈앞으로 들어 올렸다.

"……하지만 금품이라면 몰라도, 테이프를 훔치다니 뭘 노린 거지? 야. 너, 이걸 훔쳐서 뭘 하고 싶었던 거냐?"

"……."

"아직 고문 신을 찍지 못했거든. 너로 테스트해줄 수도 있어."

"……크. 크시시시……."

"아앙……?"

"뭘, 하고 싶었, 냐고?"

티롤은 시비를 걸듯이 비웃었다.

"내 일은, 이미 끝났어……. 인형 30대 부순 정도로 자랑하기는. 저세상에서 먼저 웃음거리로 삼아줄게."

"진드기 주제에……!!"

한 필을 창처럼 변형해서 들었다.

그 쿠로카와의 뒤에서…….

"감독님. 여기 계셨습니까."

"잠깐 기다려."

청량한 목소리를 들은 쿠로카와가 시선을 돌리지 않고 답했다.

"촬영은 해충 구제가 끝나고 나서야. 너희는 파우의 서포트를……."

거기까지 말하고, 문득.

"……응? 이 목소리……."

쿠로카와가 몸을 돌리기 직전.

쿠쾅!!

흩날리는 푸른 머리와 함께 휘두른 단도가 티롤을 잡은 팔을 잘라냈다. 그리고 기세를 타서 몸을 회전시키며 나기나타 같은 돌려차기로 쿠로카와의 목덜미를 걷어찼다.

"끄에에엑?!"

투쾨아아앙!! 굉음을 일으키며 벽에 파묻힌 쿠로카와 위쪽에서 창고에 쌓인 무수한 철 상자가 쏟아졌다. 쿠로카와의 몸이 완전히 가려지는 걸 바라본 인물이 티롤에게 달려갔다.

"티롤!! 아아, 피투성이잖아……! 티롤, 정신 차려!"

"늦었잖아~~! 판다 자식아~~!"

"미안……! 그래도 파우와 비스코의 일대일 상황은 만들었어. 쿠로카와의 눈길을 끌어준 티롤 덕분이야!"

"치료비, 100만 닛카, 받을 거니까~~."

미로는 피거품을 꿀럭꿀럭 내뿜으면서도 「씨익」 웃은 티롤의 몸을 꽉 안아줬다. 그리고 단도를 들고 다시 쿠로카와를 돌아봤다.

"언제까지 연극을 계속할 셈이야? 너는 배우가 아니잖아."

"……키시시시……."

철 상자의 산더미 속에서 웃음소리만이 들려왔다.

"과연, 내가 낚인 건가. 하지만 아카보시 혼자서 파우의 세뇌를 풀 수 있을까? 목 뒤에서 척추까지 파고든 녹꽃을, 죽이지 않고 꿰뚫을 수 있을 리 없지."

"자신을 꿰뚫었던 비스코의 활을, 무척이나 얕보고 있네."

미로의 목소리는 의연하게 울렸다. 쿠로카와의 말에도 전혀 흔들리는 기색이 없다.

"비스코의 의지력은 지금, 화살로 운명을 비틀어버리는 영역에 있어. 이미 너의 손바닥 위에서 놀아나는 남자가 아니야!!"

"치켜세우는구만, 파트너를—!"

휘이익!! 철 상자의 빈틈을 누비고 튀어나온 칠흑의 창이 미로를 덮쳤다. 채앵! 하고 번뜩인 단도가 그것을 옆으로 후려쳐서 끄트머리를 잘라버렸다.

"기습밖에 못 해? 나는 옛날처럼 무르지 않아!"

"알고 있다고. 하지만, 이건 어때?"

부서진 창 끄트머리는 그대로 티롤 원의 잔해에 꽂혔고, 그 부분부터 슬금슬금 검은 거미집 같은 덩굴이 뒤덮었다. 칠흑의 덩굴은 그대로 다른 티롤 원에도 전염되어 순식간에 검은색으로 물들여버렸다.

"앗!"

"저, 저 자식. 내 목인을!"

"키시시시시⋯⋯ 조금만 프로그램을 바꿔주면, 목인 30대 따위는 내 뜻대로지. 발을 묶기 위한 수단이 화근이 됐구나. 진드기 여자~~!"

투쾅!! 높이 쌓여있던 철 상자를 날려버린 쿠로카와가 다시 조명 아래에 모습을 드러냈다. 그 반신은 이미 절대 철인의 칠흑 같은 장갑에 뒤덮였고, 살이 벗겨진 얼굴 절반에서 녹색 안광을 『번뜩』 빛내고 있었다.

"마침 잘됐어. 이번에는 정면에서 희롱하다 죽여주마! 조금 머리가 좋다고 해서 똑똑한 척이나 하기는, 너는 마음에 안 들었다고."

"학교 나왔으니까."

"나도 나왔거든, 멍청아. 죽어!! 기동 · 감독포^{런치   디렉터 캐논}!!"

쿠로카와는 한쪽 팔을 재빨리 메가폰형 바주카로 변형해서 공기를 뒤흔드는 화포를 발사했다. 곧장 티롤을 감싸며 피한 미로의 뒤쪽 벽에 퍼어엉! 하고 커다란 구멍이 뚫리며 현청 바깥의 바람을 불러들였다.

"미, 미로! 저런 괴물한테 어떻게 이길 건데?!"

"못 이길 거야."

"뭐, 뭐어?!"

"나 혼자선 말이지. 물러나자!"

미로는 티롤을 안은 채 외투를 펄럭이며 현청에 뚫린 구멍을 지나 밤의 어둠 속으로 도약했다. 활로 반격할 것을 예측해서 실드를 전개했던 쿠로카와는 「으앙?」 하고 맥빠진 소리를 냈다가 바로 정신을 차렸다.

"도망쳐버렸잖아! 너희들, 당장 쫓아!"

벽의 구멍을 통해 속속 뛰쳐나가는 절대 목인을 따라 쿠로카와도 각부 부스트를 뿜으며 미로를 쫓아 밤의 이미하마로 뛰쳐나갔다.

＊ ＊ ＊

전사, 네코야나기 파우.

흑철선풍의 이름을 가진, 만물을 찢어버릴 수 있는 강철의 바람 같은 그 곤…….

그 격렬함과는 달리, 사실 본질은―.

불살의 극의를 체현한 『활인곤』―.

―이 틀림없다.

사랑하는 동생을, 나아가서는 선량하고 연약한 사람들을 지키기 위해 갈고 닦은 활인 곤술은 사실, 진정한 사악이라 인정했을 때를 제외하고는 단 한 명도 죽인 적이 없다.

'내 안의 수라는, 사람을 살리는 것으로, 제어한다…….'

달인이라면 누구나 맞닥뜨리는, 자기 안의 수라성과의 대화. 그 끝에서 파우가 도달한 해답이 이것이었다.

'……나의, 곤은, 불살의 곤술.'

'그렇기에…….'

'비스코에게는, 결코 당해내지 못해.'

또각, 또각. 리놀륨 바닥에 부츠 소리를 내면서 파우가 전진했다.

'99의 살(殺) 속에서 1의 활(活)을 담는 것이 이 활인곤. 비스코는 바로 그 1을 매와 같이 꿰뚫으면서…… 오늘까지 살아온 거다.'

'……오늘 이날만큼, 이 몸에 스며든 불살의 극의에 감사한 적이 없어.'

'사랑하는 남편의 손으로 죽는다면…….'

'이 이상의 행복은 없겠지…….'

또각, 또각, 하고 걸어가는 파우는 이미 녹꽃의 뿌리가 척추 깊숙이 파고들어서 하얀 피부도 검은 덩굴에 뒤덮여 있었다. 파우는 세뇌 중인데도 남아있는 미약한 이성으로 안도의 한숨을 내쉬고는 결의와 함께 1층 문 앞에 섰고…….

"……크랴아압!!"

콰앙, 콰앙!!

손에 든 철곤을 십자로 휘둘러서 무거운 철문을 찢어버리듯이 열었다. 그 너머는 텅텅 빈 넓은 창고였고, 십여 명의 이미군이 뻗어있었다.

그리고, 그 너머에는…….

버섯으로 인해 크게 뚫린 벽의 잔해, 그 위에 앉아.

불어오는 바람에 외투를 펄럭이는, 낯익은 소년의 얼굴이 보였다.

"여어."

소년은 그렇게 말하기는 했지만, 파우를 보지는 않았다. 아무래도 이미군이 가지고 있던 봉지 과자를 여는 도중인지, 「어디서나 뜯을 수 있습니다」라는 입구를 좀처럼 뜯지 못하고 얼굴을 새빨갛게 물들이며 악전고투하고 있었다.

"아직도 못 뜯는 거냐. 줘봐라, 뜯어주마."

"바보 취급하지 마…… 좋아! 뜯었다!"

겨우 과자 봉지를 뜯기는 했지만, 악전고투의 결과 내용물은 잘게 부서지고 말았다. 비스코는 신경 쓰지 않고 과자 잔해를 입에 흘려 넣고는 봉지를 주변에 던졌다.

"히하혀히? 그럼, 싸워볼까." ^{기다렸지}

"비스코. 너도 알고 있을지도 모르지만, 이미 쿠로카와의 녹꽃은 내 심부까지 뿌리를 폈고, 일반적인 수단으로 치료할 단계는 지났다."

"흐~응?"

"한번 시작하면, 나도 조절할 수 없어. 네코야나기 파우, 전력으로 너를……."

"거짓말하지 마, 바보 자식아."

과자를 삼킨 비스코가 입술에 묻은 크림을 닦으며…… 잔해 위에서 바닥으로 탁 내려서서 파우를 똑바로 노려봤다.

"죽을 작정인 게 다 보인다고. 동생과 달리, 너는 거짓말이 허접해."

"……."

"『세뇌당했다면 딱 좋다』라는 말은 자비도 했어. 너도 그렇지? 지금이라면 진심으로 부부의 정을 나눌 수 있지 않을까?"

"무슨, 소리를 하는 거냐……?!"

"결혼이야 했지만, 아직 우리한테는 묘한 도랑이 있었어. 세뇌당한 지금 이때, 그걸 걷어내자는 거야."

비스코의 눈동자가 떨리는 파우의 눈동자를 똑바로 응시했다.

"지금부터 3분간, 자신한테 거짓말은 하지 마. 죽일 작정으로 와라, 파우!"

후우웅! 패기가 바람이 되어 비스코의 붉은 머리와 파우의 검은 머리를 펄럭펄럭 휘날렸다. 아내를 노려보는 비스코의 두 눈동자는 물어뜯을 듯한 전의와 확실한 신뢰가 함께 담겨 비취색으로 빛났다.

"주, 죽일 작정으로 오라, 니……!"

"불살의 활인 곤술. 대단하지. 존경해. 하지만, 너는 한 번도 그 틀을 벗어던지고 내게 전력을 부딪친 적이 없어."

"그건!"

"모든 걸 드러낸 너를 본 적이 없다고. 그건, 남편의 부덕이겠지…… 내가 부족했다는 거라면, 거슬리기는 하지만, 사과

하겠어!"

얼굴을 붉히고 몸을 덜덜 떠는 파우를 바라본 비스코는 허파 한가득 숨을 들이쉬면서 각오를 다지고는, 신불에게 말고는 숙인 적이 없던 고개를 「꾸벅」 숙였다.

"미안합니다."

"바, 바……, 바보 같은 소리 하지 마라—!!"

파우는 견디지 못했는지 목소리를 떨며 외쳤다.

"전사로서는 물론, 너를 존경하는 마음이 있다! 하지만, 하지만 너는 나의! 사랑하는 반려라고! 그런 너를 향해, 자신의 수라를 풀어놓으라는 거냐!!"

"그걸 받아내지 않고, 뭐가 남편이라는 거야!"

연하 소년이 힘차게 외친 반박이 파우를 직격했다.

"『부부』라는 건!! 그런 거잖아—!!"

빠직!! 하고…….

자신의 마음에 뭔가 강렬한 금이 가는 소리를, 파우는 들었다.

비스코의 윤리관, 결혼에 대한 도덕관. 그것들은 황당무계했지만, 파우의 심층 심리가 원하던 것을 확실히 꿰뚫고 있었다.

『쓰러지고 싶다』.

'사랑하는, 남자에게……!!'

으득으득으득으득.

움켜쥔 철곤, 악문 어금니가 공기까지 삐걱대는 듯한 소리를 냈다.

'모든 족쇄, 모든 사슬. 모든 도덕을 걷어내고…… 내가 가진, 완전히 자유로운 곤을, 부딪치고 싶어.'

'그리고. 그, 모든 것을……'

'철저할 정도로. 깨부숴줬으면, 좋겠어……!!'

파우는 심상치 않은 흥분과 전의로 달아오른 자신의 몸을 안으며「후욱! 후욱!」하고 굶주린 늑대처럼 거친 숨을 몰아쉬면서 고개를 좌우로 내저었다.

'천박해. 천박해, 천박해!!'

'이런, 어둡고 혼탁한 욕망…… 나의 활인곤과는 대극에 있는 것이야. 이, 녹꽃의 세뇌만 없었다면, 이런 전의는……!'

"파우!"

비스코의 잘 울리는 목소리를 듣자, 파우는 홱 눈을 맞췄다.

"그렇게나 남편을 못 믿는 거냐."

"그렇게나!"

"내가!"

"약한 거냐, 파우—!!"

뛰어들었다.

푸슝! 하고 지면을 박차는 소리를 그 자리에 남겨둔 듯한 신속. 이성이 뇌에 도달하는 것보다 파우의 마음이 더 빨랐다. 파우의 표정은 오래전에 버려두고 왔던 냉철한 귀신처럼 변했고, 풍압에 휘날리는 장발은 마치 고개를 쳐든 여덟 마리 흑사 같았다.

"비 스 코—!!"

부우웅!!

일말의 주저 없이, 남편의 두개골을 깨버릴 듯이 떨어진 철곤을 간발의 차이로 피한 비스코는 휘날리는 붉은 머리 사이에서 송곳니를 드러냈다.

"핫! 그렇게 나와야지. 너는 가드가 단단하다고!"

"참고, 있었는데!! 언제나, 나는, 나느은!!"

부우웅, 부우웅!!

"정숙한. 경건한 아내로서, 줄곧 너를 지켜주겠다고 결심했는데. 천박한 알몸 밑바닥을 보인 이상, 이제는, 이제는! 돌이킬 수 없어!"

마치 원령처럼 곤두선 앞머리에서 남색 눈동자가 번뜩!! 드러났다. 그것은 살의와 고양, 그리고 넘쳐날 듯한 기쁨으로 가득했고, 비틀리고 비틀린 『파우』라는 존재 자체가 자신을 해방하면서 발하는 광채로 찬란히 반짝였다.

'……우, 우와아아악. 이 녀석, 상상 이상으로 비틀렸잖아.'

"나의 모든 것을! 삼켜줘야겠다. 비스코——!!"

부우웅, 까키잉!

옆으로 휘두른 곤을 비스코의 활이 경이로운 완력으로 받

233

아냈다. 뻐걱, 하고 비명을 지르는 근육의 통증을 느끼면서, 비스코는 품에 있는 단도로 손을 뻗었다—.

그 틈에.

"으랴아아압!!"

부우우웅! 하고 휘두른 두 번째 곤이 반대쪽에서 비스코의 옆구리를 노렸다.

파우는 후려쳤던 곤봉을 몸과 함께 360도 회전해서 비스코의 디펜스 반대편으로 돌아가 다시 후려친 것이다. 인지를 초월한 그 스피드는 소리조차도 뒤늦게 찾아올 정도였다.

"끄어억?!"

비스코는 뼈가 부서지는 감촉에 눈을 부릅뜨면서 어마어마한 기세로 창고 벽에 격돌해 연기를 피워 올렸다.

"……후욱, 후욱……!"

한편, 파우도 추격하기 위해 도약하려는 의지를 몸이 따라가지 못해서 가까스로 철곤으로 지탱하며 그 자리에 버텼다.

"……금술(禁術), 오로치 깨물기!"

파우의 곤은 일격 필중의 기술. 임팩트 순간에 곤을 『멈추는』 활인곤의 성질상, 순간적으로 휘두르는 두 번째 공격은 원래 준비되어 있지 않다.

그러나 족쇄를 풀어헤친 지금의 파우라면 첫 번째 공격이 막힌 상황에서도 반대쪽에서 풀 파워로 두 번째 공격을 휘두를 수 있다. 파우의 근육에 걸리는 부하도 상당하지만, 아무튼 이 『오로치 깨물기』, 방어 불가능의 필살격임에는 틀림없었다.

그러나…….

'지금 이걸로 비스코가 쓰러질 리가 없어! 일어서야 해. 어서……!'

유리해졌을 터인 파우의 안면은 땀에 젖었고, 찬란하게 빛나는 눈동자를 비스코가 있는 방향으로 돌렸다. 파우가 두 다리에 힘을 되찾는 것과 거의 동시에, 연기 속에서 푸슝!! 하고 한 줄기 화살이 섬광처럼 덮쳐왔다.

"읏! 거기다아아아!!"

부우웅!!

철곤을 휘둘러 섬광 같은 화살을 포착했다. 그 곤의 컨트롤은 굉장해서, 날아오는 비스코의 화살촉을 사수를 향해 그대로 튕겨내 버렸다.

'허를 찌르는 수는 이미 한 번 맞았지. 읽고 있었다, 비스코!'

이 틈을 놓치지 않겠다는 듯이 파우는 두 다리에 힘을 줬고—

투쾅!! 하고 지면을 부수며 비스코를 향해 날아들었다.

"필중 확실! 나와 함께 죽어라, 비스코—!!"

"……너라면. 튕겨내, 줄 거라고…….

"윽?!"

"믿고 있었다고, 파우!"

빠꿈!!

파우의 전방에 버섯의 커다란 작렬이 일어났다. 바로 옆에서 뻗어온 그 하얀 몸체는 비스코가 만든 새송이버섯이었고, 그리고…….

그 정면, 맹렬한 발아의 기세를 이용한 붉은 머리 소년이 화살처럼 날아왔다!

"뭣, 이이이이이!! 내 기량까지, 읽고!"

"다들 오의를 가지고 있기는…… 치사하잖아. 나도 지금 만들래!"

필살의 기합을 실은 파우의 자세는 지금부터 디펜스로 전환할 수가 없다. 비스코는 콤마 1초의 세계에서 씨익 웃으며 자신의 부츠 끝에 버섯 화살촉을 꺼냈다.

"비스코오오오一!!"

"거기다아아아!!"

부우웅!

일자로 휘두른 철곤을 『밟아서』 도약하고, 다시 날아오는 2격을 공중제비로 피한 비스코는 그 회전하는 기세를 그대로 실어서 파우의 노출된 등을 향해 내리찍었다.

그리고…….

"오의!! 새송이버섯 떨구기이이一!!"

퍼어엉!!

부츠에 피어난 새송이버섯의 기세가 실린 어마어마한 위력의 발꿈치가 파우의 몸을 향해 떨어졌다. 원래부터 가진 인외의 힘으로 펼친 비스코의 발차기에 균술의 발아력까지 얹은 기술. 그 파괴력은 도저히 가늠할 수가 없다.

그리고 물론, 그런 걸 반려에게 꽂아 넣어서는 안 된다.

"……꺼…… 헉……!"

빠직빠직빠직!! 파우는 자신의 육체에 퍼지는 절대적인 대미지를 느끼면서 단숨에 날아갈 것만 같던 의식을 아슬아슬하게 부여잡았고…….

'……머…….'
'……머.'
'멋져…….'

격통조차 도취로 변하는 도착적인 기쁨에 떨며 콤마 초의 세계에서 다시 비스코의 빛나는 비취색 눈을 황홀한 얼굴로 올려다봤다.
'……아니, 아직이다. 아직!!'
파우는 마음속에 남은 마지막 수라를 쥐어짜 냈고, 낙하하면서 고개를 휘둘러 그 장발을 채찍처럼 다뤄서 비스코의 부츠를 휘감았다.
"앗?! 우와아악!"
투콰아앙!!
동시에 지면에 격돌한 두 사람을 감싸듯이 연기가 피어올랐다.
비스코는 연기 속을 데구르르 구르며 부딪힌 이마에 흐르는 피를 닦았고…… 태세를 다잡는 가운데 문득, 그 혈액의 이질적인 발색을 눈치챘다.
지금 비스코의 핏속에는 나나이로의 광채가 깃들어서 마치 사수의 기도를 기다리듯이 반짝반짝 빛나고 있었다.

'······좋아.'

비스코는 고개를 끄덕이면서 삐걱대는 몸을 들어 연기가 걷히기를 기다렸다.

자비에게 배운 신위의 활 『초신궁』. 이건 비스코가 순도 100의 『진심』이어야 하는 것이 트리거가 되어있다.

그 의지력을 핏속의 나나이로가 감지해서 눈을 뜬다면, 어쩌면—.

'믿을 뿐이야.'

입 속으로 중얼거린 비스코의 눈앞에서, 연기가 걷히자—.

그곳에는. 처음 만났을 때처럼 의연하고 아름답게 선, 여전사의 모습이 있었다.

"······."

"······나는, 행복했다."

"다음이, 진정한, 마지막 일곱이다."

"비스코."

"······."

"······."

"······사랑, 한다······"

반려의 말을 들은 비스코는 표정을 전혀 무너뜨리지 않고 『콩』 하고 코를 훔치고는······.

한마디로만, 답했다.

"알고 있다고오."

후우웅!!
파우의 몸이 한 줄기 직선이 되어 똑바로 비스코를 급습했다. 파우의 눈은 활을 든 비스코를 슬로모션처럼 포착했다.
『두려워하지 마라, 파우!!』
『이 남자는, 이긴다. 반드시, 내 모든 것을 깨부수고, 나를 구할 거다!』

『비스코는, 나에게!!』
안광이 맞부딪치며 서로의 의지가 공명했다.
『나는, 이 녀석에게!!』
비스코가 당긴 활이 무지갯빛에 휘감겼다. 나나이로 포자가 이 자리에 소용돌이치는 커다란 마음의 흐름에 호응했고, 작렬하는 기도의 예감으로 크게 떨렸다.

『『반드시, 이긴다!!』』

푸슈우웅!!
공기를 가르는 비스코의 화살이 찌익! 하고 파우의 슈트를 찢었다. 즉시 몸을 틀어 피한 파우의 움직임은 거의 직감이었지만, 그건 적중했다. 이 한 발을 피하면, 이미 비스코는 파우의 간격 안에 있다.

파우는 공중에서 그 근력에 힘을 실어 철곤을 크게 들었다.

"크아아아아아아아아아압―!!"

부우웅!!

대상단에서 강하게 내려치는 철곤.

그것은 사랑하는 남편의 머리를 주저 없이, 수박처럼 깨…….

부숴야, 했을 터.

지금, 그 철곤은―.

비스코의 코끝을 스치기만 하고, 발밑의 바닥을 도려내며 그곳에 멈췄다.

"……하악! 하악! 하악!"

간발의 차이.

파우는 타격 직전에 또렷한 자아를 되찾아서 스스로 철곤을 틀었다.

비스코가 날린 마지막 화살, 그 『초신궁』의 화살.

그것은 파우에게 빗나간 뒤에 궤도를 휘리릭 바꿔서, 철곤을 상대에게 휘두르는 그 잠깐이자 유일한 빈틈을 노려 목덜미에 피어난 녹꽃을 꿰뚫었다.

궤도가 꺾였다고는 해도, 물론 상식적으로 따지면 화살은 아내의 목덜미를 꿰뚫어서 절명시켜야 했다. 그러나 화살촉은 약간 피가 나는 정도의 위치에서 멈췄다.

날린 화살을 『꺾는다』. 『멈춘다』…….

얼마 선에 스승에게 막 배웠다고는 생각할 수 없는, 초월적인 위업이었다.

"……너, 굉장하잖아. 파우! 우리의 승리야!"

비스코가 파우의 손을 잡았다.

비취색 눈이 빛나면서, 순수한 동경을 담아 아내의 얼굴을 반짝반짝 바라봤다.

아까까지 파우를 갉아먹던 수라의 기운, 세뇌의 힘은 완전히 빠져나갔고, 지금은 그저 땀으로 범벅이 된 장신 미녀가 서 있을 뿐이었다.

"승리…… 우리, 의……?"

"그래. 초신궁은 진심이 되지 않으면 쏠 수 없다고. 네가 나를 진심으로 만들었어."

"진심, 으로……."

"으~음?"

비스코는 잠깐 뜸을 들이면서 문신을 긁적이고는…….

"이 경우, 너한테 반했다고 해야 하나."

그렇게, 움츠러든 기색도 없이 말했다.

그 말을 듣자, 파우는 눈을 한껏 크게 뜨면서 비스코의 얼굴을 바라보더니 손 하나 까딱하지 못하게 되었다.

비스코는 지금껏 맛본 적이 없는 기묘한 압박감을 견디다 못해 비지땀을 흘렸고, 어떻게든 그 시선을 피하면서 적당히 말을 늘어놓았다.

"그나저나 너, 그렇게나 세계 휘둘러놓고 용케 돌렸네. 이제 근육도 부들부들 떨릴 텐데. 아무리 암고릴라라도 꽤 힘들지 않았냐?"

"······으, 으······."

"응? 이, 이봐······."

"으에에에에엥······."

악동처럼 웃으며 말을 걸었던 비스코는 아내가 예상 밖의 반응을 보이자 저도 모르게 몸을 수그렸다. 파우는 윤기 나는 흑발이 바닥에 닿을 정도로 고개를 떨구고는 이미 시들어서 떨어진 녹꽃 위에 눈물을 쏟았다.

"너 말이야. 언제나 하는 농담이잖아. 울 일은······ 우와앗!"

"으에에에에에엥!!"

파우는 그 억센 팔로 비스코의 목을 휘감고는 강하게 끌어안았다. 그러나 그 포옹에는 여느 때처럼 뼈까지 부서질 듯한 힘은 없었고, 그저 파우의 오열만이 비스코의 뺨을 타고 흘렀다.

"기뻤, 어. 기뻤어! 나, 나, 나, 전력으로, 너에게."

"파, 파우······."

"미안, 해. 미안해!! 나, 너, 의, 아내, 인데. 이, 이런 어리광을, 이러어언······."

"야, 그만둬. 울지 마!! 나만 제멋대로 굴면 부부라고 할 수 없잖아. 그리고 저기, 괴로, 괴로우니까, 끄에엑!"

"사랑해에에에······!!"

파우는 흑철선풍의 이명도 모두 버린 것처럼 이마 보호대를 내던지고 비스코의 품에 얼굴을 묻으며 어린애처럼 울었다. 한편 비스코는 파우가 이런 상태가 되었을 때의 대처 방법을 아직 몰랐고, 몸을 안아주려고 해도 아내의 부드러운 몸에 움츠러들어서 손이 공중을 휘저을 수밖에 없었다.

파우의 포옹은 그런 남편에게 항의하려는 듯 점점 힘이 늘어났고, 이미 곰에게 짓눌린 왕뱀 같은 모습이 되어버렸다. 비스코는 따스한 눈물의 온도와 몸의 감촉, 그리고 폭력적이기까지 한 포옹력(물리적인)에 그저 참을 수밖에 없었다.

"끄아아악! 이, 이거 놔~~! 지금은 달래줄 여유가 없다고!"

"싫어어어어! 그거 해줘! 곰 죽이는 허그(자기보다 힘이 센 포옹을 받아서 안심하는 것) 해줘어어어!!"

"저, 정말로 우물쭈물하다간…… 아앗!!"

비스코가 돌아본 벽의 구멍, 바깥 야경에 외투가 두둥실 펄럭였다. 그리고 이윽고, 몇 대의 검게 빛나는 기계병이 그걸 뒤쫓았다.

"미로!"

"……저건 기계병? 목인가!"

파우도 바로 눈물을 그치고 남편의 머리에 턱을 올려서 그걸 지켜봤다. 그리고 마지막으로 버니어를 뿜으며 날아가는 쿠로카와의 보디를 보자 확 눈을 부릅떴다.

"쿠로카와!!"

"미로 혼자서는 불리해. 구하러 가야 해!"

"네 이놈."

"네 이놈, 네 이놈 네 이놈."

"남편의 눈앞에서, 그 수많은 굴욕……!!"

파우의 우는 얼굴이 점점 정반대인 분노의 얼굴로 변했고, 어금니를 으득! 악물었다. 예쁜 손가락을 움켜쥐자 쇠로 된 바닥이 도려내질 정도였고, 그걸 본 비스코의 얼굴에서 약간 핏기가 가셨다.

"저 면상, 곤으로 찢어버리겠어! 가자, 비스코!"

"어, 아, 응…… 야, 바보야. 나는 혼자서 뛸 수 있— 우와악!!"

철곤을 들고 도약한 파우는 한 팔로 비스코를 안아서 마치 한 줄기 직선처럼 쿠로카와를 쫓아 이미하마의 지붕을 건넜다.

11

"이 잽싼 녀석 같으니!"

하늘에서 미로를 쫓는 쿠로카와가 밤의 이미하마를 내려다 봤다. 그 반쪽 얼굴에 비치는 붉은 카메라 아이가 티롤을 안고 도약하는 모습을 포착했다.

"한 방 더 위협해주마. 감독포(디렉터 캐논), 해방(오픈)!"

쿠로카와가 이미하마 거리를 향해 메가폰포를 겨눈 직후……

푸슈웅!!

"……윽!! 기동(런치)·차원 편집(애프터 이펙트)!"

밤하늘 너머에서 빛나는 태양색 화살이 맹렬한 스피드로 날아왔다. 쿠로카와는 메가폰포를 즉시 다섯 손가락 달린 손바닥으로 변형시켜서 그곳에서 차원의 벽을 선개했다.

빠꿈!!

245

차원의 벽에 『부웅』 하고 빨려든 직후, 녹식 화살은 아래쪽 이미하마 거리로 전이해서 그 주변에 꽝음과 함께 거대한 버섯을 피웠다. 쿠로카와는 그걸 곁눈질하며 「그레이트」 하고 한마디 중얼거렸다.

"……나도 참, 주역을 잊어버리고 있었군. 조연인 판다에게 카메라를 돌리고 있을 때가 아니었지이이~~!"

칠흑과 붉은색 오드아이가 노려보는, 시선 너머…….

주변보다 높은 빌딩 옥상에서 일직선으로 쿠로카와를 노려보는 비취색 빛이 있었다. 그 옆에는 하얀 피부의 여자가 흑발을 나부끼면서 비취색 빛을 수호하듯이 철곤을 들고 있었다.

"안성맞춤인 무대다, 아카보시. 거기서 움직이지 말라고오."

쿠로카와는 「키시시시」 하고 만족스럽게 웃으면서 조금 전 썼던 차원의 벽을 눈앞에 전개했고…….

조금 물러나고 나서 버니어를 뿜으며 힘차게 그 안으로 뛰어들었다.

"또 빗나갔어. 저 검은 안개 같은 건 뭐야?"

"녀석은 차원 편집이라고 불렀다. 날아오는 물체를 어딘가로 전이시키는 병기라더군…… 원리는 모르겠지만, 실체가 있는 것도 아니라서 파괴할 수도 없어."

"화살이 안 맞는다는 건가. 쿠로카와 주제에 건방진 기술을 쓰기는."

"하지만, 너의 적은 아니야."

파우는 비스코의 어깨에 살며시 손을 올려서 속삭였다.

"너는 모든 위협을 그대로 먹어치우고 자라는…… 버섯 같은 남자다. 나를 구한 그『초신궁』이 반드시 사차원의 벽을 넘어설 거다."

"간단히 말한다니까. 그건 쏘고 싶다고 쏠 수 있는 게 아니라고!"

"음! 온다!"

비스코의 뒤를 감싼 파우 앞에『부웅』하고 사차원 벽이 나타났고…….

그 어둠 속에서.

『짝. 짝. 짝.』

작위적인 박수와 함께 쿠로카와가 모습을 드러냈다.

"어떤 마술로 그 고릴라를 해방시켰나 했더니만. 과아연?"

『지직. 지직. 지직』, 테이프를 돌리는 듯한 소리.

쿠로카와는 관자놀이에 손을 대서, 뭔가 머릿속에 있는 녹화 기록을 재생한 모양이었다.

"『초신궁』. 모두가 영감의 헛소리라고 생각했던 이론이다. 완전하게 갈고 닦인 의지로 화살을 쏘면, 대기 중에 흩어진 녹과 포자가 사수에게 호응해서…… 사물의 행선지를 비튼다고 하지."

"……."

"사제 2대에 걸쳐 완성한 궁극 오의인가. ……나는 옳았어. 너는 대본 같은 종잇장 안에 담을 수 있는 존재가 아니야.『진짜」를 카메라에 담는 것 말고는, 너를 표현할 수 없어……."

"어이없는 녀석이네. 아직도 시시한 촬영을 계속할 셈이냐?"

"당연하다만?"

쿠로카와는 의기양양하게 웃으면서 붉은 카메라 아이를 톡톡 두드렸다.

"내 눈이 그대로 카메라가 되었지. 지금부터 시작될 신을 찍을 수 있는 건 이 절대 철인의 몸뿐이니까. 사람의 몸을 버리면서까지 개조 재생된 보람이 있었어……."

"이 녀석, 어디까지고……!"

"자, 아카보시. 라스트 배틀로 들어가자고…… 여기저기 끌고 다니면서 너를 실컷 가지고 놀았던 흑막의 등장이다! 그 새로운 오의로 이 나를 꿰뚫어봐라!"

파우는 분노한 표정으로 철곤을 쿠로카와 눈앞에 들이밀었지만, 한편으로…….

비스코는 왠지 힘이 빠진 듯이.

"……뭔가 영……."

들었던 활을 내려서 한 손으로 자기 문신을 긁적긁적 긁었다.

"화낼 마음이 안 들어."

"……아앙?!"

"비스코?!"

파우는 화가 난 표정으로 뒤에 있는 비스코에게 말했다.

"무슨 말을 하는 거냐. 이 녀석은 영화 촬영이라는 시시한 동기를 위해 일본 전토를 절망의 늪에 빠뜨린 천벌 받아 마땅

한 대악당이다!!"

"그야 확실히 『시시한 동기』겠지. 우리한테는."

비스코에게서 뜻밖의 말이 나오자, 정면에 있던 쿠로카와도 어리둥절한 듯 눈을 동그랗게 떴다.

"그게 말이지. 계속 싸우면서 알게 됐는데. 이 녀석, 진심이야. 남자였을 때처럼 타산이나 책략으로 놀고 있는 게 아니야. 진짜로 영화를 찍고 싶은 거야."

"……윽."

쿠로카와의 얼굴이 서서히 빨갛게 물들었다.

"배우가. 감독을. 재량하려고 하지 마라, 아카보시이이……!"

"다른 사람이 섬기는 신의 교리 같은 건 난 몰라. 하지만 이 녀석은 경건해. 그렇다면, 서로의 신앙을 걸고 싸울 뿐이야."

쿠로카와를 똑바로 응시하는 비스코의 눈동자는 비취색으로 반짝이고 있었다.

"그건 숭고한 일이야. 분노하면서 해야 할 일이 아니야."

"그래서는, 그림이 안 이어진단 말이다아아!"

빠캉!! 쿠로카와가 내리찍은 다리가 빌딩 옥상을 부쉈다. 붕괴하는 지붕을 걷어찬 비스코와 파우가 옆 빌딩으로 옮겨갔다.

"나 혼자서 하겠어. 파우는 뒤에서 보고 있어."

"알았…… 뭐어?! 너, 너. 무슨 소리를!!"

"예의가 필요한 상대라는 걸 알았어. 나를 찍고 싶다면 찍게 해주고 싶어."

벌어진 입을 다물지 못한 파우에게서 철곤을 슬쩍 빌린 비스코는 부웅, 부웅 하고 휘둘러봤다. 그 앞에서 얼굴을 새빨갛게 물들인 쿠로카와가 와장창! 하고 옥상 콘크리트 지붕에 금을 가게 하며 착지했다.

　"아카보시! 어째서냐. 이렇게나 밥상을 차려줬는데, 어째서 나를 미워하지 않지?! 너는 여기서 미쳐 날뛰면서 선의 힘으로 나를 쓰러뜨려야만 했어. 악을 멸하고 사람을 구하는 게 히어로가 보여야 할 모습 아니었냐!"

　"너 말이야!"

　분노에 휩싸여 연기를 뿜어내는 절대 철인에게······.

　비스코는 울컥한 듯한, 순수한, 소년의 표정으로, 되받아쳤다.

　"히어로도 악역도, 이 세상에는 없다고. 바보야!"

　"으윽?!"

　비스코의 순수하고 올곧은 안광이 광선처럼 쿠로카와를 꿰뚫었다—.

　"여기에는 그저, 나와! 네가 있을 뿐이야! 멋대로 만든 배역에 사람을 끼워 넣고서 『진짜』이니 뭐니 지껄이지 말라고—!!"

　쿠로카와는 마치 안면을 얻어맞은 듯 몸을 크게 젖혔다. 쿠로카와는 비스코의 포효에 답할 말을 찾지 못해서, 그저 새빨간 얼굴로 부들부들 떨 수밖에 없었다.

　"이 여행 중에, 우리는······ 『우리』와 『그 녀석들』은 그저, 두 가지 신념을 부딪치며 살거나 죽거나 했을 뿐이야. 기도에 선이고 악이고 있을 것 같냐. 나는 히어로가 아니고, 그 녀석들도, 너도 악역이 아니야! 진심으로『진짜』를 찍고 싶다면, 너도 전력으로 싸워. 처음부터 악역으로 죽으려고 한다면, 나도 적당히 할 거다!"

"끄으으으—!!"

"뭐, 뭐라고오?!"

비스코가 꺼낸 말을 듣자 쿠로카와는 목이 막혔고, 파우는 경악해서 외쳤다.

"그리지 않으면 활은 안 쓸 거니까. 초보자 수준인 철곤으로 싸우겠어."

"아카보시. 너, 너는!"

쿠로카와는 목이 막힌 가운데서도 필사적으로 말을 쥐어짜냈다.

"그래도. 그래도 히어로여야 한단 말이다. 고결하고, 순수하고, 폭력적으로 자유로운, 궁극의 존재라고!! 나의 사명은 그저, 너의……!"

"이러쿵저러쿵 지껄이지 말라고, 삼류 감독!!"

부우웅! 하고 휘두른 비스코의 철곤이 빠직! 소리를 내며 바로 방어한 쿠로카와의 오른팔에 파고들었다. 곧장 내지른 쿠로카와의 왼팔을 피하면서 다시 내려친 일격이 쿠로카와의 어깻죽지에 꽂혔다.

"너의 논리 같은 건 알 바냐. 진심이 아닌 녀석에게 진심을 낼 수 있을 리가 없다고 말하는 거야! 할 건지 안 할 건지 2초 안에 정해. 2, 1!"

"아아카보시이이이—!!"

노출된 허벅지로 펼친 쿠로카와의 돌려차기와, 「샤아앗!」 하고 받아낸 비스코의 돌려차기가 공중에서 맞부딪쳤다.

빠직!! 쿠로카와의 다리 피부에 금이 갔다.

"핫! 할 마음이 들었냐. 이제 겨우 2류구만!"

"기동 · 감독대협(監督大鋏)!"

쿠로카와의 외침과 함께 왼팔이 순식간에 변형하며 촬영 개시를 알리는 클래퍼보드를 본뜬 대형 가위를 만들었다. 곧장 옆으로 휘두른 비스코의 철곤을 그 보드가 『딱』 소리를 내며 받아냈다.

"그래…… 아직, 아직 부족해. 최고의 너를 찍기에는, 내가 아직 너무 약한 거다!"

빠직빠직빠직! 보드가 바이스 같은 힘으로 철곤을 찌그러 뜨렸다. 「으헤에」 하고 중얼거리던 비스코를 향해 오른손이 날아오자, 곧장 그를 안아 든 파우가 옆으로 몸을 날려 남편을 지켰다.

"파우! 가만히 있으라고 했잖아!"

"우쭐대지 마라! 내가 빈틈을 만드는 사이에 어떻게든 초신 궁을 만들어내!"

"하지만 철곤이 부러졌잖아. 너의 무기가 없어."

"얕보지 마라. 명필은 붓을 가리지 않아!"

파우는 그렇게 말하더니, 무너져가던 빌딩 옥상에 튀어나온 철근을 위협적인 완력으로 뜯어내서 그걸 철곤 삼아 부우웅! 휘둘렀다.

"기고만장하지 마라, 젖고릴라~~! 너의 영상은 필요 없어. 너 같은 녀석을 히로인으로 삼으면 손님이 쫄아서 돌아가 버린다고~~!"

"흥! 그럼 카메라 앞에서 나를 치워봐라!"

철곤을 든 파우 뒤에서 비스코가 즐겁게 활을 등에서 뽑아 냈다.

"정식으로 부부의 공동 작업을 하는 거지."

"후후. 그럼 케이크 입도를 해볼까!"

"시시한 애드리브를 넣지 말란 말이다, 이것들아—!"

파우는 울부짖는 쿠로카와를 향해 부츠를 내디뎠다. 여수라는 윤기 나는 흑발을 직선처럼 끌면서 절대 철인을 향해 철곤을 강하게 휘둘렀다.

"꺄아~!! 오른쪽, 오른쪽에서 와!"

"알고 있다니까!! 진정해, 티롤! ……아앗. 지금 내 망토로코 풀었지?!"

티롤을 등에 업은 미로는 이미하마의 밤거리를 날아다니며 싸웠다. 끊임없이 덮쳐오는 쿠로카와 휘하의 절대 목인은 이미 미로가 날린 버섯에 거의 반파됐는데도 좀비처럼 끈질기게 덮쳐오고 있었다.

오른쪽에서 덮쳐오는 한 대를 닻버섯 독으로 띨군 미로는 멀리서 빠직빠직 불똥을 튀기는 비스코 일행의 싸움을 지켜보며 움츠러든 듯이 표정을 일그러뜨렸다.

"시작됐어. 나도 어서 비스코 곁으로 가야……!"

"뒤이이이! 판다, 뒤!!"

"윽!"

티롤의 외침을 듣자마자 단도를 뽑은 미로는 몸을 돌리면서 휘둘렀다. 단도는 자신을 붙잡으려던 목인의 목덜미, 노출된 케이블을 훌륭하게 절단했고, 빠캉! 하는 작은 폭발이 일어나면서 머리가 날아갔다.

"해, 해냈어! 제법이잖아!"

"안 돼, 포위당했어. 이래서는 끝이 안 나……!!"

원형 울타리에 둘러싸인 작은 동물 공원.

미로의 말대로, 이미 30대의 목인이 서로 연계하면서 원이되어 미로를 둘러싸고 있었다. 조금 전 쓰러뜨린 목인의 머리에서도 슈륵슈륵 자율적으로 뻗은 케이블이 본체를 연결하고 있었고, 미로는 끝이 보이지 않는 싸움을 예감하며 표정을 흐렸다.

"이럴 때, 만약……."

나오려는 말을 삼킨 미로가 고개를 저었다.

"의존하면 안 돼. 내가 하는 거야! 여기서……."

"미로—! 와, 일제히 온다고!"

"윽!"

미로가 선 모래사장 위를 향해 무수한 목인이 일제히 덤벼들었다. 단도를 한 손에 들고 비장의 수단인 진언을 읊는 미로의 머리 위에서…….

뭔가 커다란 것이, 달빛을 가로막고 그림자를 드리웠다.

"won/shad…… 어라?"

"우효하~! 말뚝 박기다, 아쿠타가와!!"

빠쿠우웅!!

오렌지색으로 빛나는 왕집게발이 미로의 눈앞에서 떨어지면서 모래사장의 모래가 크게 치솟았다. 바로 눈앞까지 왔던 목인은 네 대가 한꺼번에 왕집게발의 먹이가 되어 엉망진창 찌그러진 고철로 변해 버렸다.

"콜록, 콜록! 뭐, 뭐야. 뭔데?!"

"……아얏!"

모래 먼지가 걷히면서, 달빛 아래에 오렌지색 갑각이 반짝였고…….

그 안장 위에, 노인 한 명이 모자를 고쳐 쓰면서 씨익 웃었다.

"조금 지각한 거냐? 뭐, 괜찮겠지."

"자비 씨!"

"자비! ……응? 어? 자비? 아니? 어째서?!"

티롤의 표정이 기쁨에서 의심, 의심에서 두려움으로 데구르르 변했다.

"아니, 어째서인데. 유령?! 할아버지. 주, 죽지 않았어?! 하지만 그게, 아, 아카보시의 화살에 맞아서, 그래서……"

"죽었어. 자비 씨는."

"지금 조크는 필요 없다고. 바보 판다!!"

"우효호호. 애송이는 농담하는 게 아니다. 봐라."

자비는 그렇게 말하며 턱을 들어서 자신의 목덜미를 티롤의 시선에 드러냈다. 놀랍게도 그 목은 강철 화살촉에 꿰뚫려 있었고, 그 목덜미에는 조잡하게 꺾인 백신 화살 샤프트가 튀어나와 노인의 녹꽃을 부쉈다.

티롤이 목소리도 내지 못하고 입을 뻐끔거리자, 미로는 기쁨과 쓸쓸함이 뒤섞인 조용한 목소리로 말했다.

"자비 씨는, 생물학적으로는 죽었어. 심장도 멎었어. 하지만, 그때⋯⋯."

"비스코의 초신궁은, 내가 죽는다는 결과까지 비틀어버린 거다."

우효호호, 하는 웃음을 덧붙인 자비가 아쿠타가와의 고삐를 잡았다.

"쓸데없는 것까지 빌기는. 덕분에 잠들 시간이 연장되고 말았구나⋯⋯ 뭐, 괜찮겠지. 꼴까닥할 때까지 날뛰어보기로 할까. 애송이는 어서 저 녀석에게 가봐라."

"자비 씨! 비스코와 저는 반드시 이기겠어요. 그러니까, 그러면⋯⋯!!"

"뭐냐? 귀지가 쌓였는지 축축한 이야기는 잘 안 들리는구나. 안 그러냐. 아쿠타가와!"

아쿠타가와는 눈앞에 주르륵 늘어선 쿠로카와의 목인들을 향해 왕집게발을 번뜩이면서 「뽀글」 하고 거품을 내뿜었다.

"전성기의 오우가이였다면 이런 녀석들은 5분도 걸리지 않앉을 게다. 어디, 너는 어떨까?"

안장에서 몸을 내밀면서 속삭인 자비의 목소리를 듣자, 아쿠타가와는 쿵, 쿵!! 하고 노골적으로 화를 내면서 여섯 개의 다리로 탄환처럼 도약하고는—.

쿠콰쾅!!

이미군이 디자인된 나선 모양의 미끄럼틀을 그 일격으로 납작하게 부숴버렸다. 그 위에서 빈틈을 엿보던 목인 두 대가 말려들어서 고철로 변했다.

"자비 씨!"

"야! 쫓지 마, 미로!"

저도 모르게 몸을 내민 미로의 목덜미를 흔든 티롤이 뒤에서 말했다.

"자비의 마음, 너도 알잖아. 저 할아버지는, 비유하자면 마지막의 마지막이 되어서야 사랑하는 딸을 너한테 양보한 거야! 그럼 넌 어쩔 건데. 신랑인 네가 제일 먼저 해야만 하는 건 뭐야?! 말해봐!"

"……신부를, 맞이하러 간다!!"

"내가 차 놓고서 이런 말 하기는 좀 그렇지만, 조금은 머뭇거려야지!"

탁! 하고 내디딘 미로의 다리가 그 몸을 공중에 띄우면서 외투를 펄럭였다. 이어서 활을 당겨, 버섯 화살의 목표를 높은 빌딩 외벽으로 잡았다.

놓치지 않겠다며 쫓으려는 검은 목인들을 자비가 날린 화살이 바로 꿰뚫었다. 그걸 곁눈질한 미로는 공중에서 티롤을 불렀다.

"티롤! 조금 거칠게 갈 거야!"

"뭐~얼, 이제 와서어!"

푸슝, 빠꿈!!

빌딩 벽에서 비스듬하게 피어난 거대한 새송이버섯은 미로와 티롤의 몸을 이미하마의 하늘 높이 띄웠고, 그대로 호를 그리며 비스코를 향해 날아갔다.

"으랴아아압!!"

부우웅, 쿠콰앙!!

후려친 철곤에 얻어맞은 쿠로카와의 얼굴이 가증스럽다는 듯 일그러졌다.

"몇 번이고 몇 번이고…… 이 그림은 이제 필요 없다고오오!"

철곤이 어깨에 파고든 채로 날린 반격의 보드 시저스가 드디어 파우를 붙잡았다. 옆으로 휘두른 그것이 파우의 복근을 강하게 후려쳤고, 파우는 옥상 바닥에 부딪히며 「끄헉!」 하고 토혈했다.

"카메라에서 꺼져라…… 너는 볼일 끝났어!"

증기를 뿜어내면서 필살의 감독포를 파우에게 겨눈 쿠로카와의 옆에서.

푸슝!

"윽!! 차원 편집!!"

태양의 화살이 날아오자 즉시 사차원 소용돌이를 전개해서 흡수했다. 전이된 화살은 쿠로카와의 뒤편에 꽂혔고, 빠꿈! 하고 피어난 녹식이 쿠로카와를 튕겨냈다.

  "파우!"

  "콜록! 괜찮다. 아무렇지도 않아…… 하지만 비스코, 초신궁은 아직 쏘지 못하는 거냐?"

  "으—으으음……."

  비스코는 파우를 일으켜 세우면서 뒷머리를 긁적였다.

  "뭐랄까, 동기가 없어. 미로를 구한다든가, 너를 되찾는다든가…… 그런 진심이 담긴 기도가 없으면, 초신궁은 쏠 수 없어!"

  "다시 말해서어~~!"

  감독포가 투쾅! 하고 불을 뿜으며 생성된 녹식을 날려버렸다. 그 연기 속에서 분노와 수치심으로 얼굴을 새빨갛게 물들인 쿠로카와가 미녀와 사이보그 반반이 된 모습을 드러냈다.

  "내가 아직, 약하다. 진심이 되기에는 걸맞지 않다…… 그런 뜻이냐. 아카보시이이."

  "그런 말은 안 했잖아! 단지……."

  "말하고 있잖아아아아—!!"

  투쾅! 하고 화포가 발사되자 비스코는 파우를 안고 피했다. 옆으로 구르면서 반박하려던 비스코는 쿠로카와의 표정을 봤고……

  "……히끅. 힉. 으으……."

  아연실색했다.

쿠로카와는 오열하고 있었다. 메파오샤의 흔적이 남은 얼굴 반쪽에서 눈물이 펑펑 떨어지면서 벌어진 가슴팍까지 내려왔다.

"나는, 배우로서 부족하다는 건가."

"반성했다고…… 죽고 나서. 좀 더 진지하게, 너와 마주했어야 했다고. 시시한 사회성도, 수치도 평판도 버리고, 좀 더 드러냈어야 했다고."

"그래서, 노력해서 살아남았다는 수치를 견디며…… 필사적으로, 오늘을 손에 넣었는데……."

"이런! 한심한 기계 몸뚱이가 되었는데도, 아직도! 너를 진심으로 만들 자격이! 나에게는 없다는 거냐아!"

사악의 화신이 얼굴을 꾸깃꾸깃 일그러뜨리며 보여주는 갑작스러운 눈물 앞에서, 비스코와 파우는 입을 쩍 벌린 채 굳어졌다.

그 눈앞에서, 쿠로카와는 반쯤 자포자기라는 듯이 감독포를 위로 들더니, 그 형상을 점점 거대한 파라볼라 안테나처럼 부풀렸다.

"감독포 · 멸망 형태!"
^{디렉터 캐논　　아마겟돈}

"우와악?! 뭐, 뭘 할 셈이야?!"

"히끅. 아, 앞으로 1분 뒤에 일본 전토에 핵 유탄을 퍼부을 거다. 너, 너 한 명은 쓰러뜨리지 못해도, 일본 전토를 초토화시킬 수는 있다고."

쿠로카와는 히끅, 히끅 울면서 거대 감독포에 녹 입자를 모았다. 칠흑의 포신은 점점 광채를 띠면서 고고고고, 하고 대기를 뒤흔드는 구동음을 내기 시작했다.

"이래도냐. 이래도 안 되는 거냐. 이래도 나에게, 진심이 되지 못하는 거냐아아아, 아카보시이이이——!!"

"나잇살 쳐먹은 어른이! 자포자기하지 말라고——!!"

비스코는 체내의 녹식을 불태우며 연속해서 태양의 화살을 날렸지만, 풀 오토로 전개된 차원 편집의 벽이 화살을 삼켜서 엉뚱한 방향으로 보내버렸다. 아무리 비스코라도 얼굴에 초조함이 떠올랐고, 이마에는 구슬 같은 땀이 맺혔다.

"트, 틀렸어. 초신궁이 안 나와!"

"비스코! 어떻게 안 되는 거냐. 쿠로카와는 진짜로 일본을 멸망시킬 셈이야!"

"알아. 알지만, 그래도!"

비스코가 어린애처럼 곤란해하며 말했다.

"그게 어쨌다고!? 일본이 어떻게 되든 딱히 상관없어! 그런 논리나 구실 같은 걸로 진심이 될 수 있을 리 없잖아—!!"

"으으으으으—! 빌어먹을, 빌어먹을—!!"

비스코의 외침을 듣자, 쿠로카와는 가뜩이나 많았던 눈물을 폭포수처럼 늘리면서 머리 위로 든 감독포의 출력을 점점 올렸다.

"그럼 정말로 한 번 멸망시켜주마!! 라스트 컷은, 모조리 불타버린 황무지로 변경이다! 발사 준비, 3, 2⋯⋯."

철곤도 활도 통하지 않는, 이미 제어 불능의 폭탄으로 변한 쿠로카와 앞에서, 파우가 몸을 던져 남편을 지키려 한……

그 직전.

슈우웅! 하고 번뜩인 크림슨 레드의 채찍이 쿠로카와의 오른 어깨를 휘감았다.

"1! ……뭐야?"

"기고만장한 싸구려 연극도, 거기까지다! 멍청아—!!"

빠-직빠-직빠-직빠-직!!

채찍에 붉은 스파크 같은 게 전해지면서 발사 직전이던 감독포를 멈췄다. 스파크는 그대로 쿠로카와의 몸 전체로 퍼져서 절대 철인의 방어 기구에 개입했다.

"앗?! 으으으으?! 뭐, 뭐냐 이건!"

"버둥거려도 소용없어. 내가 설계한 이 소머리 웝은! 절대 철인의 시스템 프로그램에 물리적으로 개입할 수 있으니까!"

스파크의 빛 때문에 눈을 가늘게 뜬 채 영문도 몰라 우두커니 서 있는 비스코와 파우의 눈앞, 쿠로카와의 뒤에서, 땀으로 범벅이 된 요란한 얼굴이, 채찍의 반동으로 전해지는 충격으로 붉은 드레스와 금발을 펄럭이며 비웃고 있었다.

"이때르으을, 기다렸다고. 메파오샤. 얕보기는. 나도 괜히 마토바의 기술고문을 하던 게 아니야. 멍청아아아아!!"

"저, 저 여자는……?"

"고피스!!"

"아카보시! 오래는 못 버텨!"

비스코의 경악한 얼굴과 쿠로카와의 고통스러워하는 시선 앞에서, 코 피어스가 「딸랑」 흔들렸다.

"이 소머리 윕이 통하는 동안에는 차원 편집을 전개할 수 없어. 지금 이럴 때, 이 녀석의 대가리든 심장이든 빨리 뚫어버려!"

"하, 하필, 이며어어언!"

쿠로카와의 입에서, 여자라고는 생각할 수 없는 지옥에서 울리는 원념 같은 목소리가 울려 퍼졌다.

"너 따위가, 너 따위가 나를 방해하는 거냐!! 배우도 스태프도 엑스트라도 아닌, 길가의 돌멩이에 지나지 않는, 떡칠 화장 암소 따위가아아아!!"

"크, 크하하하…… 겨우 보게 되었네, 그 멍청한 낯짝. 실컷 얕보던 나한테 한 방 먹은 게 무척 분하겠지. 그리고 떡칠 화장은 피차일반이야. 멍청아."

"주우우욱어어어어어!!"

쿠로카와는 스파크로 마비된 몸에 바이스 같은 힘을 담아 고피스를 향해 감독대협을 휘둘렀다. 그게 떨어지기 직전에 날아온 파우가 철곤을 부우웅! 휘둘러 튕겨냈다.

"비스코! 지금이다!"

파우의 목소리를 듣자, 쿠로카와의 시선이 비스코에게 향했다. 그 시선 너머에서…….

활을 당기고, 전신을 태양색으로 빛내며 머리를 휘날리는 비스코의 모습이 있었다.

"아, 카, 보시……"

"이제 충분하잖아, 쿠로카와."

비스코는 송곳니를 번뜩 빛내고는, 쿠로카와를 물어뜯으려는 듯이 웃었다.

"다음 장면은 저세상에서 찍으라고! 배우도 몇 명 짐작 가는 녀석이 있으니까!"

"아카보시이이이이!! 나는, 아직!!"

"시잇!"

푸슈웅!! 하고 날아간 태양의 화살이 채찍에 휘감긴 쿠로카와의 가슴팍에 꽂혔다. 비틀거리는 쿠로카와를 향해 연이어서 두 번째, 세 번째 화살이 꽂혔고, 쿠로카와의 몸은 빙글빙글 돌다가……

빠끔, 빠끔, 빠끔!!

녹식의 폭발과 함께 기계 부품을 주변에 흩뿌렸다.

온몸에 녹식이 발아된 쿠로카와는…….

"끄아."

목소리가 되지 못한 신음을 내지르면서 무릎을 풀썩 꺾고는, 엄청난 양의 증기를 피워 올리더니…….

마침내, 그곳에서 움직이지 않게 되었다.

"푸핫! 하아, 하아, 해냈나…… 하하하, 해냈어. 꼴 좋다, 멍청아!!"

"흥분하지 마…… 육도옥 부옥장, 고피스였던가. 어째서 이런 위험한 일을?"

"당연히 해야 할 뒤처리지. 쿠로카와를 되살린 건, 나, 나니까……."

마찬가지로 맥없이 쓰러지려다가 파우에게 부축을 받은 고피스는 거친 숨을 내쉬었다. 비스코도 그곳으로 다가가서 코피어스가 달린 특징적인 얼굴을 들여다봤다.

"육도에 같이 부임한 것도…… 절대 철인을 양산화하려면 베니비시의 힘이 필요했기 때문이야. 그, 그런데 이 녀석은, 마토바의 세이프 프로텍트를 스스로 풀어서, 비밀리에 자신을 계속 개조했지……."

"마토바 중공의 에이전트로서 책무를 다했다, 그런 건가?"

"핫! 그런 직함, 엿이나 먹으라지. 나는 이 녀석에게 한 방 먹여주고 싶었을 뿐이야…… 말려들어서 성전환을 당한, 원한도 있고…… 쿨럭, 쿨럭!"

고피스는 단숨에 거기까지 떠들고는 기침을 하며 각혈했다. 그걸 간호하는 파우를 곁눈질하던 비스코는…….

녹식에 물들어 쓰러진 쿠로카와의 앞까지 성큼성큼 걸어갔다.

"……."

"……."

"……."

"……으, 으……."

무릎을 꿇고, 지면에 고개를 숙인 채, 연기를 피워 올리는 쿠로카와에게서…….

조용한 신음이 들렸다.

"……아카보시."
"나는. 지루, 했던 거냐……?"

비스코는 입을 열지 않고, 그저 두 개의 비취색 광채로 쿠로카와를 응시했다.

"아카보시. 너, 너는, 그때, 나를……."
"죽인, 게 아냐."
"되살린 거다……! 그 화살은 나의, 시시껄렁한 거짓과 허세의 우리를 부수고, 모든 걸 드러낸 인간으로 만들었다…… 히어로라고. 너는, 나의……!"
"……."
"……좀 더, 보고 싶다고 생각했다."
"너는 나의 어둠 속에서 빛나는, 새빨간 안타레스야. 그게 어디까지, 끝없이 빛나는지, 보고 싶었어…… 그저 그것뿐, 그것뿐, 이었는데……!"

쿨럭!! 쿠로카와가 구토하자 체내에 들끓던 녹식의 버섯갓이 옥상 바닥에 흩뿌려졌다. 동시에 트레이드마크인 선글라스가 툭 떨어졌다.

"그런데…… 너의 최종 오의조차 끌어내지 못하고, 죽어가다니…… 시, 싫어…… 너의 모든 것을 보지 못한 채, 죽는, 다니―."

찰싹!!

회한에 잠긴 쿠로카와의 옆얼굴을, 비스코의 손바닥이 힘껏 후려쳤다. 저도 모르게 뺨을 누른 채 멍해진 쿠로카와의 얼굴에 꽉! 하고 이마를 박은 비스코가 잡아먹을 듯이 외쳤다.

"그렇다면!! 그렇게 질질 짜면서 약한 소리나 할 때가 아니잖아!!"

소년이 크게 외치자, 쿠로카와만이 아니라 파우, 고피스도 경악하며 일동의 시선이 비스코에게 모였다.

"팔이 없으면 이빨로 물어뜯어 죽인다. 이빨이 부러지면 눈으로 쏘아 죽인다! 진심이라는 건 그런 거잖아. 고작 버섯에 먹혔다고 간단히 포기하는 녀석한테!! 내가 진심이 될 리가 없다고!!"

그런 말도 안 되는 소리를……. 파우가 그렇게 중얼거린, 그 시선 너머에서…….

조금 전까지 힘을 잃고 있던 쿠로카와의 몸이, 꾸구궁, 하고 올라왔다.

"파, 팔이 없으면, 이빨로……!"

"그래! 이런 곳에서 끝내지 마. 일어서, 쿠로카와!"

""뭐어어엇?!""

두 여자의 비명이 겹쳤다.

"내가 별이라면 그래도 좋아. 짐 같은 건 전부 버리고, 거기에 손을 뻗어!"

"이빨이 부러지면, 눈, 으로오~~!!"

비스코가 내민 팔을 잡고, 올려다보는 쿠로카와의 시선이, 비스코의 눈과 마주했다.

그 순간.

후우우우웅!! 하고 주변에 불어닥친 돌풍과 함께, 비스코의 머리털이 단숨에 무지갯빛으로 물들었다. 머리털은 돌풍에 휩쓸리면서 『나나이로』 포자를 흩뿌리며 이미하마의 밤을 오로라의 광채로 뒤덮었다.

"앗?! 내 몸이……?!"

"아카보시이이이―!!"

『초신궁』, 그 전조를 알리는 나나이로의 광채…….

그것은 비스코의 의지로 인해 발생한 게 아니었다.

쿠로카와의 마음속에서 우러나온 기도가 비스코와 공명하여 가능성의 포자를 일깨운 것이다.

그걸 받아들인 비스코가 조용히 화살통에서 화살 한 발을 뽑자, 그것은 눈 깜빡일 사이에 손가락 끝부터 물들면서 한 발의 무지갯빛 화살로 변했다.

"비스코! 마무리를 짓는 거냐?!"

"그, 그래. 그 멍청이를 저승으로 보내, 아카보시!"

외치는 여자들을 곁눈질하던 비스코는 쿠로카와의 얼굴을 가만히 들여다봤다.

"……이건 아무래도,『너의』기도가 담긴 화살 같네. 쿠로카와."

"아, 카, 보시……."

"테이크 2는, 열심히 기도해서 매료시켜 달라고!"

푸슝!! 하고 지근거리에서 날린 비스코의 화살이 쿠로카와의 가슴을 꿰뚫었다.

무지갯빛 화살은 그대로 쿠로카와의 체내로 들어갔고…….

이윽고.

그 전신을 조금씩 무지갯빛으로 바꿨다.

"해냈다! 하하하, 이걸로 메파오샤 저 멍청이도……."

"잠깐. 뭔가, 낌새가……?!"

파우가 의아해하며 바라본 시선 너머에서 쿠로카와에게 돋아나 있던 녹식이 조금씩 무지갯빛 몸에 빨려 들어가더니…….

이윽고, 전신을 무지갯빛 광채로 감싼 쿠로카와가, 두 다리로 지면을 굳게 내디디면서 일어났다.

"……아카보시."

그 모습은, 침엽수 같은 머리를 일곱 빛깔로 반짝반짝 빛내면서…….

일말의 사악조차 정화된 듯, 그곳에 서 있었다.

"이걸로, 획실히, 되있을까?"

"적으로."

"너의, 라이벌로……."

　말없이 끄덕이며 웃은 비스코의 말을 받은 쿠로카와의 표정은—.

　오로라의 빛에 휩싸여서 알기는 어려웠지만, 아무래도 그건 『웃음』인 것 같았다.

　쿠로카와는 그대로 옥상 지붕을 무시무시한 각력으로 박차고 올라가더니, 밤하늘에 무지개를 걸면서 현청을 향해 일직선으로 날아갔다.

　"비, 비스코?! 뭘 한 거냐. 저 녀석은, 쿠로카와는 대체?!"

　"아니, 그게."

　비스코는 조금 겸연쩍은 듯 뺨을 긁적였다.

　"저 녀석의 기도를 써서 초신궁을 쐈거든. 나나이로의 힘을 받아들인 모양이야."

　"저, 저 녀석에게, 나나이로의, 힘을?!"

　"마, 마, 말도 안 돼."

　실신해서 쓰러진 고피스 옆에서 파우가 비스코의 목을 흔들었다.

　"무슨 바보 같은 짓을!! 파멸 의지가 응축된 듯한 여자라고!!"

　"그렇긴 하지만. 나쁜 녀석은 아냐…… 아니, 나쁜 녀석이지만, 뭐라고 말해야 좋을까? 순수한 녀석이야. 조금 더 이야기를 해보고 싶어서……."

　"너, 너, 너란 남자는……!!"

파우가 비스코의 목을 조이려던 직후, 현청 옥상에서 무지갯빛 광선이 뿜어져 나오면서 밤하늘을 반짝이며 내달렸다. 광선은 달 옆에 떠올라 있던 거대 인공위성을 찢어버렸고, 그 폭발의 빛이 이미하마의 밤을 순간적으로 낮처럼 비췄다.

"우하~. 화려하게 저질렀네."

"저 무지갯빛 철인, 이미 파괴신의 영역에 있다. 비스코, 책임질 수는 있는 거냐?!"

"당연하지. 저게 상대라면……."

날카롭게 웃은 비스코의 외투가 머리와 함께 나나이로로 물들었다.

"나도, 초신궁을 쏠 수 있어!"

쾅!! 하고 내디딘 비스코의 발밑에 무지갯빛 버섯이 뻐끔뻐끔 자랐다. 그 반짝반짝 빛나는 궤적을 바라보자…….

"……뭐 이런 녀석이 다 있어. 손쓸 방도가 없군…… 뭐, 이런 부분에 반한 거지만……."

파우는 한숨을 내쉬고는 발밑에 쓰러진 고피스가 거품을 내뿜고 있는 걸 보고는 서둘러 간호해줬다.

"뭐, 뭐야 저게?!"

높이 솟은 현청 옥상에서 무지갯빛 섬광이 이미하마의 거리로 날아오더니, 컬러풀하게 터지는 폭발이 몇 군데에서 일어났다. 광선은 멀리 있는 산이나 이웃 현 등등 무삭위적으로 날아갔고, 그 광선의 아름다움과 파괴의 공포 사이의 갭이 심했기에 거리의 사람들은 도망쳐야 할지 망설였다.

"저, 저게 쿠로카와……인 건가?! 대체 어째서, 저런……?!"

건물 지붕 한 곳에서 반쯤 멍하니 선 미로의 시선 너머, 현청에서 사람 그림자가 나타나더니 밤하늘에 일직선의 무지개를 그리는 게 보였다.

"앗!! 비스코!!"

미로는 전격적으로 빠른 속도로 그곳으로 뛰어갔고, 간발의 차이로 지면에 부딪히려는 그걸 받아냈다.

와장창!!

"아, 야…… 비스코, 괜찮아?!"

"얕봤어. 저 녀석, 엄청 강해."

비스코는 흐르는 코피를 슬쩍 닦으면서 뒤에 있던 미로에게 말했다.

"초신궁이 안 통해. 조금 예상 밖이야."

"안 통해?! 초신궁이?!"

"봐봐."

비스코가 자신의 고양이눈 고글을 풀어서 미로에게 장착해 줬다. 배율을 올려서 현청 옥상을 보니, 그곳에는 무지갯빛으로 반짝이는 쿠로카와의 모습이 보였다.

그리고, 그 주변에는…….

쿠로카와에게 향하려는 비스코의 화살이 계속 왕복하면서 노렸지만, 그때마다 무지갯빛 몸에 빼곡하게 뒤덮인 차원 편집의 벽이 화살을 전이시켜서 육체에 도달하지 못하고 있었다.

"뭐야 저게……?! 몸 그 자체가 차원 벽이 되었어!"

"나의 기도와 저 녀석의 기도가 호각인 거야. 이대로 가면 조금씩 밀리겠……."

"앗! 비스코, 위험해!"

번쩍! 하고 빛난 무지개색 사인을 본 미로가 즉시 에메랄드 큐브를 돌려서 눈앞에 강고한 진언벽을 만들었다. 무지개 철인이 날린 무지개 광선과 미로의 장벽이 부딪치자, 빛나는 입자가 불꽃놀이를 하는 것처럼 주변에 흩뿌려졌다.

"받아내는 게 고작이야……! 비스코! 어떻게든 저 녀석을 쏴!"

"알고 있어! 하지만……."

비스코는 다시 초신궁을 들었지만, 이미 한 번 막혀버린 초신궁을 다시 믿는다는 건 상당한 의지력이 필요한 일이다.

"젠장. 어떻게든, 한 발 더……!"

무지개 광선을 계속 받아내면서 고통으로 일그러지는 파트너의 얼굴을 본 비스코의 이마에 땀이 맺혔다…….

그때…….

"으랍—!! 전 채널 재킹, 전국 생중계다! 국민들아, 이 녀석을 봐라—!!"

""티롤?!""

마이크 소리가 들려오는 방향을 보자, 티롤이 몇 명의 스태프 이미군을 데리고 거대한 카메라를 비스코와 미로에게 돌리고 있었다.

"초선력에게서, 『도쿄』에게서, 홋카이도에게서!! 너희를 지켜

준 건, 이 아카보시 비스코와! 네코야나기 미로라고!"

카메라를 든 티롤이 무선 마이크에 대고 외쳤다.

"감사의 마음이 있다면! 응원하는 말 한마디라도 해주란 말이야!!"

* * *

"너츠! 빨리빨리, 비스코 형이 비치고 있어!"

"미로가 지고 있잖아. 부탁이야…… 힘내!"

"아카보시이이! 이런 곳에서 죽으면, 나는 용서할 수 없어!!"

"자, 잠깐. 너츠! TV가 망가져버려!"

"전원, 아카보시를 응원하는 거야. 기도해! 온 힘을 다해서, 아카보시의 무사를 기원하는 거야!"!

""오~!""

* * *

"뭐어어어어어어어엇!!"

"칸드리 님. 그렇게 힘을 주시면 혈관이 끊어집니다!!"

"무슨 상관이냐아아. 우리의 교조, 아카보시 님의 위기이지 않느냐!! 아케치슈, 각각 전력을 다해 법력의 기도를 바친다. 다들 준비는 되었는가!"

""예엡!""

"온! 큐르베이로, 아카보샤야!"

"""온! 큐르베이로, 아카보샤야."""

"온! 큐르베이로, 아카보샤아아—!!"

$$* \quad * \quad *$$

『가우.』

"우와앗?! 너, 너는 콜록, 아카보시 1호! 갑자기 돌아오다니 무슨 일이야!"

『가우.』

"TV? 콜록. 그, 그렇구나. 지금, 아카보시와 네코야나기에게, 큰일이……."

『……. 가우~~.』

『양손을 맞대고…… 그건, 그, 그, 기도, 인 거니? 목인인 네가, 어째서…….』

『가우!!』

"아, 알았어! 나도 할게…… 콜록. 이 나마리가, 설마 신에게 부탁하게 될 줄이야."

$$* \quad * \quad *$$

"우~야아!"

"""우~야아!"""

"우~야아!"

""""우~야아!""""

"우~야아!"

""""우~야아!""""

"조, 족장님. 휴식……."

"우~야아!"

""""우~야아!""""

* * *

"잠깐, 너. 이거, 걔 아니야?"

"걔라니 누구야. 전 남친 이야기는 그만둬. 그 녀석 마누라 있더라."

"그게 아니야! TV 이야기. 그거 있잖아. 콘조신 접수대에서 인두질을 했던……."

"어머나, 진짜잖아!! 아이참~~ 변함없이 좋은 남자네…… 옆에 있는 꼬마도 꽤 좋은 얼굴이 되지 않았어?"

"근데 이거 뭐야? 영화인가? 지금 당하기 직전이야?"

"배우가 된 걸까? 뭐, 그래도 악역이겠지. 악역 면상이잖아."

"이기면 재미있겠네."

"그러게."

"응원해줄까? 하나~~두울."

""""이겨라 이겨라, 양아치~~!""""

"이노시게 씨!! 보, 보세요. 이거, 이거!!"

"아아앗?! 이 녀석, 아카보시! 아카보시잖아!!"

"파트너인 네코야나기도 같이 있어요. 게다가 여기, 이미하
마라고요!"

"이 녀석이라면 쿠로카와 그 망할 자식에게 덤볐을 게 틀림
없어! 해치워, 아카보시!! 군마 제압 하마 페스타에서 희생된
모래 하마들의 원수를 갚아줘!"

"응원하죠! 시~작!"

""""아카보시이이이이—!! 힘내라아아아———!!""""

우르르르릉, 천둥 같은 소리가 들리면서…….

갑자기 상공, 비스코의 머리 위에 정체 모를 강대한 포자의
소용돌이가 쏟아졌다!

"응?! 우오오오옷?!"

엄청난 포자의 흐름이 비스코의 몸에 소용돌이치며 휘감았
고, 그건 모두 무지갯빛 광채의 일부가 되어 흡수되었다. 쇠
약해졌던 비스코의 눈동자, 비취색 광채가 일찍이 본 적이 없
을 정도로 강한 빛을 발하기 시작했다.

"비스코?! 괜찮아?!"

"……쏠 수 있어!! 뭔지는 모르겠지만, 단숨에 나나이로가 각성했다고!!"

비스코는 활을 강하게 당기면서 무지갯빛 숨을 내쉬었다.

"이대로 가겠어! 3, 2……."

"아직이다!"

콰앙!! 하늘에서 오렌지색 유성이 비스코 앞에 착지하며 장벽이 아슬아슬하게 한계였던 미로를 뒤로 감싸며 자신이 방패가 되었다.

"자비! 아쿠타가와!"

"가장 중요한 기도가 빠지지 않았느냐. 그래서는 저 녀석을 죽일 수는 있어도, 구할 수는 없어."

「우효호」 하고 웃는 수염이 광선의 빛에 비치며 빛났다.

"이 쿠로카와 빔은 맡겨두거라. 10초 정도는 버틸 수 있다!"

"가장 중요한, 기도……?"

"비스코!!"

등을 서로 맞댄 미로가 비스코의 활과 화살을 잡았다. 방어를 아쿠타가와에게 맡기고 전개한 진언 큐브가 비스코의 활을 진언궁으로 바꿨다.

"나를 뺀 기도를 사용해서, 초신궁을 쏠 생각이었어?"

"미로, 너……?!"

"한 번 더 매료해줄게. 내게서 눈을 돌리지 마. 비스코!"

비스코는 거기서, 별처럼 반짝이는 미로의 눈동자와 정면에서 눈을 마주했다.

눈이 아찔해지는—.

눈이 아찔해지는 압도적인 마음이 화악!! 하고 머리털을 곤두세우는 충격과 함께 비스코에게 눈사태처럼 밀려왔다. 마치 폭주한 것처럼 비스코에게서 흘러나온 나나이로 포자가 미로를, 진언궁을, 자비를, 아쿠타가와조차 삼키며 극광의 광채로 감쌌다.

"말했지? 너를 믿는다고. 온 세상에서 모은다 해도, 나 한 명에게는 못 당해!"

자신과 같은 무지개색 머리털을 펄럭인 미로가 웃었다. 비스코는 송곳니를 드러내며 웃으면서 그걸 받아들이고는 머나먼 곳, 쿠로카와를 향해 둘이서 활을 당겼다.

"가라아! 이걸로 크랭크 업이야, 비스코!"

"필 살 !!"

""제곱 초신구우웅————!!""

푸슈우웅!! 하고 날아간 것은 이미 화살이 아니라 무지개 그 자체였다. 무지개의 빛은 갑각에 금이 가면서도 버티던 아쿠타가와의 전방, 쿠로카와에게서 발사된 광선을 가르면서 현청 옥상을 향해 돌진했다.

『아!!』

무지개 사람 형태로 변한 쿠로카와는 광선을 가르며 날아오는 화살을 응시했다. 그리고 곧바로 자신의 위기를 느끼고는, 발사하던 광선 구성을 모두 디펜스로 돌렸다.

『아름답, 구나. 아카보시. 하지만, 이, 벽, 은…….』

까킹!!

『응?!』

전방에 전개한 차원 벽에, 무지개 화살이 『꽂혔다』.

화살은 그대로 빠직빠직 차원의 벽을 파고들면서, 쿠로카와의 배를 향해 전진했다.

『다른 차원, 에, 파고, 드는, 화살이라고……!!』

빠직, 빠직, 빠직!!

『여, 여기, 까지, 도달한 거냐, 아카보시. 여기까지 믿고, 화살을 쏜 거냐.』

이미 형태 없는 것조차도 깨부수는 신의 화살이 출력을 풀로 전개한 차원의 벽을 완전히 부수려 하고 있었다.

이미, 『꿰뚫렸다』―.

그걸 이해한, 쿠로카와는.

『크.』

『하하.』

『하하하!』

『해냈다. 해냈다고. 해냈다아――!!』

웃었다!

『나는, 찍었다…… 끌어낸 거야. 기적의 활을. 진짜 아카보시를!!』

"이봐～, 쿠로카와—!!"

전개한 차원 필드 너머에서, 활기찬 목소리가 들려왔다.

"그게 정말로, 나와 미로의 본심이야! 확실히 찍었겠지?!"

『아, 아카보시!!』

쿠로카와는 바늘 같은 머리털을 바람에 펄럭펄럭 휘날리면서 외쳤다.

『완벽하게 찍었다, 아카보시! 완전무결한 라스트 신. 감독이 준비한 배드 엔딩을 깨부수는! 안타레스의 광채를!!』

"출연료는 필요 없으니까, 약속해!"

미로의 부축을 받은 비스코의 눈동자와 쿠로카와의 눈동자가 마주했다. 빛의 화살에 꿰뚫리기 직전인 쿠로카와를 향해, 비스코는 송곳니를 번뜩이면서…… 날카롭게 웃었다.

"다음 생에서는, 서로 연극 같은 건 없이 만나자고, 쿠로카와!"

『아카보시!!』

『나는.』

『나는!』

『나는, 너를 만나서——.』

투콰아아앙!!

극광의 빛이 차원 벽을 산산이 부수며 마침내 쿠로카와에게 꽂혔다.

『우오오오오오오!!』

운명이 그걸 끌어들였는지, 화살이 꿰뚫은 곳은 쿠로카와의 복부― 일찍이 두 사람이 최초의 여행에서 쿠로카와를 꿰뚫은 곳과 똑같은 부분이었다.

화살은 그대로 쿠로카와의 몸을 상공으로, 상공으로―.

구름 너머까지 맹렬한 스피드로 데려갔다.

쿠로카와에게서 쏟아지는 나나이로 가루가 밤하늘에 비스듬하게 걸린 오로라 다리를 만들었다. 일본에 사는 모두가 그걸 보며 배웅했다.

『아아……!』
『나의 밤에, 무지개가 걸리는구나!』

공중에서 무너지는 자신의 몸을 안으면서…….

『사랑한다. 사랑한다, 아카보시!!』

쿠로카와가 마지막으로 외쳤다.

『이걸로!』
『아카데미상은!』
『틀림없다아――!!』

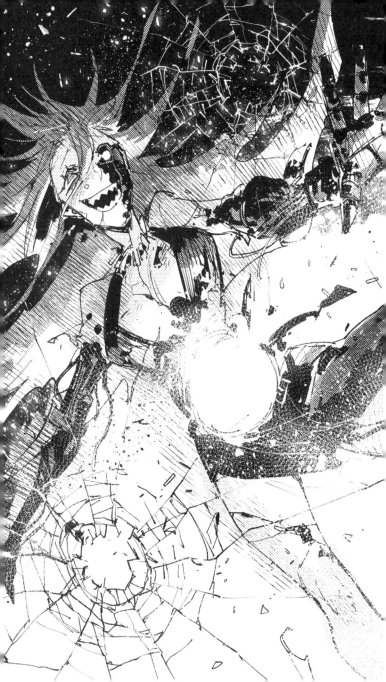

빠카아앙!!!

대지를 뒤흔드는 작렬음이 일본 전체에 울렸다. 제곱 초신궁과 쿠로카와의 나나이로 포자가 호응해서 어마어마한 대규모의 나나이로를 공중에 뿌린 것이다. 거대한 원형으로 피어난 나나이로는 그대로 상승을 멈추지 않고 어마어마한 스피드로 대기권을 뚫었고, 그리고……

밤하늘에 둥실둥실 떠오른, 무지갯빛으로 빛나는 작은 행성이 되어 그곳에 머물렀다.

"……무, 무슨 일이, 일어난 거야……."

고피스는 붉은 드레스를 그을음으로 물들인 채 옥상에 주저앉았다.

"……흠……."

파우는 그건 아랑곳하지 않은 채 눈처럼 사르르 내려오는 무지갯빛 포자 속에서 흑발을 나부끼며 섰다.

"뭐, 요약해서 말하자면, 쿠로카와가 행성이 됐다."

"너무 요약했잖아. 멍청아!!"

문득…….

하늘에서 무지갯빛 가루에 감싸인 무언가가…… 마치 파우가 목표라는 듯이 떨어졌다.

파우는 그걸 잡아서 빤히 들여다봤다.

"……이건?"

"마이크로 기록 칩이네."

고피스가 어느새 뒤에서 그걸 들여다보고는 부지런히 말했다.

"쿠로카와 녀석. 뇌 속에서 카메라를 돌리고 있었잖아. 아까 싸움도 처음부터 끝까지 들어있을 거야…… 그딴 건 그냥 움켜쥐어서 부숴버려."

"……."

파우는 고피스의 말대로 움켜쥔 오른손에 힘을 주려 했지만……

이윽고, 그만뒀다.

칩을 품에 넣은 시선 너머, 어느 건물 지붕 위에서…….

""쿠울~~!""

커다란 숨소리를 내며 잠든 두 소년, 노인 한 명, 게 한 마리.

"나 참! 제멋대로라니까. 기다리는 사람의 마음도 모르고……."

파우는 조금 뾰로통한 듯 말하면서도 금방 표정을 풀며 웃었고……

무지갯빛으로 반짝이는 거리를 넘어서 비스코와 미로에게 향했다.

12

【 영화 【라스트 이터】, 흥행 수익 2억 닛카의 몬스터 히트!! 】
아카데미상에 『잠깐』?! 관계자 찬반양론

전 이미하마 현지사였던 고(故) 쿠로카와 감독의 대규모 프로젝트 『라스트 이터』가 공개 당일부터 파죽지세로 관객을 늘리고 있다. 일본 전토를 대혼란에 빠뜨리면서까지 촬영을 강행했던, 광기의 소행이라고도 말할 수 있는 본작. 전국 규모의 화제와는 달리, 이런 목소리도…….

『고(故) 쿠로카와 감독은 모든 것을 「실제」로 찍은 의욕작이라고 말했지만, 이 배신에는 흥이 식는다. 생각대로 꺾이는 화살, 차원을 넘는 화살 등등, 아무튼 후반은 픽션의 농도가 짙다. CG 합성도 마구 넣어서(특히 그 무지갯빛!) 도저히 높이 평가해줄 수가 없다.』(영화제 관계자)

『이런 미지의 기술을 영화 같은 데서 쓰다니 대단한 손실.』 (전 대기업 전속 개발자)

『객석이 너무 비좁다.』(모 현 재판관)

지금 일본을 석권하고 있는 【라스트 이터】 열풍. 과연 그 평가는 어떻게 내려질까? 영화 내용과 마찬가지로, 이 파란의 전개에서 눈을 뗄 수 없다. (이미하마 신문부)

『〈사설〉 재임! 현지사 네코야나기 파우, 근육의 공약 3면←』

『4컷 만화 「아카보시 군」은 작가 급병으로 인해 휴재합니다.』

"아앗. 티롤 조감독님이다! 이쪽이야, 카메라 돌려!"

"조감독님! 부디 잠시만 시간을!"

"아~항? 곤란하네~~."

아카데미상, 수상식장.

우락부락한 SP의 보호를 받으며 호화로운 하얀 오픈카에서 내려온, 시크한 옷을 입은 해파리 머리 여자.

끊임없이 터지는 플래시 속에서 선글라스를 반짝이며 걷는 그 표정은 완전히 평소와 같은 의기양양한 모습을 되찾았다.

"곤란하다니까~, 매번매번. 나도 한가하지 않은데 말이지~."

"조감독님! 쿠로카와 감독님이 세상을 떠난 지금, 조감독님이 모든 권리를 양도받았다고 들었습니다만."

SP의 어깨 너머에서 어떻게든 마이크를 뻗은 기자가 티롤에게 물었다.

"이 막대한 수익에서, 대체 몇 할을 티롤 조감독님이……."

"이~ 녀석도 돈 이야기인가. 끌어내."

"아앗, 잠깐만요. 와아아악~!"

SP에게 내동댕이쳐진 기자의 말로를 보면서, 티롤은 자신만만하게 유유히 카펫 위를 걸었다. 멈추지 않는 플래시를 받으며 빛나는 그 핑크색 머리를……

약간 멀리서, 한 여자와 아이가 지켜보고 있었다.

"정말이지 빈틈이 없다고 해야 할지, 근성이 대단하단 말이야. 저 누나도."

소라 모자를 벗고 머리를 긁적이던 상어 마스크 소년이 중얼거렸다.

"그렇게나 죽을 뻔했으면서도, 용케 저걸 돈으로 바꾸려고 생각했다니까."

"그게 티롤이라는 여자인 거다. 너츠."

아름다운 목소리로 웃은 파우기 너츠의 머리를 마구 쓰다듬었다. 너츠는 약간 얼굴을 붉히면서 파우를 살짝 올려다보고는, 약간 억지로 소라 모자를 뒤집어썼다.

"저 녀석의 활약이 없었다면 지금쯤 내 목숨도 없었어. 뭐,
장사 정도는 허락해줘야지…… 저 녀석은 억척스럽게 버는 만
큼, 씀씀이도 헤프니까."

"근데 지사님도 봤나요? 그 영화. 전 뭐가 재미있는지 전혀
모르겠던데요. 아카보시가 날아다니는 신이야 볼만했지만, 다
른 건 그저 쿠로카와의 독백이 들어있을 뿐이었는데……."

"음. 뭐, 나도 전혀 재미있게 보지는 않았어."

그녀는 어딘가 아련한 눈으로 과거를 돌이켜보듯 눈을 가늘
게 떴다.

"하지만…… 봤을 때, 생각했지. 쿠로카와는…… 그 여자는
악이었지만, 간사하지는 않았어. 정말로 그저, 비스코가 좋
던 거다…… 나나 미로와는 다른 형태로. 그러니까 자신의 암
흑을 최대한 어둡게 만들고, 그 안에서도 빛나는 비스코를 그
눈에 새기고 싶었던 거겠지."

"……. 그렇다고 치더라도, 왜 그걸 영화로?"

"……. 분명."

파우는 잠시 고민하다가, 누구에게랄 것도 없이, 중얼거리
듯 말했다.

"그 녀석은, 자랑하고 싶었던 게 아닐까? 나는 이런 굉장한
녀석을 좋아하게 되었다면서……."

너츠는…….

평소답지 않게 감상에 젖은 파우의 목소리와, 아련한 시선

을 보내는 그 아름다운 눈동자에서 눈을 떼어놓을 수 없었다. 「지사님치고는 무척 센티멘털한 소리를 한다」라는 말이 입 밖으로 나오려 했지만, 또 손등에 얻어맞아 코가 꺾이는 건 싫어서 그건 그만뒀다.

"슬슬 상을 발표하겠군. 티롤의 명운, 지켜보기로 할까."

"이제 됐잖아요. 충분히 벌었을 텐데."

너츠는 그렇게 말하고는 문득 주변을 두리번두리번 살폈다.

"그러고 보니, 아카보시와 네코야나기는 어딨나요? 그 녀석들, 주연이잖아요. 안 오면 곤란한 것 아닌가요?"

"녀석들은 결석이야. 이런 곳에 나올 수 없는 중요한 용건이 있으니까. 원래는 나나 티롤도 그쪽에 가고 싶었지만, 버섯지기 말고는 출입이 허가되지 않았어."

"중요한 용건, 이라니. 이것 이상으로—."

『그럼 여러분. 오래 기다리셨습니다!!』

단상에서 풍채가 좋은 신사가 두 팔을 펼치면서 시상식장의 박수를 받아냈다.

『전 일본 애프터 아마겟돈 영화제도 실로 20주년의 개최를 맞이하게 되었습니다. 이것은 멸망에도 과감히 떨쳐 일어난 영화인들의 피와 땀과 갈등의 역사이며…….』

"됐으니까 빨리 발표해~~!!"

"넌 매년 이야기가 길다고~~!!"

『……그럼 영예로운 영화상 발표에 들어가겠습니다.』

퉁명스럽게 봉투를 받은 신사는 그 안의 종이를 보자 바로 미소를 되찾았다. 그리고 일동을 바라보면서, 크게 숨을 들이쉬었다.

무심코 몸을 내민 티롤, 파우, 너츠!

『올해의, 아카데미 영화상.』

『그 영광에 빛나는 것은! 이 작품─!』

＊＊＊

시코쿠, 버섯지기의 마을.

취락 중심에 펼쳐진 커다란 텐트 안에서, 엄선된 버섯지기 정예들이 모여 양손을 맞대고 일제히 염불을 외우고 있었다.

제사상 여기저기에 흩어진 버섯 횃불에서는 불똥이 여기저기 뿌려지고 있고, 큰북을 두둥두둥두둥 울리면서 강한 냄새를 가진 향도 피웠으며, 이 자리에 있는 전원이 심상치 않은 땀을 흘리고 있었다.

그리고 그 중앙, 주변에 횃불이 꽂힌 커다란 침대에는……

"헤엑, 헤엑, 헤엑."

목에 화살촉이 삐져나온 채로 거친 숨을 몰아쉬는 영웅·자비가 누워있었다.

초신궁에 의해 살아난 그 목숨도, 본래의 수명까지 늘릴 수는 없었다. 지금은 죽음의 늪에 아슬아슬하게 잠긴 상태다. 자비는 이제 생애를 마치려 하고 있었다.

"자비! 괜찮아? 기도가 막혔어?!"

"역시 마취해야 해요! 이런 건 괴로울 뿐이라고요!"

바로 옆에서 떨리는 자비의 손을 잡은 두 소년에게…….

"시, 시끄럽다아아~~! 내버려 둬라~~!"

자비는 눈을 확 부릅뜨면서 일갈을 날렸다.

"임종 때까지 꼬마의 신세나 질 수 있겠느냐! 헤엑, 헤엑, 으으으오오, 젠장. 눈이 흐릿해졌구나. 슬슬, 헤엑, 이 헤비카와 아케미도, 끝인가!"

"자비!"

"자비 씨!!"

비스코와 미로는 눈에 눈물을 머금으면서도 그저 손을 잡고 있을 수밖에 없었다. 다른 버섯지기들도 이제 참을 수 없어진 듯 두 사람의 어깨를 부여잡으면서 침대 위로 올라왔다.

"자비! 당신은 우리의 자랑이야. 저세상에서도 무쌍의 궁성(弓聖)으로서, 엔비텐의 오른팔에 오를 게 틀림없어. 천계에서 우리를 지켜봐달라고!"

"내 남편도 천계에 있을 거야. 부디 안부 전해줘!"

"내 아내도 먼저 갔어. 나는 건강하다고 전해줘!"

"내 아버지한테도!"

"내 손주한테도."

"멍청이들아~~~!! 기억할 수 있겠냐. 전원, 종이에, 적어라아~~~!!"

이제 5분 남짓이면 죽을 노인의 터무니없는 박력에 눌린 버섯지기들은 확 흩어져서 다시 염불을 외웠다. 자비는 마지막

힘을 쥐어짜서 상체를 일으키고는 믿을 수 없는 힘으로 비스코의 손을 잡았다.

"아, 안 보이는구나…… 비, 비스코! 거기 있는 거냐?!"

"자비! 나는 여기야. 여기 있다고! 들려? 자비!"

"젠자아아앙, 역시, 죽고 싶지 않구나~~!!"

자비의 외침과 함께, 비스코와 자비는 서로 이마를 맞대고는…….

울면서, 힘껏 웃었다.

"역시, 너한테 이기고 싶었다. 비스코!! 젊은 몸으로 돌아가서, 마음껏 싸워보고 싶었다…… 미련 같은 건, 무한히 있단 말이다. 무한히!"

"바보 같으니라고~~!! 죽기 직전까지 체념을 못 했잖아, 영감~~!"

자비의 몸을 안은 비스코가 눈에 한껏 담아둔 눈물을 펑펑 흘렸다. 하지만 그것은 회한이나 후회의 눈물이 아니라, 그저 말로 다 할 수 없는 사랑의 눈물이었다.

"앞으로 1분 안에 이루어줄 수 있는 게 없을까? 내가 할 수 있는 거라면 뭐든지 할게!"

"앞으로 1분?! 으오오, 앞으로 1분……!"

자비는 흐릿한 눈에 기력을 가득 담아서 소중한 듯이 들고 있던 『종활 노트』를 떨리는 손으로 펼쳤다. 노트의 마지막 페이지에는…….

∨ 비스코와 마음껏 싸운다.

그곳에 체크가 들어가 있었고, 거기서 끝났다.

"이제 아무것도 없구나! 할 수 있는 건 다 했다. 이제 와서, 아무것도……."

자비는 거기까지 말하고는, 죽기 직전에 와서 한층 동그래 진 눈을 확! 부릅떴다.

"아아!"

"뭔데, 자비?!"

"술이다."

자비가 중얼거렸다.

"장로 녀석밖에 마실 수 없다고 하는, 통뱀 혀를 넣어서 만든 『통뱀술』이 있지. 장로의 거처에 숨겨놨을 거다. 그걸. 그걸, 한 모금……."

"마지막 술이구나!"

비스코는 자비를 안은 손을 놓고, 눈물을 확 닦으며 일어났다.

"버티고 있어, 자비! 내가 금방 가져올 테니까!!"

"잠깐, 비, 비스코! 여기에 네가 없으면!!"

"미로, 자비의 손을 부탁해! 최대한 세게 잡고 있어!"

비스코는 지금까지 본 적도 없는 질풍 같은 속도로 뛰쳐나 가더니 장로의 집 벽을 몸으로 부수고 안으로 들어갔다.

"술은 어딨어―!!"

"히에엑―!! 오니!!"

졸도하는 장로의 아내를 곁눈질한 비스코가 늑대처럼 후각 으로 장로 집을 뒤졌다.

"······여기냐아—!!"

투쾅!

비스코가 공중에서 내리찍은 발꿈치 찍기가 장로의 의자를 뚫고 나가자, 그 아래에 자물쇠가 걸린 창고 문이 모습을 드러냈다. 비스코는 그대로 다리를 휘둘러 자물쇠가 걸린 문을 부수고는 아래로 이어지는 계단을 구르듯이 내달렸다.

"통뱀술, 통뱀······!!"

아니나 다를까 그곳은 술을 보관하는 저장고였고, 크고 작은 다양한 술병이 비좁게 들어차 있었다. 그중에서도 한 병······이라면 대단히 고된 작업이 될 것 같았지만, 비스코의 동물적인 감은 안쪽에 모셔진 신단 같은 곳, 그곳에 있는 『통』이라고 적힌 작은 술병을 날카롭게 찾아냈다.

"이거구나—!!"

쾅앙!!

"히에엑—!!"

지하에서 뛰쳐나온 기세로 장로의 아내를 다시 졸도시킨 비스코는 자신이 날리는 화살보다도 빨리 자비의 곁으로 향했다.

"자비—!! 있어, 술이야. 통뱀술이라고!!"

그러나.

그러나······.

크게 외친 비스코를 맞이한 것은, 조용해진 일동이었다.

"비스코······!!"

돌아본 파트너의 얼굴이, 펑펑 흐르는 눈물로 흠뻑 젖었다.

"지금. 바로, 지금……!"

미처 말을 하지 못한 채 훌쩍이는 파트너의 모습을 보자.

비스코는 그저, 천천히 힘을 빼고, 조용히…….

길을 여는 버섯지기들 사이를 지나, 한 걸음 한 걸음, 침대를 향해 걸어갔다.

"……."

"자비."

눈은…….

뜨고 있다.

풍성한 흰 수염, 굳게 다문 입.

의연한 그 얼굴은, 뭔가 신불의 동상 같은…… 그런 관록을, 풍기고 있었다.

"……."

비스코의 손이 자비의 얼굴을 매만졌고…….

그 눈을, 조용히, 감겨줬다.

"아주 잠시만……."

"작별이야."

"저세상에서, 자비가……."

"날뛰다가 지겨워질 즈음에, 만나러 갈게."

"……자비."

"아버지."

"고마워……."

비스코는 그렇게 말하고는 눈을 감고, 자비의 이마에 자신의 이마를 툭 대고는…… 얼굴을 떼어놓고, 통뱀술을 열어서 몇 방울을 입술에 흘려줬다.

그리고…….

남은 술을 『쭈우욱!!』, 단숨에 자기 위장 속으로 몽땅 흘려넣었다.

「오오!」 하는 소란이 일어났다.

가장 놀란 건 미로였다. 왜냐하면 비스코는 술을 정말 못마시는데, 저렇게 세 보이는 통뱀술을 단숨에 마셔버리면 몸이 어떻게 될지 모른다.

"비, 비스코, 무리하기는! 너는—."

"버섯지기의 영웅! 천하무쌍의 궁성 자비는, 죽었다!!"

그 자리의 분위기를 화악! 휘어잡는 의연하고 강한 외침이 비스코에게서 울려 퍼졌다. 버섯지기들은 일제히 자세를 고쳐서 침대에 선 비스코에게 시선을 보냈다.

"지금 이때를 기해 자비는 육체의 족쇄를 벗어던지고, 하늘로 올라가 큐세이텐(弓聖天)의 이름을 영원히 새겼다! 새로운 신이 태어난 경사스러운 날이니, 일동은 새로운 신의 이름을 외쳐라!"

버섯지기들은 그 말을 듣자 아주 잠시 망설였지만—.

"……자비!"

""자비!!""

""큐세이텐·자비!!""

""우리 버섯지기에게, 큐세이텐 자비의 가호 있으라!""

입을 모아 자비의 이름을 외치며 자신의 활을 머리 위로 들었다.

비스코는 송곳니를 드러내며 미로를 바라봤다. 이미 비스코에게 눈물은 없었다. 한편 미로는 여전히 눈물로 흠뻑 젖은 얼굴을 닦고는, 한껏 얼굴을 반짝이며 웃었다.

"좋아, 이 자식들아! 마지막으로, 마무리 박수 가자!"

"손뼉 준비되었습니다!"

소년들의 선창에 맞춰서 버섯지기 전원이 양손을 펼쳤다. 횃불은 격하게 타올랐고, 큰북은 한층 격하게 울렸다.

"영웅·자비의 승신(昇神)을 축하하며!"

""야———압!!""

『짜악!』

■작가 후기

"너는 약해졌다. 무언가를 꿰뚫는 데도 목숨을 걸었던 그 시절과는, 달라."

원고 속에서 자비가 비스코에게 그렇게 말했다.

'……으응??'

묘하게 근질거리는 걸 느끼면서 계속 쓰자, 자비는 이렇게 말을 이었다.

"너는 자신에게 기도하는 걸 잊었다. 자신이 한 발의 화살이라는 걸, 잊은 거다."

'……. 이 영감, 나한테 말하는 건가……!'

아무래도 자비의 눈은 비스코를 통해서 나를 보고 있었던 것 같다(당시에는 그렇게 생각했다).

모니터 너머로, 이야기 속에서 나를 훈계한 것이다. 자신이 창작한 캐릭터에게 설교를 듣게 되는 것도 꽤 드문 체험이라 할 수 있겠지.

확실히, 비스코와 나는 정신성의 궤적이 비슷하다.

1권에서 믿을 수 있는 파트너를 얻고 『화살』이 되었던 비스코는 2권, 3권에서 자신의 기도를 쏴서 흩뿌렸고, 동료를 얻어서 세계의 긍정에 익숙해지며, 만족하고 말았다. 그리고 4,

5권에서는 일종의 『신』이 되어 자신이 아니라 누군가의 기도를 위해, 동료를 지키기 위해 분투하게 되었다.

성장 곡선으로는 자연스럽겠지만, 이것에 대해 자비는 「너는 신이 아니라, 화살이다」라고 말한 것이다. 우쭐대지 마라, 수비에 들어가지 말라면서…….

갑자기 그런 말을 해도…….

나는 곤란해져서, 일단 이 대사를 비스코에게 건넸다.

그러자 비스코는 그 말을 받아들이고, 『신』과 『화살』의 두 측면을 겸비하게 되었다. 즉, 『만족하면서도 굶주려 있다』라는 철학, 선악의 개념과는 다른 독자적인 중립을 손에 넣기에 이른 것이다.

너, 이러면 안 되잖아. 미성년을 이런 경지로 올리다니.

아무튼 이 철학을 화살로 바꾸기 위해, 그에게 『초신궁』이라는 기술을 줬다. 이건 쏘기만 한다면 세계의 형태를 뭐든지 기도한 대로 바꿀 수 있다(터무니없는 기술이다).

하지만 현실에서도 비스코 정도로 강인하면서 다정한 의지력과 철학이 있다면, 시간이야 걸리더라도 어지간한 일은 기도한 대로 될 테니까.

"뭐, 괜찮겠지."

그렇게 느끼고 있습니다(너무 대충이잖아……).

비스코는 항상 한 걸음 앞서갑니다. 물론 비스코는 저의 「이렇게 되고 싶다」라는 기도를 담은 기울이니 어쩔 수 없지만, 너무 거리가 멀어지면 다음 비스코를 쓸 수 없죠.

감으로 더듬어가며 상에 응모했던 처음 시절을 떠올리면서,
빨리 그를 따라가고 싶다고 생각합니다.

그럼, 또 뵙겠습니다.

코부쿠보 신지

■ 역자 후기

안녕하세요. 불초 역자입니다.

이번에는 여러모로 쿠로카와를 위한 이야기였습니다. 저번 권에서 여자가 되면서까지 집념의 부활을 알린 쿠로카와가 대체 뭘 할지 궁금했었는데…… 대단히 뜻밖의 전개이긴 했지만 그래도 뭔가 납득이 가는 듯도 한 게 신기하네요. 비스코에게 집착하는 모습도 여러모로 인상적이었습니다. 작중 묘사를 보니 역시 여자가 된 것도 그런 영향이…… 사실 TS 요소는 별로 안 좋아하는데 쿠로카와는 그래도 꽤 잘 어울려 보인다 싶네요.

또 파우와 자비 얘기도 빼놓을 수 없겠네요. 일단 부부인데도 그동안 뭔가 좀 애매해 보였던 비스코와 파우의 관계는 이번에 확실히 확립되어서 앞으로가 더 기대되고, 자비는 안타까운 이별이 되었습니다만, 그래도 스승이자 아버지로서 역할을 다하고 청출어람의 기쁨까지 느끼며 떠났으니 행복한 임종이었다고 생각합니다. 그래도 약방에 감초와 같았던 캐릭터였는지라 아쉬움은 어쩔 수 없네요.

이번에 여러모로 이야기의 큰 줄기가 일단락된 느낌이었습니다만, 아직 계속된다고 합니다. 다음 권부터는 또 새로운 이야기가 시작되겠네요. 그럼 후기는 이쯤 하고, 다음 권에서 뵙겠습니다.

녹을 먹는 비스코 6

초판 1쇄 발행 2022년 10월 10일

지은이_ Shinji Cobkubo
일러스트_ AkagishiK, mocha
옮긴이_ 이경인

발행인_ 신현호
편집장_ 김승신
편집진행_ 권세라 · 최혁수 · 김경민 · 최정민
편집디자인_ 양우연
관리 · 영업_ 김민원

펴낸곳_ (주)디앤씨미디어
등록_ 2002년 4월 25일 제20-260호
주소_ 서울시 구로구 디지털로 26길 111 JnK디지털타워 503호
전화_ 02-333-2513(대표)
팩시밀리_ 02-333-2514
이메일_ lnovellove@naver.com
ㄴ노벨 공식 카페_ http://cafe.naver.com/lnovel11

SABIKUI BISCO Vol.6 KISEKI NO FINAL CUT
©Shinji Cobkubo 2020
Edited by 전격 문고
First published in Japan in 2020 by KADOKAWA CORPORATION, Tokyo.
Korean translation rights arranged with KADOKAWA CORPORATION, Tokyo,
through Korea Copyright Center Inc.

ISBN 979-11-278-6576-4 04830
ISBN 979-11-278-4991-7 (세트)

값 7,800원